IRMÃOS DE PALHA

PABLO ZORZI
IRMÃOS DE PALHA

astral cultural

Copyright © 2025 Pablo Zorzi
Todos os direitos reservados à Astral Cultural e protegidos pela Lei 9.610, de 19.2.1998.
É proibida a reprodução total ou parcial sem a expressa anuência da editora.

Editora
Natália Ortega

Editora de arte
Tâmizi Ribeiro

Coordenação editorial
Brendha Rodrigues

Produção editorial
Manu Lima e Thaís Taldivo

Preparação de texto
Pedro Siqueira

Revisão de texto
Alessandra Volkert, Alexandre Magalhães e Fernanda Costa

Design da capa
Tâmizi Ribeiro

Imagens de miolo
Shutterstock

Foto do autor
Arquivo pessoal

Dados Internacionais de Catalogação na Publicação (CIP)
Angélica Ilacqua CRB-8/7057

Z81i
    Zorzi, Pablo
        Irmãos de palha / Pablo Zorzi. – São Paulo, SP : Astral Cultural, 2025.
        304p.

    ISBN 978-65-5566-589-5

    1. Ficção brasileira 2. Suspense I. Título

24-5274   CDD B869.3

Índice para catálogo sistemático:
1. Ficção brasileira

BAURU
Rua Joaquim Anacleto
Bueno 1-42
Jardim Contorno
CEP: 17047-281
Telefone: (14) 3879-3877

SÃO PAULO
Rua Augusta, 101
Sala 1812, 18º andar
Consolação
CEP: 01305-000
Telefone: (11) 3048-2900

E-mail: contato@astralcultural.com.br

Dedico este livro ao maior responsável
por esta história ter ganhado vida:
eu mesmo.

Prólogo

— Encontrei o problema, senhora. — O homem secou o suor na testa com a manga do macacão. — Seus canos estão doentes. Sabe o que isso significa?

A mulher de camisola e pantufas cruzou os braços. Era uma manhã quente de terça-feira, daquelas que faziam todas as janelas da cidade ficarem abertas para entrar cada lufada de ar.

— Que devo levá-los ao hospital?

O homem riu, assumindo um ar de simpatia automático demais para parecer genuíno. Olhou para as mãos, sentindo a pele da testa enrugar. Se fosse há um ano, teria socado a cabeça daquela mulherzinha contra o vaso sanitário até que um deles espatifasse.

— Não. — Ele recuperou o controle. — Significa que alguém desconsiderou a pressão da água e não testou o encanamento antes de fechar a parede. Agora a ferrugem se instalou. E pior, se espalhou. Uma tragédia.

Com o pescoço esticado, tudo que a mulher conseguia ver por cima dos óculos era um homem encorpado, abaixado perto da banheira e tapando a visão dos canos com seus dedos de salsicha.

— E o que devo fazer? — ela perguntou.

— A senhora já fez. — O homem sentou no chão molhado, puxou uma caixa de ferramentas para perto e abriu a torneira barulhenta. — Não foi por isso que me chamaram?

— Eu não chamei ninguém — a mulher respondeu. — Eu nem sabia desse vazamento. Talvez meu neto tenha visto enquanto brincava na banheira com aqueles bonecos idiotas e contou ao meu marido. Foi ele que te ligou?

Houve um silêncio, exceto pelo respirar trêmulo.

— É, foi seu marido — o homem confirmou.

A mulher bufou. Seus olhos eram como duas bolinhas de gude amarronzadas em frente a uma rede de veias vermelhas.

— Aquele velho é um imprestável. Não sei onde eu estava com a cabeça quando me casei. — O desaforo veio junto com um cheiro de comida queimada. — Preciso voltar para as panelas. Se precisar de alguma coisa, é só chamar. — Ela se virou e saiu batendo os calcanhares.

Quando os passos silenciaram no corredor, o homem fechou a torneira e se recostou na parede azulejada, esperando a pulsação desacelerar. Não era a primeira vez que fazia aquilo e, embora estivesse cada vez mais fácil disfarçar, o nervosismo sob a pele explodia. Com o coração pressionando as costelas, fechou a caixa de ferramentas e secou as botas de couro na toalha que servia de tapete. Apenas naquele momento, sozinho, conseguiu se concentrar nos detalhes que o rodeavam. A pia de porcelana descascada, o vaso trincado, a barra colorida na saboneteira, fruto do reaproveitamento de três ou quatro sabonetes. Escondido pelo batente, espiou o corredor, vigiando o próprio reflexo no espelho pendurado em cima do aparador repleto de porta-retratos.

Precisava ser rápido.

Avançou um passo. Com seus olhos treinados, examinou as fotografias dispersas nas molduras. A terceira delas foi a que abocanhou sua atenção, a única revelada em preto e branco e com as bordas desgastadas — o real motivo que o fizera arriscar tanto para estar ali. Curvou as costas, chegando mais perto.

A excitação transbordava.

Era ela, parada em frente a um teleférico panorâmico com vista para as montanhas, as bochechas arroxeadas contrastando o sorriso e os cabelos claros ondulando embaixo de uma touca de lã. Não parecia real. Não para ele. Pegou o porta-retratos, reposicionou os que ficaram no aparador e contemplou a jovem por mais um segundo antes de escondê-la dentro do macacão.

Ela também era dele agora. Agora e para sempre.

Elsa Rugger.

Parte um

Dez anos depois

1
Riacho do Alce, Alasca
28 de outubro de 2004

A luz amarela do poste na rua da frente entrava pela janela do quarto e se infiltrava até o banheiro. Eram oito e cinquenta e sete da manhã, trinta e dois minutos antes do nascer do sol, de acordo com a edição diária do *Anchorage Daily News* deixada em cima do vaso sanitário.

Com os pés descalços no piso gelado, o chefe de polícia Gustavo Prado estava parado com a mão direita segurando a escova de dentes na boca enquanto os olhos se mantinham fixos numa fotografia enfiada no vão entre o espelho e a moldura. Uma mulher de vestido longo e uma menina com um Papai Noel de pelúcia embaixo do braço. Embora estivessem abraçadas, como duas sobreviventes tentando se aquecer, algo as separava: enquanto a criança sorria, a mulher carregava um sólido semblante de pavor.

Cuspindo a pasta, Gustavo se perguntou o motivo de aquela fotografia continuar ali, absorvendo umidade no canto do espelho, esperando-o todas as manhãs apenas para levá-lo de volta ao pior momento de sua vida amaldiçoada. Piscou e, num rápido devaneio, concluiu que a ideia de a esconder no antigo álbum de fotografias não o faria parar de se lembrar de algo que não podia esquecer. Abriu o chuveiro e entrou no boxe. Não porque precisava de um banho, mas porque o som da água corrente o acalmava. Uma cortina de ruídos atrás da qual podia se esconder. Ficou debaixo do chuveiro com a cabeça abaixada, apoiado na parede, esperando as lembranças escorrerem de seu corpo e serem tragadas pelo ralo junto com a sujeira.

Lembranças.

Se havia uma coisa que ele tinha tentado enterrar nos últimos anos, eram as lembranças.

Quando fechou o chuveiro, sentiu-se renovado. Um novo homem de aparência velha, marcada por cinquenta invernos rigorosos, refletido no boxe embaçado através do vapor.

Estava pronto para começar o dia.

Pronto para virar o rosto do avesso.

Pronto para voltar ao papel de pai.

— Corinne, acorda. — Gustavo fez uma parada e bateu duas vezes na porta do quarto da filha antes de ir para a cozinha. — Levanta, ou vamos nos atrasar pra sessão.

Esperou pela resposta.

— Estou pronta — Corinne gritou lá de dentro.

Olhou o relógio. Aquilo sim era estranho.

— Quer torrada?

Outro instante de silêncio.

Às vezes, Gustavo se perguntava se o que saía de sua boca eram as mesmas palavras que chegavam aos ouvidos da filha.

— Quer que eu faça torrada?! — repetiu.

— Não vai dar tempo — Corinne respondeu. — Eu pego alguma coisa pra comer mais tarde, antes de ir pra escola.

— Mas você não estava pronta?

— Ah, não enche!

Era final de outubro, o auge do outono, e fazia dez anos que tinham deixado o prédio no centro e se mudado para uma casa no sopé da montanha em Riacho do Alce, cercada por um gramado murcho de frio. Uma década lutando para que a pedra colocada sobre os eventos do passado se mantivesse no lugar, sem chance de deslize. É verdade que as coisas tinham ficado menos difíceis no último ano, embora ainda houvesse dias em que Gustavo ansiasse pela solidão e por todos os benefícios que ela trazia.

Foi para a cozinha ouvindo o barulho de gavetas e do secador de cabelo. Serviu-se de uma xícara de café, na cafeteira desde o dia anterior, e preparou um sanduíche antes de ligar o aparelho de som e sentar na poltrona ergonômica para ler uma emissão de alerta policial que havia recebido por SMS durante a madrugada, sobre dois rapazes de Anchorage que roubaram o carro do vizinho de um deles e foram vistos por último saindo da cidade em direção a Riacho do Alce.

Entre o nome dos suspeitos, o veículo que dirigiam e uma lista de informações pouco úteis, Gustavo bebeu um gole do café ruim enquanto escutava as notas musicais que, no início, pareciam ser de piano e depois viraram gritaria em um CD que vertia uma música da qual ele nunca fora jovem o bastante para gostar. "*I tried so hard and got so far. But in the end, it doesn't even matter...*" Baixou um pouco o volume.

Quando o relógio marcou 9h19, Corinne saiu do quarto com os cabelos bagunçados raspados numa das laterais e uma camiseta preta com desenho de um soldado com asas de libélula embaixo do nome Linkin Park. As letras N eram grafadas invertidas. Gustavo a encarou, deslumbrado com quanto ela tinha crescido. Imaginou que, se a colocasse ao lado da mãe como na fotografia do banheiro, Corinne teria pelo menos quatro dedos a mais de altura do que Claire. Respirou fundo. Estava na hora de aceitar que sua garotinha não era mais uma criança e que nunca mais a veria no chão do quarto agarrada a bonecas e ursos de pelúcia.

— O que foi? — Corinne franziu a testa. — Por que tá me olhando desse jeito?

Gustavo sorriu.

— Estou olhando a camiseta. São os caras do CD?

Corinne olhou para o soldado-libélula.

— São.

Gustavo balançou a cabeça, imitando um roqueiro. Era como se a sala vibrasse no mesmo ritmo.

— Gostei — mentiu. Seus ouvidos estavam doendo. — É... diferente. Você que comprou?

— Não. — Corinne pegou uma xícara e foi para a cafeteira, mas desistiu ao ver que o café era do dia anterior. — Ganhei da vovó no meu aniversário. Ela me disse que escolheu Linkin Park porque você tinha dito que eu gostava. O que agora descobri que não é verdade.

Antes confortável na poltrona, Gustavo sentiu-se apunhalado. Não por terem sido pegos na mentira da compra do CD, mas por duas outras palavras ditas pela filha: *meu aniversário*.

Se ela soubesse...

Corinne não fazia ideia de que ninguém sabia o dia em que ela tinha nascido. Anos antes, Gustavo havia calculado que ela nascera em algum momento do mês de março de 1987, embora o dia continuasse sendo um mistério. Os únicos que sabiam estavam mortos, e Corinne, bem... Quando criança havia dito que não se lembrava, de modo que Gustavo jamais ousou perguntar novamente. Para registro, escolheu o dia 6, o dia do aniversário de Claire.

Com as informações do roubo do veículo no celular, Gustavo percebeu que agora era Corinne quem o encarava com uma expressão avaliadora, possivelmente tentando adivinhar qual seria sua reação à mentira sem importância contada pela avó.

A experiência lhe dizia que verdades eram difíceis de ser escondidas. Manteve-se calado por um momento; um momento curto demais para que concluísse qualquer coisa de útil. Dez anos tinham se passado e ele continuava sem saber como agir.

— Você sabe quanto sua avó se importa com a gente — replicou ele por fim. — Ela só estava tentando levantar a minha moral.

Arrependeu-se no mesmo instante. Sabia como Corinne reagiria. Por que respostas simples tinham que ser sempre tão complicadas?

— Mentindo? Ótima ideia. Deixa eu anotar aqui pra não me esquecer de falar sobre isso com a Sônia hoje. Vamos ver o que ela acha. Ela pareceu bem empolgada na semana passada quando você contou sobre a assinatura falsa que fiz na escola. Talvez ela tenha fetiche pelo assunto — Corinne ironizou, pegando a mochila no sofá. — Vamos? A gente não ia se atrasar?

Gustavo não sabia se ria ou se chorava.

— Desliga o rádio enquanto eu pego a chave — disse ele. — Já vi que o dia vai ser animado.

O vento assobiou, espalhando flocos por todos os lados quando o portão da garagem foi aberto. No jardim, as árvores desbotadas e desfolhadas estendiam seus galhos pálidos sobre a decoração do Dia das Bruxas — um cemitério improvisado com lápides falsas, cercado por abóboras e guarnecido com uma bruxa de pano mexendo um caldeirão —, enquanto o gramado parecia um bolo salpicado com coco ralado, diminuindo a perspectiva de um resto de outono colorido.

Batendo arranque, Gustavo mal tinha engatado a primeira marcha quando seu celular começou a vibrar no bolso da calça. Esforçou-se para alcançá-lo. Calça jeans em homem sentado não combina com celular tocando. Conferiu o nome no visor e atendeu.

— Rose, não me diz que a sessão mudou de horário. — Pisou no freio. — A gente tá saindo.

Corinne olhou para o lado. Dois meses antes, na última vez que a secretária tinha ligado para remarcar uma sessão, ela quase fizera um escândalo.

Gustavo desligou o motor, ouvindo uma voz masculina exaltada do outro lado da linha. Rose parecia discutir com alguém.

— Gustavo, querido, desculpa, mas está uma confusão aqui hoje — ela explicou com sua voz de senhorinha. — Por acaso vocês podem passar na casa da Sony antes de vir? É que o primeiro paciente da manhã está esperando há um tempo e ela ainda não apareceu.

Olhando para o relógio, Gustavo formulou a pergunta mais estúpida em que conseguiu pensar:

— Tentou ligar pra ela?

— Não atende.

— E o marido?

— Disse que ela tinha acabado de acordar quando ele saiu para buscar a filha na casa da vó para deixá-la na escola.

— Certo. Estamos indo para lá. Eu retorno com notícias assim que chegarmos.

No céu, as nuvens que até o dia anterior pareciam divertidas bolinhas de algodão agora se arrastavam escuras em baixa altitude, um prelúdio de chuva.

Houve um chiado na ligação.

— Acha que ela está bem? Quero dizer — a secretária acrescentou, com voz amedrontada —, você sabe que ela está...

— Eu sei, Rose — Gustavo interrompeu, sentindo o coração acelerar. Ouvir aquela palavra de sete letras ainda o incomodava. — Eu sei.

2

O relógio no painel do carro marcava 9h38 da manhã quando os pneus em marcha a ré encontraram a trilha de cimento no quintal da casa dos Prado, fazendo estalar a camada de gelo que a recobria.

Acima do manto grosso de nuvens, um resto de luar perpassava a montanha. No banco do carona, hipnotizada pelo brilho do celular, Corinne tinha a boca curvada em um sorriso enquanto trocava mensagens com um contato salvo apenas com a letra J, que Gustavo acreditava ser Josh Rugger. Era bom ver que aquela superfície lisa se enrugava de vez em quando.

— Tá falando com o Josh? — ele indagou.

— Tô.

— Pergunta como ele está — Gustavo emendou. — Antes de ontem fui no mercado e me disseram que ele saiu mais cedo porque estava passando mal. Será que tá metido em encrenca de novo?

Corinne torceu o nariz.

— Não sei. O policial aqui é você, não eu — ela retrucou. — Só acho que vocês deveriam parar de pegar no pé dele.

— Eu não pego no pé dele.

— Todos pegam. E isso enche o saco. O Josh não tem culpa se a família que sobrou pra ele é pior do que a que morreu.

Gustavo olhou para o lado, respirando ruidosamente. Pela segunda vez no dia, não encontrou palavras para rebater.

Resolveu mudar de assunto.

— Convidou ele para o show de sábado?

— Convidei — Corinne respondeu. — E não quero que fique dizendo que vamos fazer um show. Ontem mesmo a Lena ligou me parabenizando. Parabéns pelo quê?

— Pelo show?

— Nós vamos tocar num bar, pai.

— Pra mim, isso é um show.

Corinne revirou os olhos.

— Tá bom. — Ela desistiu de convencê-lo de que não era. — Só não fica dizendo pra todo mundo.

— Eu só disse pra Lena.

— Enquanto convidava ela pra ir?

Galhos de pinheiros pendiam ao lado da estrada, refletindo a luz dos faróis, como se os chamassem para entrar no bosque.

— Ainda não convidei — Gustavo respondeu.

— Pai... — Corinne pareceu desapontada.

— O quê?

— Cara, deixa de ser devagar.

— Devagar? Eu?

— Óbvio. Acha que ela foi jantar lá em casa na terça porque gosta do seu macarrão?

Quando o cenário verde e branco do bosque de pinheiros ficou pequeno no retrovisor, dando lugar à paleta de tons acinzentados da cidade, Gustavo beliscou o freio, reduzindo a velocidade.

A casa onde morava a psicóloga que acompanhava Corinne ficava na região sudoeste de Riacho do Alce, em um lugar tranquilo em que os moradores cimentavam parte de seus jardins para transformá-los em vagas extras de garagem. Refugiados urbanos em busca de uma visão do paraíso. O bairro residencial, fruto da alta nos preços das propriedades após o ocorrido em 11 de setembro, era majoritariamente habitado por famílias de empresários bem-sucedidos e com paranoia galopante que passaram a se interessar pelos refúgios rurais depois da tragédia. As ruas eram silenciosas e pouco movimentadas, e começava a chuviscar cristais quando eles estacionaram.

Uma rajada de ar rodopiou, cumprimentando Gustavo com uma bofetada gelada no rosto quando ele desembarcou.

— Fica no carro — disse.

Corinne assentiu.

Correndo até a casa de Sônia Ortega, Gustavo ergueu a lapela do casaco e observou a vizinhança. Até pouco tempo, aquele bairro de moradias requintadas era apenas um amontoado de árvores enormes nas cercanias de uma reserva, que acabou engolida pela fumaça do progresso após uma decisão judicial que fez os ambientalistas da região se manifestarem. Pouco adiantou. Papéis assinados sempre tiveram mais valor do que manifestações. E árvores e animais nunca foram barreira para o apetite do concreto.

Parado em frente à porta, Gustavo enfiou o dedo na campainha e nem esperou que tivessem a chance de atender antes de espiar o interior da casa pela janela. Nada se movia atrás da vidraça. Tocou a campainha de novo e esperou, quase abraçando a porta quando o chuvisco se tornou tempestade.

— Doutora? — ele gritou meio minuto depois, ciente de que seu chamado tinha sido abafado pela chuva.

Apenas os pingos acertando o telhado responderam.

Disposto a encontrar Sônia, Gustavo girou a maçaneta e abriu a porta, confirmando a suspeita de que algo não estava certo. Riacho do Alce podia ser uma cidade pequena, mas ainda assim as pessoas trancavam a porta. Parado na soleira, observou a sala com mobiliário fino e o panfleto de uma empresa de segurança chamada Casa Segura junto de uma revista de maternidade, ao lado de um litro de conhaque aberto sobre a mesinha de centro.

Enfiou a cabeça para dentro e chamou em meio à penumbra:
— Olá? Tem alguém em casa?

Nada. Nem um rangido, nem um sussurro.

Levou a mão ao coldre sob a jaqueta e pegou o revólver.

Entrou, deixando a porta aberta atrás de si.

Segurando no corrimão da escada, decorado com teias de aranha falsas e aranhas de plástico, fitou o segundo andar. De onde estava, dava para ver uma luz acesa em algum cômodo no andar de cima. Sentiu um calafrio.

— Sônia?

Torceu para que ela respondesse. A última coisa que precisava era invadir um quarto e encontrar a psicóloga da filha enrolada numa toalha — ou coisa pior, explicando com desdém que seu celular havia ficado sem bateria e por isso perdera a hora.

Quem nunca?

Ouviu o que pareceu ser um passo, já arrependido por ter entrado, mas logo imaginou que o barulho viesse de alguma persiana solta batendo na parede com o vento que entrava pela porta aberta. Fazia sentido. Persianas não respondiam chamados.

Subiu a escada, com os degraus rangendo a cada passo.

No segundo andar, tateou a parede do corredor até achar o interruptor de luz. Em seu lado oposto, pendurado na parede sobre um vaso de flores plásticas, o brilho da lâmpada clareou um quadro da família Ortega que mostrava Sônia sorrindo para a câmera ao lado do marido e da filha, todos contentes vivendo suas vidas afortunadas na bendita ignorância das coisas. Gustavo quase os invejava.

Sônia era morena, tinha olhos divertidos e longos cabelos pretos jogados sobre o ombro que chegavam até quase à altura do umbigo. Moradora de Colorado Springs, em fevereiro de 1994 ela havia se mudado para Anchorage após os trágicos eventos envolvendo o Homem de Palha, e depois para Riacho do Alce a fim de iniciar um estudo sobre as consequências do episódio no psicológico das crianças envolvidas. Meses depois escreveu um artigo científico sobre o caso, tendo traçado um novo perfil para o serial killer, Dimitri Andreiko — o nome "Peter Waldau" nunca pegou —, levantando a possibilidade de que uma das motivações para os crimes fosse o fato de que ele era estéril e não podia ter filhos, suspeita que acabou sendo confirmada pela mãe da primeira esposa e vítima de Peter, assassinada por ele na França em 1980.

Fitando o interior do primeiro cômodo, mal iluminado por uma estranha luminescência avermelhada, como o brilho de um aparelho digital, Gustavo viu um quarto com cama temática das Meninas Superpoderosas e brinquedos espalhados sobre o colchão. Não era o que procurava. Seguiu em frente, andando devagar e com a arma empunhada, agora olhando para o fim do corredor, de onde emanava um fio de luz pela fresta da porta entreaberta.

Espiou.

Aquela era a suíte do casal, com a cama *king size* desarrumada só de um lado e um terno fino amontoado no chão perto de cacos de vidro que pareciam ser de um copo quebrado. Empurrando a porta com o pé, Gustavo sentiu um calafrio subir pela nuca. Apesar das aparências, nunca era possível saber de verdade o que acontecia entre quatro paredes. Chegou perto da cama e colocou a mão no travesseiro frio. Havia um fio de cabelo longo nele — *o lado da cama onde Sônia dorme*, pensou. Quem quer que tivesse dormido ali, levantara havia algum tempo. Vasculhou o restante da suíte, as portas corrediças do guarda-roupa fechadas, os abajures desligados sobre as mesas de cabeceira e o imaculado carpete cor de terra que se estendia do acesso ao corredor até a porta fechada do banheiro.

— Tem alguém aí? — Gustavo parou em frente à porta.

O ar parecia carregado enquanto ele esperava, titubeante, pensando se aquilo daria em algo ou se tudo não passava de uma reação exagerada de alguém cuja vida fora cravejada por traumas.

Contou até dez e girou a maçaneta, constatando que o banheiro estava trancado por dentro.

Abaixou-se, colando a bochecha no carpete felpudo para tentar ver alguma coisa pela fresta de baixo. Não queria estourar a fechadura antes de garantir que não havia alguém caído que pudesse ser acertado pela violência da porta. Preparando-se para o pior, ele estreitou os olhos e viu no reflexo da mancha de sangue no chão que havia alguém caído, escorado na banheira. Levantou-se depressa e chutou a porta com toda a força, fazendo ecoar o som de uma pancada seca quando a madeira acertou a parede oposta.

— Meu Deus — ele sussurrou, pegando o celular e discando o número da emergência.

Gustavo tinha visto dezenas de cadáveres na vida. Com alguns deles ainda mantinha encontros frequentes nas noites de pesadelos: um homem com a cabeça estourada por um tiro, uma jovem com botões costurados no lugar dos olhos e enfiada dentro de um espantalho. Pesadelos claustrofóbicos que o deixavam em pânico, se perguntando se não era hora de parar. Mas aquilo... Aquilo era ruim.

Sônia estava sentada no chão, vestindo apenas as roupas de baixo e com as costas escoradas na banheira. Com a cabeça pendendo para a frente, seus longos cabelos escuros escondiam o rosto, e as pontas empapadas de vermelho jaziam mergulhadas numa poça de sangue que a rodeava.

— *Nove-um-um*. Qual a sua emergência? — Alguém atendeu no segundo toque.

— Sou o oficial Gustavo Prado e preciso de uma ambulância no endereço de Sônia Ortega, no bairro da antiga reserva florestal, a sudoeste de Riacho do Alce.

— Certo, senhor. Uma equipe chegará ao local em breve — confirmou o atendente. — Qual é a situação?

Gustavo respirou, observando que por pouco não havia pisado na poça pegajosa que se espalhava pelos azulejos. Tentando manter o foco, olhou ao redor. Sabia que aquela seria sua única chance de vislumbrar a cena sem interferência externa, permitindo que as primeiras impressões trouxessem alguma resposta antes que os peritos chegassem com seus materiais.

— O senhor ainda está aí? — o atendente insistiu.

— Estou. — Gustavo queria não ter visto aquilo. — Ela estava grávida e alguém tentou... Alguém tentou tirar a criança e não conseguiu. — Sentiu o estômago embrulhar ao ver o feto preso pelo cordão umbilical, caído no meio das pernas da mãe.

To: tupilak@forum.net

TUPILAK: A vagabunda está morta.

IRMAO_DE_PALHA: Como?

TUPILAK: Você vai ver.

3

Quando criança, Gustavo acreditava que podia prever o futuro. Muito por culpa da mãe, que preenchia sua existência acreditando em coisas que não existiam. Gustavo olhava para o alto e imaginava a cor da roupa que o motorista do ônibus da escola estaria vestindo em determinado dia, adubando sua crença quando o ônibus chegava e ele via que tinha acertado. O ritmo da vida era diferente naquela época, embora as pessoas e a cor do uniforme dos motoristas não tivessem mudado muito.

— Parece que sua pressão está um pouco alta, Gustavo. Foi por isso que sentiu tontura. — O paramédico de uniforme azul-escuro ofereceu um comprimido. — Coloque embaixo da língua. Quando foi a última vez que visitou um médico?

Gustavo coçou a testa. O lado direito de seu peito ainda conservava um ponto dormente, oito centímetros abaixo da clavícula, onde uma bala despedaçara suas costelas na última vez que tinha visitado um médico.

— Não sei — respondeu ele. — Faz um tempo.

Com um aparelho de pressão enrolado no braço, Gustavo se lembrava da imagem de Sônia Ortega e do bebê jogados no chão do banheiro toda vez que fechava os olhos, como um chiclete grudado na sola do sapato.

Embora lutasse contra, era difícil controlar a avidez com que seu cérebro trabalhava para comparar aquela cena com o passado. Não podia ser coincidência. Era policial há tempo suficiente para saber que coincidências demais nunca eram só coincidências. Muito embora também soubesse o quanto as primeiras impressões podiam ser equivocadas. *Pouco importa.* Aquela mesma comparação seria feita por alguém dali a pouco, movendo de uma vez a pedra colocada sobre os fantasmas do passado.

Sentado na parte de trás de uma ambulância, Gustavo observava através do vidro traseiro o movimento de curiosos amontoados com seus guarda-chuvas atrás da faixa de isolamento, que fechava os dois lados da rua em frente à casa dos Ortega.

A chuva batia forte no teto da ambulância.

— Estou liberado? — ele perguntou quando o comprimido derreteu embaixo da língua.

O paramédico fez que sim.

Desembarcando depressa para não ficar com a roupa ensopada, Gustavo acenou para o policial que vigiava a porta e parou na varanda coberta para investigar as janelas das casas vizinhas modernas com jardins quadrados que pareciam todas iguais. Vizinhos intrometidos geralmente eram as melhores testemunhas. Às vezes as únicas com condição de ajudar a polícia no esclarecimento das inúmeras variáveis que se apresentavam.

Não viu ninguém.

Quando entrou, trocando o sapato molhado por uma sapatilha descartável, encontrou a agente Poppy Jennings na sala, encarando o litro de conhaque que descansava ao lado dos panfletos da empresa de segurança e da revista de maternidade.

— Tem algum palpite? — Ele parou ao lado dela.

— Alguns, chefe. — Poppy era uma mulher baixa de trinta e nove anos que havia recentemente pedido transferência da minúscula Trapper Creek depois que sua mãe, moradora de Riacho do Alce, passou a apresentar problemas de saúde. Com o cabelo preso em um rabo de cavalo apertado que exaltava o formato arredondado de sua fronte, a pele dela era tão clara que dava para ver uma fina rede de capilares sanguíneos bem no meio da testa. — Pra dizer a verdade, só estou matando tempo enquanto crio coragem para subir e ver o corpo de uma vez. Está ruim como dizem?

Gustavo nem cogitou mentir.

— Bastante — ele relevou. — Quase me derrubou.

Poppy soltou um longo suspiro.

— Droga. E minha mãe vivia dizendo que eu não era azarada — ela resmungou e olhou para a escadaria. — Parece que a temporada de separar brigas e levar bêbados para casa acabou. Você vem?

Gustavo foi até o pé da escada, procurando algum sinal de nervosismo na fisionomia de Poppy. Cedo ou tarde ela precisaria testemunhar um pesadelo e aprender a viver com ele.

— Estarei logo atrás de você.

— Pra me segurar se eu cair?

— Você vai se sair bem. Mas se quiser que eu vá na frente, aí quem corre o risco de ter que me segurar é você.

Poppy sorriu.

— Melhor eu ir na frente, então.

No segundo andar, a porta da suíte estava aberta e os flashes do fotógrafo saltavam para o corredor. Quando os dois entraram, sentiram a temperatura do ambiente subir por causa do calor das pessoas que trabalhavam e das lâmpadas incandescentes presas em tripés posicionados nos cantos do quarto e do banheiro para compensar as cortinas fechadas.

— Alguma novidade? — Gustavo se escorou no umbral.

Um perito de avental e máscara deu um olhar desconfiado para Poppy. Ele era alto, e revelou um rosto orgulhoso quando puxou a máscara para baixo. Diante da ausência de resposta, largou o material que usava sobre uma lona e caminhou até a parede oposta à cama, fazendo um movimento circular com a mão para demonstrar que havia algo.

— Encontramos o que pode explicar o copo quebrado — ele explanou.

— Consegue ver a mancha?

Gustavo chegou mais perto e viu uma coloração mais escura no papel de parede adornado.

— Aqui?

— É. Está quase seca, como pode ver. Ainda assim acredito que os cacos que estavam no chão vieram de um copo que foi arremessado aqui antes de despedaçar.

Gustavo assentiu, induzido a acreditar que o líquido que agora decorava a parede era o mesmo da garrafa esquecida na sala. Alçou o olhar para a cama desarrumada só de um lado e depois para a fotografia da família no corredor. Seria possível que aqueles sorrisos cristalinos acobertassem um casamento desastroso?

— Algo mais? — ele prosseguiu.

— Nada. Encontramos a bolsa dela na mesa da cozinha ao lado de um notebook. Celular, dinheiro, cartões de crédito, nada foi levado. Além disso, não há sinal de luta ou indício de que qualquer janela ou porta tenha sido arrombada. Quem fez isso com ela estava dentro da casa ou foi convidado a entrar. Meu palpite é que se conheciam.

— E a chave do banheiro?

— Deve ter sido levada.

Um relógio tiquetaqueou no quarto.

— Autopreservação — Poppy murmurou.

O perito enrugou a testa.

— E você, quem é? — A pergunta veio carregada de desdém.

— Agente Poppy Jennings. — Ela estendeu a mão, mas ele estava de luva. — Você trabalha pra mim.

O perito abriu um sorriso amarelo.

— O que ela está querendo dizer é que o nosso cara trancou a porta para criar uma espécie de distanciamento entre a vítima e ele — Gustavo tomou a palavra. Conhecia as reprimendas que policiais mulheres costumavam presenciar. Os homens eram sempre muito competentes em identificar fraquezas para demarcar território. A última coisa de que precisava era alguém sendo agressivo com sua parceira.

Poppy assentiu.

— É como se na cabeça do criminoso o ato servisse para esconder o que ele tinha acabado de fazer. Algo simbólico. Até mesmo involuntário — ela completou o raciocínio. — E você está certo. Eu também acho que os dois se conheciam. — Encarou o perito.

Enquanto escutava, Gustavo se sentiu estranhamente tocado pelo entusiasmo dela.

Houve silêncio quando um último lampejo eclodiu dentro do banheiro antes de o fotógrafo aparecer na porta. Ele estava pálido e nem sequer olhou para os lados quando foi para o corredor.

— Pronta? — Gustavo falou com Poppy.

Ela acenou que sim.

No banheiro, o corpo de Sônia continuava na mesma posição, embora a mancha de sangue no chão tivesse aumentado de tamanho. Morta havia poucas horas, ela estava longe de apresentar a coloração esverdeada causada pelas bactérias que logo a consumiriam de dentro para fora.

No meio das pernas, o feto que Gustavo calculava ter entre vinte e vinte e cinco semanas estava virado com o peito para baixo, mergulhado no lago vermelho de hemácias que escorrera por um corte na barriga da mãe.

Como uma nuvem que se move rápido num dia quente, a expressão de espanto de Poppy veio e foi embora quando ela calçou um par de luvas e se sentou nos calcanhares ao lado dos corpos. Com o olhar imóvel, ela demorou alguns segundos para levantar a cabeça de Sônia e afastar os cabelos que lhe cobriam o rosto. Os ferimentos não pareciam graves — um corte na testa, uma marca roxa embaixo do olho direito. No pescoço, uma coloração escura não muito visível indicava que a vítima havia sido asfixiada antes de morrer.

— Não foi isso que a matou. — Poppy olhou por cima do ombro. — Foi o corte. Ela sangrou até morrer.

— Não dá para ter certeza. — Gustavo tinha visto cadáveres demais para saber que não descobririam nada de importante somente olhando. — É melhor esperar o resultado da necrópsia.

Poppy concordou, soltando a cabeça de Sônia e deixando que o queixo e o peito dela voltassem a se encontrar.

— Você a conhecia bem? — ela perguntou.

Gustavo queria poder dizer que não.

— Conhecia. Era a psicóloga da minha filha.

Pingos acertavam o basculante.

— *Hum* — Poppy resmungou. — Eu soube que ela atendia mais pacientes como a sua filha.

Gustavo não respondeu de imediato, deixando a quietude se arrastar. Ele sabia exatamente o que Poppy estava fazendo, embora não pudesse questionar o raciocínio. Ela estava movendo a pedra.

— Atendia — ele replicou por fim. — Era uma das psicólogas que acompanhavam as famílias na época.

Poppy voltou a atenção ao cadáver, dando a impressão de que faria mais uma pergunta, quando um barulho alto de algazarra veio do andar de baixo. Ofensas e xingamentos. Atento, Gustavo foi até a porta do quarto, ouvindo os gritos exaltados de um homem que insistia em subir. Segundos depois, apareceu no alto da escadaria alguém de terno escuro, seguido por dois policiais que tentavam a todo custo impedir que ele chegasse ao segundo andar.

Era Oscar Ortega, o marido de Sônia.

— Gustavo, me diz que ela está bem — Oscar pediu ao ver Gustavo —, me diz que os dois estão bem. — As últimas palavras soaram como súplica.

Já no meio do corredor, um dos policiais agarrou Oscar e puxou o braço dele para trás, enquanto o segundo o prensava contra a parede, derrubando o quadro da família, que se espatifou. Ele encolheu as pernas e jogou o corpo para a frente como uma fera encurralada, desesperada por liberdade, mas a força dos policiais o manteve preso, pronto para ser algemado e levado para baixo.

Esquisito, refletiu Gustavo, policiais tinham facilidade em lidar com a morte para que ela não lhes causasse grandes efeitos.

— Ei! — ele interveio, compreendendo a dor alheia. — Peguem leve. É o marido dela.

Imobilizado, Oscar parou de lutar.

— Inferno! É a minha mulher, porra! Eu só quero saber se ela está bem! — ele implorou com voz engasgada, quase tão morta quanto os corpos no banheiro. — Gustavo, pelo amor de Deus, me diz que ela e o bebê estão bem.

A imagem de Claire surgiu na mente de Gustavo contra sua vontade. Não importava quanto ele tentava ignorá-la, Claire sempre arranjava um jeito de voltar, como a água da chuva que penetra uma infiltração. Por mais breves que fossem esses momentos, eles o perturbavam, mascarando a realidade, afastando-o do farol que mantinha a escuridão e os monstros longe. Gustavo manteve-se imóvel, sustentando uma expressão séria, tentando transmitir por meio dela o que logo traduziria em palavras. Palavras devastadoras. Repassou mentalmente todas as conversas tristes que tivera ao longo da carreira. Foram muitas... Com mães, pais e filhos que gemiam e gritavam ao descobrirem a verdade. Os olhos desorientados, os músculos se contraindo involuntariamente, os desmaios.

Não havia um jeito fácil.

— Oscar, você precisa ser forte.

A frase fez Oscar desmoronar.

— Não! Não, não, não! — ele berrou como um animal esfaqueado, caindo de joelhos no assoalho. Lágrimas contornavam sua face e filetes de baba escorriam de sua boca. — Eu vou matar aquele desgraçado! Eu juro que vou matar aquele desgraçado!

Primeira sessão

É fim de tarde e faz frio.
— Você sonha muito com isso? — Sônia me pergunta.
— Todas as noites, doutora. — Me acomodo na confortável poltrona de couro. — Tenho o mesmo pesadelo todas as noites. Essa é a minha maldição.
Atenta, Sônia faz uma rápida anotação em um caderno que ela acomoda sobre as coxas.
— E quando esses sonhos começaram? — ela continua.
Quero corrigi-la.
— Na noite em que ele se suicidou no bosque — respondo.
— Ele quem?
— Você sabe.
— Gostaria que me dissesse.
— Você sabe — repito.
Outra anotação.
Minha resistência não parece afetá-la.
— Pode me descrever o sonho?
— Pesadelo — corrijo. — Gosto que cada coisa seja chamada pelo nome certo.
— Justo. — Sônia me oferece um sorriso. É a primeira vez que a vejo sorrir. — Também gosto de chamar as coisas pelo que elas são de verdade. Pode me descrever o pesadelo?
Suspiro.
Há uma mosca presa na luminária do consultório.

— Faz um frio de gelar os ossos e estou no meio do bosque — começo a contar. — Não há ninguém comigo e não sei como fui parar lá. Caminho pela margem ouvindo o uivo dos lobos, acompanhando o riacho até uma cabana que fica perto do cume. Tudo está meio borrado. Quando me aproximo, vejo alguém parado na porta. É Claire Rivera. Ela olha para mim, mas não quero que me olhe. Então me concentro nas árvores e, quando volto a olhar, Elsa Rugger também está lá, ao lado de Claire. E Cheryl. E Ângela. — Minha voz treme. — Aos poucos, todas elas aparecem. Todas as que ele matou.

Sônia segue atenta.

Nem o vendaval desvia sua atenção.

— Agora não estou mais no bosque — continuo. — Estou dentro da cabana. No porão. Está escuro e o cheiro é ruim. Muito ruim. Um cheiro de morte. — Torço o nariz. — Eu não o vejo, mas sei que ele me observa. Ele me observa. Tento me mexer, mas não consigo. Estou preso. Preso em um lugar apertado. Eu grito e minha voz não sai. Um grito silencioso. Ouço passos de alguém se aproximando. Eu não sei se é ele, mas sinto que sim. Meu coração acelera e os músculos tremem. E então alguém liga a luz do porão, e eu acordo.

Quando termino, noto que os pelos dos braços de Sônia estão arrepiados, mesmo ela tentando escondê-los embaixo da manga da camisa clara. Sei que o assunto Homem de Palha a excita. Com calma, ela fecha o caderno e me lança um olhar.

— E o medo passa quando você acorda? — ela pergunta.

Olho pela janela.

Adaptar-se é uma qualidade intrínseca do ser humano, que é essencialmente desadaptado do mundo, pois não existe um único hábitat que lhe seja absolutamente essencial.

— Medo? — devolvo a pergunta. — Quem disse que sinto medo?

4
Anchorage, Alasca
28 de outubro de 2004

Às duas e vinte da tarde, notícias sobre o assassinato de uma das psicólogas do caso Homem de Palha tinham se tornado destaque na mídia local, deixando as grandes emissoras do país com o focinho apontado para a carniça. Na mesma hora, no escritório de trinta metros quadrados no segundo andar da delegacia de Anchorage, Lena Turner desabotoou o blazer e acomodou uma caixinha de comida chinesa ao lado do envelope em que estavam as fotos do corpo.

— Eu não estou brincando, Gustavo — disse ela.

— Eu também não — retorquiu ele. — O marido acha que foi o Josh Rugger que a matou.

A informação pesou sobre a sala.

— E o que você acha? — Lena perguntou, discando um número de ramal no telefone e desligando quando ninguém atendeu.

— Ouvi dizer que ele saiu mais cedo do trabalho ontem, mas não tive tempo de achar nada — Gustavo contrapôs, guardando para si os palpites. Várias explicações colidiam em sua cabeça, uma anulando a outra. Precisava de tempo para fazer a si próprio algumas perguntas difíceis e procurar pelas respostas. — Josh é um jovem estranho e era paciente dela, mas ser estranho ainda não é considerado crime. E hoje mesmo a Corinne me disse que pegamos muito no pé dele.

— Ela disse isso?

— Pois é.

— Mas a gente nem pega no pé dele.

— Foi o que eu disse.

— E ela?

— Me deu um sermão.

Atrás da janela, um guindaste trabalhava a todo vapor num prédio em construção, tapando a visão das montanhas. Anchorage havia crescido tanto nos últimos anos que rangidos de obras respingavam por todas as ruas da cidade, fazendo o antigo e pomposo edifício da delegacia parecer agora só um anão esfarrapado escondido embaixo da caótica sombra de gigantes.

— Como está a Corinne? — Lena se acomodou na escrivaninha que tinha seu nome gravado, deixando o vapor do yakisoba ir embora quando abriu a embalagem. — Ela já sabe? Quero dizer... Era a psicóloga dela. — Sua atenção se desviou para os hashi. — Quer?

Gustavo sacudiu a cabeça em negativa. A manhã havia começado com um telefonema e terminado com ele dando pêsames a um viúvo. Não tinha sequer almoçado, mas estava sem fome.

— Sim, sabe. Estava no carro quando entrei na casa... Ela mal reagiu. Falei que a Sônia tinha morrido, mas não disse como. — Gustavo deu uma volta pela sala. — A Corinne tinha sete anos quando a merda toda aconteceu. A memória deles não funciona como a nossa. Você se lembra de quando tinha essa idade?

Lena fez que não e esticou o braço no meio das pilhas de papéis para pegar o envelope com as fotos.

— Não quer terminar de comer antes? — alertou Gustavo.

— Precisa?

— Depois não diz que não avisei.

Rompendo o lacre, Lena pegou uma série de fotografias e as espalhou sobre o tampo, devolvendo os hashi à caixa ao ver o conteúdo das imagens feitas no banheiro. O corpo de Sônia Ortega havia sido fotografado por vários ângulos. Em seguida, após a remoção do cadáver, a cena que restou também fora registrada. Por um momento Lena ficou em silêncio, como uma proteção automática ao terror. Depois, piscando os olhos, converteu o mal-estar em palavras.

— É pior do que imaginei. E vai virar uma farra quando divulgarmos a causa da morte. — Ela desviou o olhar, arqueando as sobrancelhas com uma expressão enjoada. — Obra de um copiador?

Gustavo se esforçava para esmiuçar os outros aspectos do caso, mas sua mente só enxergava uma poça de sangue seco com um bebê afogado nela. Chegou perto da escrivaninha, ciscando em busca de uma fotografia que mostrasse o rosto de Sônia.

— Ela foi agredida. Tem cortes no rosto. — Ele os indicou. — Não há indício de entrada forçada na casa, mas a porta estava aberta quando cheguei. Havia bebida e um panfleto de uma empresa de segurança na sala, além de um copo quebrado no quarto. — Outra ciscada e a imagem da mancha na parede apareceu. — Isso foi tudo o que conseguimos descobrir por enquanto.

— Esqueça o que descobrimos e o que não descobrimos — disse Lena.

— Não pense, apenas fale a primeira coisa que te vier na cabeça. Qual foi a sua impressão sobre o que viu no banheiro?

Era Lena Turner em seu estado puro. O mais importante primeiro: a intuição. Depois os fatos. Porque a intuição nada mais é do que um amontoado de fatos que a cena do crime mostra, mas que o cérebro policial não consegue traduzir em palavras.

— Copiador — Gustavo respondeu.

Lena então abaixou os olhos e analisou as fotos com calma, juntando as partes do enigma, assimilando os elementos com uma sensação crescente de confusão no olhar. Estava tão perplexa quanto Gustavo. Era uma investigadora fria e imprevisível, cujas ideias faziam os colegas se agitarem. Alguns deles a chamavam de bomba-relógio nos corredores do departamento, embora fosse essa propensão ao risco que a tivesse feito subir mais degraus do que os outros na carreira. Ela pegou um bloco de notas e uma caneta e anotou alguma coisa.

— Sabe se o casal tinha problemas?

— Não sei. Os vizinhos com vista para a casa foram interrogados, mas nenhum disse nada de útil. Se eles tinham problemas, conseguiam esconder — Gustavo respondeu, lembrando-se do quadro dos Ortega na parede e de como a dor podia ser facilmente mascarada por um sorriso. — O marido estava em choque de manhã, não revelou muita coisa. Vou interrogá-lo formalmente no fim da tarde. Vamos ver o que tem a dizer.

O olhar de Lena se voltou para a primeira fotografia, para a poça vermelha perpendicular que era interceptada na base pelo feto e pelas coxas de Sônia e que seguia seu curso até a metade da extensão do piso, onde as pernas dela terminavam.

— Quão bem vocês se conheciam? — ela perguntou.

— Riacho do Alce é um ovo. Todo mundo se conhece, você sabe disso. — Gustavo flagrou-se olhando fixamente para Lena. — Sônia era a psicóloga da Corinne há anos, mas nunca avançamos para o campo da amizade. Algumas coisas exigem distanciamento para que funcionem. Eu sei que o pai dela é falecido e que a mãe tem um sítio na cidade, mas nosso contato era só no consultório.

Os olhos de Lena eram de um cinza impenetrável.

— O que pode dizer sobre o marido?

— Não muito. São reservados. Eu sei que a família dele vive no México. Uma vez ouvi rumores de que trabalha para um cartel, que houve até uma investigação extraoficial controlada por uma unidade do FBI, mas nada foi provado. Provavelmente são só rumores. Até que provem o contrário, é empresário do ramo financeiro.

— Eles tinham filhos?

— Uma menina. Mas ela também tinha um filho de outro casamento. Um adolescente que faz faculdade em Seattle.

— E o ex-marido?

— Casou de novo. Vive no Colorado com a família. Tentei falar com ele, mas não quis se envolver. Solicitei aos condados de King e El Paso que checassem os álibis. Estão limpos. O ex-marido estava no trabalho, são duas horas de diferença de fuso daqui. E o colega de quarto confirmou que o filho dela passou a noite no dormitório.

Lena esperou Gustavo terminar e deslizou a cadeira até outra escrivaninha rente à parede, onde um retrato do agente Lakota Lee vestindo uniforme e quepe repousava acima da inscrição "Morto no cumprimento do dever", ao lado de um computador ligado. Dando dois cliques em um ícone com brasão federal, Lena abriu o sistema, digitou um nome e apertou *Enter*, fazendo aparecer no monitor a foto e os dados de Sônia Moretti Ortega.

45 anos. Bisneta de italianos. Sem antecedentes.

Nada relevante. Gustavo havia feito a checagem.

— Tem certeza que quer fazer isso? — disse ela por fim. — Não quero que passe por tudo aquilo de novo.

Telefones tocavam nas salas vizinhas.

— Tenho opção?

— Posso dizer que está ocupado investigando outra coisa. Nomear outra pessoa.

Gustavo abriu um sorriso irônico, remoendo as palavras, fantasiando o que aconteceria se aceitasse a proposta. Sabia que aquilo seria uma baita dor de cabeça. Depois de quase vinte anos trabalhando, a verdade é que estava farto. A carreira havia estagnado desde que fora nomeado chefe de polícia em Riacho do Alce, e a culpa era toda dele. Estava se movendo em círculos, como um barco sem leme, perseguindo ideais que não o levavam a lugar algum.

Mas havia uma parte que ansiava pela liberdade, por jogar fora a âncora e deixar que o barco o levasse para um destino melhor, ou então que o fizesse afundar de vez nas profundezas do oceano. E ainda havia a dor. Quando Claire morreu pela segunda vez, as portas do sofrimento tinham sido escancaradas, mesmo ele não se permitindo expressar. Perdê-la tinha doído tanto, que o melhor a fazer seria evitar que aquilo acontecesse de novo... Com mais alguém.

— Nomear outra pessoa? Alguém que em dois dias vai me ligar pedindo informações sobre o caso antigo e no terceiro vai me envolver até o pescoço na investigação? Não, obrigado. Eu e a Poppy nos viramos. Vamos fazer isso de uma vez. Quanto mais rápido começar, mais rápido a gente termina.

— Acha que a Poppy dá conta?

— Por causa da doença da mãe?

— É.

Gustavo forçou os lábios. Não conhecia Poppy tanto quanto gostaria. Sempre tivera vontade de fazer perguntas pessoais a ela, mas ela parecia não permitir intromissões. Era agradável, mas reservada.

— Acho que sim — respondeu ele. — Não conheço a mãe dela e não sei em que estado está. Ela não toca no assunto, então eu fico na minha. Mas ela parece interessada, está entrevistando o restante dos vizinhos. É mais esperta do que pensei.

— Vamos dar uma chance para que mostre serviço. — Lena assentiu. — Sabe o que vão fazer primeiro?

— Interrogar o Josh e o marido da Sônia. Coletar amostra de saliva dos dois. Depois vou dar uma vasculhada no consultório. Também preciso dos registros telefônicos dela e quero que tente um mandado para termos acesso aos prontuários de todos os pacientes que se consultaram com ela nos últimos meses.

Lena pegou a caneta novamente e fez mais uma anotação.

— Vou tentar, mas sabe que não vão liberar — adiantou-se. — De algum paciente que considerarmos suspeito, é provável que liberem. Mas de todos? Esquece. Sigilo entre paciente e psicólogo.

Gustavo se retorceu na cadeira. Lena estava certa. Ele sabia que para conseguirem a ordem judicial seriam necessários indícios contundentes do possível envolvimento de determinado paciente no crime.

— Comece com o prontuário do Josh — disse ele. — Antes de interrogá-lo eu preciso saber o que ele e Sônia conversavam.

Um barulho veio do corredor meio segundo depois, e logo um rapaz magro apareceu empurrando a porta com o pé. Ele entrou estabanado com duas caixas que aparentavam pesar mais do que conseguia carregar, largou-as sobre uma cadeira e saiu.

Gustavo levantou o olhar, fitando as iniciais escritas com pincel atômico embaixo dos números aleatórios usados para controle interno. Aquelas eram as caixas de evidências do caso antigo, inertes à sua frente, prontas para libertarem os fantasmas presos dentro delas por fitas adesivas gastas.

— Vamos insistir na teoria do copiador? — ele indagou.

— Interrogue Josh e o marido — Lena despistou. — Depois decidimos que linha de investigação seguir.

Gustavo concordou, indo em direção à saída. Quase na porta, lembrou-se do que Corinne havia dito naquela manhã, sobre como ele era devagar. Deu meia-volta e olhou para Lena, que empurrava para trás da orelha uma mecha de cabelo.

Ele desviou o olhar.

Por que algo sempre se fechava dentro de si quando se deparava com uma mulher que qualquer pessoa consideraria atraente? Seria porque no fundo ainda enxergava Lena Turner como a garota enérgica de dez anos atrás, que carregava caixas, criava teorias e solucionava casos que nem os veteranos conseguiam solucionar? Ou porque pensava que um envolvimento sério com outra pessoa rebaixaria a memória de sua esposa morta para uma cova ainda mais profunda?

— Algum problema? — Lena estranhou.

Gustavo permaneceu calado, reprimindo o desejo de encará-la. Sabia que estava prestes a invadir um terreno perigoso, mas não podia evitar. Nos últimos meses, após o fim de um longo e infrutífero relacionamento que Lena tivera com um figurão do departamento, eles dois haviam assumido, de maneira sutil e inconsciente, alguns padrões de comportamento afetuosos entre si, em uma espécie de alívio ilusório das pressões do trabalho.

Com as mãos suando, ele vasculhou o ambiente enquanto tirava uma bala de café do bolso e colocava na boca.

— O que vai fazer sábado à noite? — Por pouco não hesitou.

Era estranho como algumas palavras podiam ser mais impactantes do que as fotos de uma cena de crime.

— Sábado? Deixe-me ver. — Lena fingiu consultar uma agenda invisível, folheando o ar com as mãos. — Nada. E... Nada.

Gustavo suspirou. Sabia que não era o tipo de homem com que as mulheres costumavam sonhar durante a noite.

— Lembra quando te falei que a banda da Corinne vai tocar na festa de Halloween do Chacal Vermelho? Queria saber se tá a fim de ir.

A expressão de Lena mudou em um instante. Seus olhos cinza se estreitaram e um vinco de surpresa apareceu em sua testa.

— Tá me convidando pra sair?

— Estou gentilmente te convidando para o show mais aguardado do ano em Riacho do Alce — Gustavo brincou. — Mesa na frente do palco e ingressos limitados.

— Corinne disse que não é um show.

— É. Ela me disse isso também.

Ambos riram.

— Preciso ir fantasiada?

— Pode apostar.

— Ok — Lena aceitou. — Te busco às seis?

— Que tal *eu* te buscar às seis?

Lena abriu os braços.

— Pensando bem, é melhor você me buscar — Gustavo replicou. — Senão vou ter que vir para Anchorage, depois voltar. Vai, volta. Vai, volta. Não que seja um problema.

Riram de novo.

— Tá legal — Lena disse. — Às seis então.

Sentindo as pernas moles, Gustavo abriu a porta de vidro e saiu. No meio do corredor, encontrou um sorriso perdido em algum lugar dentro de si.

"Cara, deixa de ser devagar."

Devagar? Não. Só um pouco enferrujado.

5
Riacho do Alce, Alasca
28 de outubro de 2004

Eram quase cinco horas e o sol da tarde começava a se inclinar atrás das árvores. A chuva tinha dado trégua, embora poças d'água ainda estivessem visíveis na trilha embarrada que dava acesso ao sítio dos Moretti, na encosta sul da montanha. O ar vespertino de outubro permanecia imóvel, e toda a natureza ao redor se mantinha em silêncio pela força invisível de uma calmaria gigantesca.

— É aqui? — Poppy desligou o motor da viatura.

— É. Onde a mãe da Sônia mora. — Gustavo assentiu, observando o carro de Oscar estacionado na lateral da grande casa. Grande demais para abrigar uma só moradora. Nas cercanias, um imenso gramado marrom demarcava os limites entre a casa e uma plantação de abóboras que se estendia até perto do celeiro.

Quando se aproximaram caminhando pelo jardim, a mãe de Sônia apareceu com um vestido florido e óculos bifocais que ampliavam a preocupação na qual seu olhar mergulhava.

— Oficiais, que bom que chegaram. — Ela fechou a porta atrás de si. — O Oscar está na sala, agarrado a um litro. Ele não fala comigo e não me deixa usar o telefone. Até o rádio ele desligou. — A voz dela estava atônita. — Sabe se eles brigaram? Eu sinto que algo aconteceu. A Sônia está bem? Minha filha está bem?!

Gustavo colocou a mão fria no ombro quente dela.

— Mantenha a calma, senhora. — Ele a afagou. — Pode me dizer quanto ele bebeu desde que chegou?

A senhorinha sacudiu os ombros.

— Não tenho certeza. Ele está estranho. Toda vez que tento falar, me pede para deixá-lo em paz. Eu disse para não beber na frente da menina, mas ele não me escuta.

— A menina está com ele?

— Está.

Gustavo recuou um passo para espiar o interior da casa pela vidraça, mas as grossas dobras da cortina não o deixavam ver nada.

— Quando entrarmos, quero que a pegue e a leve para o quarto. Ou saiam para um passeio no quintal. Ela gosta de entalhar abóboras? — Gustavo encarou a plantação. — Precisamos falar com o seu genro a sós.

A sugestão pareceu não agradar.

— Ele fez algo com a minha filha?

— Não, senhora. É um interrogatório-padrão. Só queremos fazer algumas perguntas. Depois falaremos com a senhora.

Não parecendo convencida, a senhorinha lhes lançou um daqueles olhares longos, pensativos, que tentam enxergar além do que pode ser visto. Depois, girando nos calcanhares, conduziu-os até uma sala de estar com mobília requintada onde a criança brincava de pega-varetas. O pai estava afundado na poltrona, os olhos úmidos e vermelhos brilhando com as lágrimas acumuladas, e balançava em círculos uma garrafa sem rótulo com um líquido dourado enquanto assistia a um filme com Leonardo DiCaprio e Tom Hanks, o volume da TV alto demais.

— Oscar — Gustavo cumprimentou. — Podemos sentar?

Oscar gesticulou um tímido sim com a cabeça, pegando o controle remoto no canto do sofá e abaixando o volume enquanto observava a filha sendo levada para o jardim pela avó. O homem estava um trapo, com o rosto inchado, sem vida, quase imitando uma máscara de cera confeccionada por um artista ruim. Quando abriu a boca para falar, desabou em lágrimas antes que a primeira palavra saísse.

— Coloque para fora. Não tenha vergonha. — Poppy se sentou no sofá diante dele. — Chorar ajuda a diminuir a dor.

Oscar olhou para Poppy como se algo no rosto rechonchudo dela atiçasse uma memória.

— Não ajuda. Já chorei tudo o que podia e nada mudou — disse ele. Não parecia afetado pela bebida. — O que me ajudaria agora é saber se prenderam o moleque que fez aquilo.

Poppy se encolheu e olhou para Gustavo.

— Não prendemos. — Gustavo avançou um passo, investigando pela janela se a senhorinha estava mesmo no jardim com a neta. — O Josh será interrogado, mas não vamos prender alguém sem provas.

Oscar acenou em discordância antes de fechar a garrafa e colocá-la no chão perto da poltrona.

— Foi ele — afirmou, com os olhos brilhando de ódio. Não era um sentimento dirigido a eles, mas era assustador do mesmo jeito.

— Por que acha isso?

Acomodando-se ao lado de Poppy, Gustavo pegou um gravador no bolso da calça e o colocou próximo a um ornamento de pinhas secas na mesinha de centro.

— Porque antes de ontem a Sônia chegou em casa nervosa, com uns panfletos de segurança privada na bolsa, dizendo que tinha discutido com um paciente.

— Com o Josh? — Gustavo pescou um bloco de notas e uma caneta do mesmo bolso de onde tirou o gravador.

Oscar assentiu, tremendo de esforço para não chorar, abraçando a si mesmo com os dedos afundados nos próprios braços.

— Ela não gosta de falar sobre os assuntos do consultório, mas no dia seguinte eu liguei pra lá querendo saber o que tinha acontecido. — Enxugou furiosamente as lágrimas. — Foi quando a Rose me contou que a discussão tinha sido feia, que ela conseguia ouvir os gritos lá da recepção e que chegou a pensar em intervir.

— E ela sabe sobre o que discutiram?

— Me disse que não. Mas a Sônia não iria atrás de uma empresa de segurança se não achasse que estava em perigo.

Gustavo rabiscou a primeira anotação.

Aquela era a informação de que precisavam para que Lena conseguisse acesso ao prontuário de Josh.

— Sua esposa havia relatado esse tipo de discussão com pacientes antes? — ele prosseguiu.

— O trabalho dela é atender pessoas desajustadas. Às vezes acontecia, mas não desse jeito.

Enquanto observava Tom Hanks na TV revirando uma carteira cheia de papel picado, Gustavo se reclinou no sofá.

— Minha filha é paciente dela — lembrou ele.

Um vermelho envergonhado subiu pelo pescoço de Oscar.

— Não foi o que eu quis dizer. Nem todos os pacientes são assim — esclareceu, gaguejando. — Eu não pensei antes de falar. Não quero envolver sua família nisso.

— Está perdoado. — A última coisa que Gustavo precisava era dar uma de policial ofendido. — Me conte sobre o relacionamento dela com o ex-marido e o filho.

Oscar relaxou.

— Com o filho, normal. É um bom garoto. Ele enche o saco às vezes, mas não é isso que os filhos fazem? Com o ex-marido é diferente. Eles não se dão bem. Vivem encrencando. Mas, outra vez, não é isso que os divorciados fazem?

Gustavo enrugou a testa, pensando em como ele mesmo tinha ficado assustado e confuso quando criança com as encrencas sem sentido em que os pais se envolviam após o divórcio.

"Eu vou ficar com o menino."

"Fique com a droga da casa."

"Enfie a casa no rabo."

"Se coubesse eu enfiava no seu."

Uma época em que as promessas pareciam reais.

Concentrou-se.

— Hoje, quando entrei na casa, havia uma garrafa na sala e um copo quebrado no quarto — comentou Gustavo. — Quer falar sobre isso?

— A garrafa era minha — Oscar objetou. — Eu desci para beber quando ela chegou em casa tarde e se recusou a falar sobre as ameaças, a me dizer por que ela e o Josh tinham discutido. A gente acabou discutindo também. Eu estava com raiva por ela não se abrir comigo. Porra, eu sou o marido dela. Joguei a porcaria do copo na parede durante a discussão. Ela me fez dormir no sofá por causa disso. — Ele balançou a cabeça e riu. — Ela me fez dormir no sofá. Dá pra acreditar? Eu nunca mais vou vê-la, e noite passada dormi no maldito sofá. Não é irônico?

Entendendo perfeitamente o que Oscar estava sentindo, Gustavo se lembrou de todas as vezes que tinha deixado Claire esperando enquanto sua mente estava ocupada com o trabalho. Pensou nos compromissos perdidos, nas desculpas esfarrapadas e naquele último salmão, preparado na cabana, que fora parar numa lixeira quando Claire não apareceu para o jantar. Se alguma vez chutasse uma lâmpada e um gênio aparecesse oferecendo a chance de tê-la de volta apenas por um dia, passaria cada segundo abraçado nela, sussurrando segredos de como a vida tinha se tornado sem graça.

Mas gênios da lâmpada não existem.

— A vida toda é uma ironia — ponderou por fim. — Você disse que ela chegou em casa tarde. Que horas foi isso?

— Perto das dez.

— Sabe onde ela estava?

— No consultório. Às vezes ela ficava até mais tarde.

— Certo. — Gustavo tinha passado os últimos minutos conquistando a confiança de Oscar, mas a pergunta que faria em seguida poderia arruinar essa confiança. — Você bateu nela durante a discussão? O rosto dela estava machucado quando a encontrei.

A fisionomia de bom anfitrião desapareceu do olhar de Oscar.

— É claro que não! Como pode pensar isso?! Eu nunca encostei nela. Vocês dois estão achando que eu fiz aquilo? — Subitamente seus ombros se curvaram. — Alguém rasgou a barriga da minha mulher e arrancou meu filho lá de dentro. Então eu descubro que um filho do diabo criado por um maníaco assassino de grávidas discutiu com ela um dia antes, e vocês estão achando que eu fiz aquilo?! — desabafou ele. Mas logo conteve a fúria, emendando um pedido de desculpas no tom mais brando que conseguiu adotar: — Desculpe, Gustavo, imagino que isso te traga recordações ruins, mas não posso continuar escondendo o que penso. Eu não deveria ser suspeito.

Gustavo estremeceu, sentindo o corpo pulsar como uma árvore durante um vendaval.

— Não se preocupe comigo. Estamos aqui para descobrir o que aconteceu. Saber o que você pensa faz parte do processo. — Guardou o bloco. — Soube que sua filha dormiu aqui ontem. Algum motivo para não ter dormido em casa?

— Costume. Ela dorme aqui toda quarta. A avó dela está lá fora se quiser confirmar.

— Não será preciso. A que horas você saiu de casa para buscá-la antes de levá-la pra escola?

Oscar pensou por um instante.

— Perto das oito. O horário de sempre.

— E vocês também tinham o costume de deixar a porta da frente destrancada quando saíam?

— Não. Sempre trancada.

— É que quando entrei hoje de manhã, estava aberta. Você deixou daquele jeito quando saiu?

— Não. Eu sempre tranco. Eu não tranquei?

— Estava encostada. — Gustavo pensou em quantas vezes durante os anos tinha visto o engano inocente de alguém entregando as chaves da própria ruína.

Fechando os olhos como para conjurar uma memória, Oscar suspirou. A notícia o tinha abalado.

— Pode ter acontecido. — Ele fitou Gustavo com uma expressão confusa. Depois baixou os olhos para a própria mão, e Gustavo compreendeu que ele estava fitando a aliança de casamento, uma argola fina de ouro incrustada no dedo. — Será que eu deixei aberta? — A voz dele caiu para um sussurro desesperado. O lábio inferior tremeu em um ceticismo nervoso. — Será que eles morreram porque eu deixei a porta aberta? — perguntou-se antes de esconder o rosto com as mãos e desabar outra vez. — Desculpe, mas eu... Não consigo. Eu não consigo. — Levantou-se com uma expressão de sofrimento e saiu.

A porta dos fundos bateu com força alguns segundos depois.

Gustavo olhou para Poppy.

— Deixa comigo — disse. — Sei o que ele está sentindo.

E sabia. Se havia algo que Gustavo Prado sabia era como a dor de uma perda podia ser devastadora. Se tudo na vida tem seu lado positivo, aprender a lidar com aquilo era, sem dúvida, a parte positiva de sua tragédia. Ele tinha aprendido a entender melhor os outros. A singularizar apenas o que era importante. Tinha descoberto que tragédias provocavam dores diferentes, em proporções diferentes. E tinha descoberto que todas essas dores sempre se alojavam no fundo da alma, roubando o terreno onde antes havia felicidade. Mas sempre havia um lado positivo, como um professor exigente que nos coloca de castigo com a intenção de nos tornar melhores.

Sem dizer uma palavra, Gustavo fez sinal para que Poppy ficasse de olho no jardim e seguiu os passos de Oscar, atravessando a cozinha com ilha de mármore e o encontrando apoiado numa cerca na varanda dos fundos. Escorou-se ao lado dele e permaneceu calado enquanto as lágrimas escorriam pela face de Oscar, atingindo a madeira crua do assoalho. Ao seu redor, o pasto mal aparado e separado de um bucólico bosque de bétulas por uma profunda vala de drenagem cortava toda a parte de trás da propriedade. O ar estava quase parado, o capim alto mal se movia e o único ruído era o grasnado de um pássaro no telhado acima deles.

— Eu sei como se sente. O quanto isso dói. — Gustavo olhou para Oscar. — E não vou mentir. Essa dor não vai passar. Mas com o tempo vai ficar menos difícil.

— Não sei se consigo suportar. — Oscar abaixou a cabeça. — Eu a amava, Gustavo. Com toda a minha alma. Todo esse tempo que passamos juntos não desgastou em nada o sentimento que tínhamos um pelo outro. Saber que ela não está mais aqui... dói demais.

Gustavo fitou o horizonte.

— Vou te contar uma coisa... Um xamã inuíte me disse uma vez que, quando amamos alguém e esse alguém nos ama de volta, parte de nossas almas são trocadas. Nós passamos a carregar um pedaço da pessoa, e ela carrega um pedaço da gente. — Fitou uma porção de pastagem que subia a crista do morro. — É por isso que dói tanto quando essa pessoa morre. Porque parte da nossa alma morre junto com ela.

Oscar enxugou as lágrimas com as costas das mãos.

— Pensar nisso te ajudou a superar?

Ao longe, no lusco-fusco do anoitecer, galhos de bétulas farfalharam na taiga, obrigando um bando de pássaros a buscar abrigo em outro lugar.

— Ver minha filha com roupa de formatura — disse Gustavo.

— Roupa de formatura? — Oscar pareceu interessado.

Gustavo fez que sim.

— Ver um filho formado era um dos maiores sonhos da Claire. E, de acordo com o xamã, o pedaço da alma dela que ainda vive em mim faz com que ela consiga enxergar através dos meus olhos — explicou ele. — Então, quando esse dia chegar, eu vou sentar na primeira fileira e deixar que a Claire veja a filha formada através dos meus olhos. É isso que me mantém de pé.

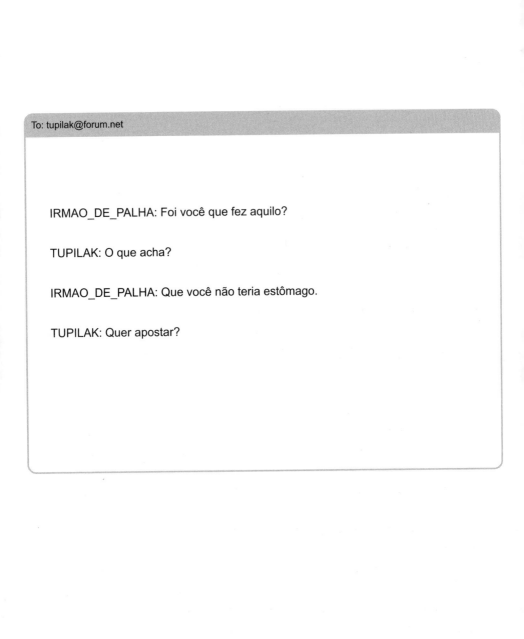

6

Quando Corinne chegou ao Josh & Jimmy's, Josh estava no caixa vendendo um pacote de bolachas e duas latas de refrigerante para um par de crianças que haviam acabado de sair da escola.

— Faltaram alguns centavos — alertou ele, mostrando as moedas e o valor total dos produtos na registradora.

As crianças ficaram desapontadas. A mais magricela até começou a procurar mais dinheiro nos bolsos da calça do uniforme, mas quando as trouxe para fora encontrou apenas migalhas ranças de salgadinho e uma arma de plástico em miniatura que deveria pertencer a um de seus Power Rangers.

A outra cruzou os braços emburrada.

— Eu disse que não tinha dinheiro pra tudo, cabeção. Eu disse. Mas você nunca escuta. Agora vamos ter que dividir a porcaria do refrigerante de novo — resmungou ela. — Mas já vou te avisando: eu vou te dar um soco na fuça se você arrotar dentro da lata desta vez.

Parada na porta automática, ao lado das bicicletas deixadas na calçada e sob o foco de luz alaranjada do poste, Corinne sorriu quando Josh empacotou as bolachas e os refrigerantes num saco pardo de papel e o entregou para as crianças.

— Por sorte, hoje é o dia do desconto — disse ele. — Só não contem nada ao Jimmy. Ele é meio ranzinza. — Deu uma piscadela para elas e um olhar caricato para o sócio, um senhor de idade de avental e com a camiseta polo enfiada dentro da calça, que estava repondo mercadorias em uma prateleira.

As crianças fizeram sinal de zíper na boca e saíram saltitando.

O Josh & Jimmy's era um mercadinho de pequeno porte que ficava próximo ao centro de Riacho do Alce, na esquina da escola. Comprado em sociedade por Josh quando ele completou dezoito anos e teve acesso legal ao dinheiro que havia sobrado dos royalties que sua família conseguira vendendo os direitos de livros e documentários sobre sua vida, o local costumava ficar movimentado todos os dias depois das cinco da tarde, quando os alunos saíam da escola e os funcionários do turno da noite de uma mineradora na montanha se reuniam para esperar o transporte no ponto de ônibus ali perto.

— Jimmy? — Josh chamou. — Fica de olho no caixa pra mim?
— Vai sair?
— Cinco minutos. A Corinne tá aqui.

Jimmy segurava uma caixa de donuts.

— Corinne? Oi, Corinne — ele cumprimentou ao vê-la na porta. — Preparada para o show no Chacal? Fiquei sabendo que a cidade toda tá querendo ir. Você é uma *Rockstar*. Quando vai me dar um autógrafo?

— Ha, ha, ha! — Corinne silabou uma risada. — Eu te amo, Jiminy Billy Bob, mas autógrafos só são dados na noite do evento. Se quiser um, vai ter que aparecer.

— Tá bom. Tentaremos ir. Prometo.

Quando Josh estava pronto para sair, um cliente vestindo uniforme de serviço entrou à procura de pilhas. Josh apontou para o corredor onde elas estavam, suspirou e pediu para Corinne o esperar no lugar de sempre.

A parede de tijolos vermelhos do beco atrás do mercado onde Corinne se escorou para esperar ainda estava úmida e fedia a mofo. No chão, a água empoçada que tinha caído durante a tarde refletia as pichações com símbolos de gangues no muro, como um espelho criminal. Espiando o movimento de pessoas na rua, atrás de uma grande caçamba de lixo que limitava a visão do beco, Corinne abriu a mochila e pegou um cigarro de maconha que mantinha escondido dentro de uma lapiseira. Colocou-o nos lábios e acendeu.

A primeira tragada a fez tossir.

Pinçou com os dedos um resquício de planta que tinha ficado na língua, olhou para um ar-condicionado ligado preso na borda da janela do apartamento no segundo andar e voltou a se escorar na parede ao lado da goteira. Sempre que ouvia conversas ou passos na rua, se encolhia no escuro e escondia o cigarro, temendo que algum conhecido a visse e contasse para Gustavo. Era cuidadosa demais para deixar acontecer. Sempre que chegava em casa depois de fumar, sem poder culpar outra pessoa pelo cheiro, tirava a jaqueta e a enfiava na mochila antes de entrar, levando-a direto para a lavadora. E, no minibolso da calça jeans, chicletes de hortelã estavam sempre preparados para disfarçar o bafo.

No meio da segunda tragada, lembrou-se da mãe, sempre encolhida, amedrontada por saber como o "marido" receberia cada um de seus movimentos e palavras. Agora Corinne entendia o que aquilo significava — as lamúrias, os hematomas, as noites longas e frias em que a mãe dormia amarrada na árvore perto da cabana, castigada por ter descido ao porão para falar com as garotas na caixa, chorando de soluçar, implorando para que ele a deixasse voltar para dentro. "Estou com frio. Tenho medo dos lobos. Por favor, me ajuda." Corinne não sentia coisa alguma na época. Nenhuma impressão de maldade, nenhuma ressonância de terror. Viviam entocados na floresta sob o olhar cauteloso de um predador que chamavam de "papai". Recordava-se, com o coração apertado, de sempre perguntar a ele por que apenas a mamãe era castigada quando desobedecia.

— Merda. — Odiava reviver aquilo.

Bateu a cinza com a ponta do dedo e ficou ali no beco mal iluminado mais alguns minutos.

Corinne ensaiou jogar o cigarro no chão para pisoteá-lo ao observar uma sombra crescendo e a calçada estalando com a aproximação de alguém, mas relaxou ao perceber que era Josh. Ele vestia calça social e uma camiseta polo por baixo do avental com logomarca que era o uniforme do Josh & Jimmy's. Ofereceu o cigarro para ele.

Josh pegou, deu um trago e se escorou ao lado dela.

A melhor parte do dia.

— Como foi a escola hoje? — ele perguntou.

— O mesmo de sempre. Aula, piadas sem graça e a vaca da Marjorie enchendo o saco de todo mundo que ousa respirar o mesmo ar abençoado que ela.

— Ela continua fazendo isso?

— Continua — Corinne respondeu com a testa franzida. — Aliás, por que você saía com ela mesmo? Eu não lembro qual foi a desculpa esfarrapada que me deu na última vez.

Josh fez uma careta.

— Você vai me fazer carregar essa cruz para o resto da vida, não vai? — disse ele.

— Você mereceu.

— Tá bom. Mas definitivamente passou da hora de alguém dar um jeito naquela garota. Você mesma deveria fazer isso.

Corinne cruzou os braços sobre a estampa do soldado-libélula, encarando o irmão que não era irmão e percebendo o que havia mudado. Josh tinha vinte anos agora, três a mais do que ela, e isso significava que fazia algum tempo que ele não a protegia dos engraçadinhos que infestavam os corredores da escola com brincadeiras desalmadas, sem que ele apontasse o dedo para a cara de alguém, prensando-os contra a parede pelo colarinho e ameaçando em voz alta que deixassem a irmã em paz. Sentia falta daquela bolha invisível de proteção, do olhar de lobo de Josh e das conversas sobre paqueras no intervalo das aulas, enquanto compartilhavam o lanche.

— Dica anotada. — Corinne escorou a perna no muro. — Serei a revolucionária que vai desafiar o reinado da Megera. Até parece.

Josh riu.

A barra azul-escura que enfeitava o horizonte se tornou soturna quando o último raio de sol sumiu, diminuindo a temperatura. Era final de outubro e os dias começavam a encurtar, reduzindo as horas de luz até que o auge da escuridão fosse atingido em meados de dezembro. Descruzando os braços, Corinne se esticou e tirou o cigarro da boca de Josh, observando a seda molhada de saliva numa ponta contrastar com a brasa incandescente da erva queimando na outra.

— Soube da morte da Sônia? — perguntou.

— E tem como não saber? — Josh baixou os olhos. — A cidade inteira tá falando sobre isso. Metade dos clientes que entrou no mercado hoje perguntou se eu sabia o que tinha acontecido. Como é que vou saber?

A luz do poste que os iluminava piscou.

— Já percebeu como isso nunca chega ao fim? — Josh voltou a falar. — Sempre tem algo acontecendo pra fazer lembrar, mesmo que seja só um detalhe. E eu o odeio por isso, por ele ter feito aquilo com a gente. Eu o odeio por nos obrigar a viver com essa maldição.

Corinne olhou para o irmão.

— Sei como se sente — disse ela. Preferia a verdade, mesmo difícil.

— Minha cabeça ainda o chama de "papai".

Josh a abraçou, e uma nuvem de fumaça os envolveu. Duas almas assustadas, unidas contra um mundo apavorante.

— Como está se sentindo?

— Pode parecer estranho, mas não sinto nada — respondeu Corinne. — Eu estava no carro quando meu pai entrou na casa. Estávamos indo para a sessão. Ele só me disse que a encontrou no banheiro. Não sei direito o que aconteceu.

— Eu sei. — As palavras escaparam da boca de Josh.

Corinne arquejou de espanto, encarando-o com incredulidade. Lembrou-se então de quando Josh telefonara dizendo que tinha discutido com Sônia.

— Sabe? — indagou.

— O marido deve ter surtado. É um bosta. Batia nela.

— Por que acha isso?

— Nunca reparou que às vezes ela ia para o consultório coberta de maquiagem? Nem sempre suficiente para esconder as marcas.

Corinne se lembrava da maquiagem pesada de Sônia, e dos risos silenciosos enquanto a comparava com um defunto, mas jamais imaginou o motivo do exagero e nunca tinha reparado nas marcas. Engoliu em seco, sentindo-se péssima, pensando que não devia tê-la julgado, porque não vivia a vida dela nem chorava as lágrimas dela.

Pegando o cigarro de volta, Josh tragou até que a brasa quase alcançasse os dedos. Quando soprou a fumaça para o alto, descartou a guimba numa das poças, apagando-a na água com um sibilo curto.

— Se lembra da mãe? — murmurou ele. — Da sua mãe... — corrigiu. — Lembra que no começo ela também se cobria com maquiagem quando ele batia nela, antes de enlouquecer e parar de se importar?

Corinne desviou o olhar para a guimba na poça, agora molhada e com a ponta apagada. Não se lembrava daquela parte. Não tinha memórias da mãe em seu estado normal. Era pequena demais. Para ela, durante os sete anos em que viveram juntas, Claire sempre fora um porto seguro à sua maneira: assustada, ombros encolhidos, dizendo que via coisas nas paredes da cabana que não estavam lá de verdade e cochichando consigo mesma como se houvesse duas pessoas habitando o mesmo corpo. Quando o "papai" chegava, Claire se fechava em seu covil de horror. Assim que ele saía, ela se erguia como uma loba protegendo os filhotes, preservando-os das surras, assumindo a culpa pelo que eles faziam e sendo punida por isso.

"Fui eu que quebrei o pote." Um tapa.

"Fui eu que risquei a parede." Um empurrão.

"Fui eu que entrei no porão." Uma noite na árvore.

Nos primeiros anos eram apenas Josh e Corinne, brincando com bonecos feitos de espiga de milho no quarto, aprontando peripécias na sala ou fazendo esculturas de neve nos limites da cabana — nas raras vezes que lhes era permitido sair.

Anos depois, quando a bebê Rita foi trazida, as saídas para brincar começaram a ficar mais espaçadas, até cessarem por completo com a chegada de Ellen, a bebê que o "papai" tirou de dentro da barriga de uma mulher na frente deles, antes de levá-la para brincar no bosque. Outra criança ainda veio meses depois. Uma com a qual Corinne não teve tempo de conviver e cujo nome só conseguiu se lembrar quando era grande o bastante para ler aquela matéria que foi publicada em um jornal contando parte da história.

Corinne balançou a cabeça, espantando a lembrança ao ouvir a freada abrupta de um veículo na rua da frente do mercado. Curiosa, se desencostou do muro e foi para a frente da caçamba de lixo. Viu dois homens encapuzados saindo de um carro escuro com pedras na mão, primeiro gritando e depois atirando as pedras em direção à fachada do mercado. Sons de vidros quebrando vieram em seguida, acompanhados de portas batendo e mais gritos.

— Matador de grávidas! — esbravejou um.

Cantadas de pneus.

— Sua hora tá chegando, filho do diabo! — ameaçou outro.

Quando Corinne e Josh chegaram à rua, o carro estava longe e a fachada do Josh & Jimmy's, destruída.

7

— No que está pensando? — indagou Poppy, olhando para Gustavo enquanto ele reduzia a velocidade no cruzamento.

Tinham acabado de deixar para trás a escultura do alce gigante no portal da cidade e seguiam em direção ao Josh & Jimmy's, rodeados por um chuvisco antipático que tinha dado as caras minutos depois do pôr do sol.

— No quanto você é azarada — Gustavo respondeu. — Na verdade você é a pessoa mais azarada que eu conheço, Poppy Jennings. — Sorriu, encarando a pista à sua frente. — Um homicídio desse tipo logo no seu primeiro caso aqui?

— Confesso que eu não esperava por isso, mas também não vou reclamar. — Poppy também sorriu. — Em Trapper Creek nunca atendi um homicídio. A maioria dos chamados era encrenca entre vizinhos e vez ou outra conduzir bêbados encrenqueiros para casa. Lugar pequeno. Quatrocentos habitantes. No dia seguinte, tudo se repetia.

Gustavo riu.

— Sabe qual foi o meu primeiro chamado? — perguntou ele.

— Agora quero saber.

— O sequestro de um porco.

— Tá brincando, chefe?

Ao ver o ceticismo de Poppy, Gustavo continuou:

— Foi em 1984, no meu segundo dia de serviço, neve de cobrir os tornozelos, um montanhês liga na delegacia dizendo que um de seus porcos tinha sido levado. A corporação conhecia o problema, rixa antiga entre vizinhos, divisa de terra, me mandaram resolver. Pra resumir, o sequestrador era o verdadeiro dono do bicho e só tinha pegado o porco de volta. Descobri semanas depois que meu ex-chefe só me fez atender ao chamado por sacanagem.

Poppy também riu.

— Adam Phelps? — ela perguntou.

Gustavo assentiu de modo quase imperceptível, apertando o volante com força. Sabia que Poppy não tinha qualquer interesse pessoal em pescar informações sobre o passado, então decidiu agraciá-la.

— Ele era um bom amigo, até se envolver com umas merdas pesadas e foder com tudo. Perdemos contato depois da prisão — relatou ele, tentando manter a perturbação distante da voz. — Acabaram reduzindo a pena pós-julgamento, alguns amigos do governo deviam favores a ele. Foi para a Flórida quando saiu. Caçador de crocodilos, como ele dizia. Você conhece o resto da história.

Todos conheciam.

Depois de dois minutos silenciosos, eles acessaram a avenida e passaram em frente ao endereço do antigo prédio onde Gustavo morava, que tinha sido remodelado e agora abrigava uma loja de informática no térreo. Gustavo nem sequer desviou o olhar, mantendo-se concentrado no chuvisco que acertava a carroceria, quase abafando o barulho do motor. Vinte metros à frente, abriu uma fresta na janela, deixando o ar fresco e úmido da noite entrar junto com os pingos, que salpicavam seu pescoço.

— O que achou do interrogatório do Oscar? — Ele voltou a falar.

Poppy se ajeitou no assento, colocando as mãos na saída quente do ar-condicionado.

— Nenhuma conclusão. Embora eu não tenha certeza se tudo que ele disse é verdade.

— Qual parte?

— A que ele não bateu nela naquela noite.

Gustavo acionou o limpador.

— Toda investigação criminal é como um iceberg, Poppy — explicou ele. — O que a gente vê é quase sempre só a ponta. É preciso mergulhar fundo pra descobrir onde o gelo se sustenta.

Poppy assentiu com um confuso meneio de cabeça, calando-se quando um caminhão-baú passou na pista contrária como um borrão.

— Então também acha que ele bateu nela?

— Mais do que acho. — Gustavo olhou para o lado. — Tenho quase certeza.

Gustavo dobrou à esquerda quando chegaram na esquina da escola, e seu pé direito pisou no freio no mesmo instante em que viu a claridade da fachada destruída do Josh & Jimmy's. Os pneus mastigaram o asfalto antes de a viatura parar. Enquanto se preparava para sair, um fragmento sonoro despertou memórias de sua infância quando, por alguns segundos, só se ouvia o tamborilar calmo da chuva no para-brisa, um som agradável que foi saboreado plenamente por Gustavo antes que Poppy abrisse a porta e desembarcasse.

Na calçada em frente ao mercado, abrigados sob um toldo desbotado, Corinne e Jimmy interromperam a conversa ao perceberem a chegada da polícia. Mais próximo do meio-fio do que do toldo, Josh caminhava de um lado para o outro sem se importar de estar ficando ensopado.

— Eu ia começar com um boa-noite, mas parece que a noite não começou bem — Poppy ponderou ao se aproximar. — Alguém pode dizer o que aconteceu aqui?

Josh se aproximou.

— Pedras. Duas pessoas saíram de um carro gritando e jogando pedras. — Foi Jimmy que apontou os cacos de vidro no chão, com os músculos do rosto tremendo em espasmos nervosos.

O mercado estava todo decorado para o Dia das Bruxas.

Gustavo avançou até a porta automática travada para avaliar o tamanho das pedras dentro do mercado, esfregando o rosto quando as viu. Aquilo não podia ser coincidência.

— Reconheceu quem as atirou? — indagou ele.

— Eu estava no caixa. Fiquei nervoso com a gritaria e não consegui prestar atenção — Jimmy respondeu. O nervosismo diminuindo à medida que falava. — Mas a Corinne disse que eram dois e que estavam de capuz.

Gustavo olhou para a filha.

— Você estava aqui?

— No beco. Eu e o Josh estávamos conversando quando um carro escuro chegou. Eram dois homens. Não vi a placa, mas tenho certeza que tem a ver com a morte da Sônia. — Corinne falava depressa e piscava sem parar, com os olhos vermelhos. — Eles gritaram ameaças, algo sobre matador de grávidas e o filho do diabo.

Poppy pareceu intrigada com o relato.

Gustavo acenou para a parceira, tentando mostrar que tinha entendido e correndo os olhos pelo alto da fachada em busca de câmeras de segurança, lembrando-se de que Oscar Ortega havia usado a mesma expressão — "filho do diabo" — durante o interrogatório na fazenda.

— Tem câmeras aqui? — perguntou.

— Uma interna. Instalamos em cima da porta, apontada pra dentro. Ela capta o interior, mas não a calçada. — Jimmy quis mostrar. — A escola também tem uma perto do portão, mas pela posição acho que só pega imagens da rua lateral.

A escola ficava no outro lado da rua, mas a escuridão e a névoa impediam que Gustavo visse a posição da câmera. Não que precisasse das imagens. Já tinha uma suspeita de quem poderia ter ordenado o ataque. Estudando os arredores, viu moradores curiosos andando nas esquinas antepostas, reduzindo o passo e torcendo o pescoço para bisbilhotar o que acontecia no mercado.

— Pediram para alguém vir colocar tapumes? — indagou Gustavo.

Jimmy fez que sim com seu rosto pálido e assombrado.

— Sei quem pode ter feito isso. — Gustavo pegou o celular e conferiu a hora. — Ou melhor, mandado fazer.

Escorado no poste que os iluminava, Josh estalou os dedos com o punho fechado e socou a própria coxa.

— Foi o Ortega, não foi? Aquele traficante de bosta.

Gustavo o encarou. Não seria a primeira vez, em especial nos finais de turnos cansativos, que ele gerava convicções que se mostravam insustentáveis após a investigação dos fatos.

— É possível, mas não vou afirmar até termos certeza. Aliás, precisamos conversar para saber qual o problema entre vocês.

Josh cruzou os braços com força, como se tentasse não tremer.

— Vou precisar de um advogado?

Gustavo sentiu que a pergunta era um deboche.

— Não sei. Vai? — replicou no mesmo tom.

Ao ouvir aquilo, Corinne reagiu como se tivesse levado um tapa e se postou ao lado do irmão, para protegê-lo.

Gustavo olhou para o chão, como se as possibilidades fossem minas terrestres. Invejava a ligação intensa entre Corinne e Josh. E sabia que precisava estabelecer alguns limites antes que aquela investigação se tornasse uma ciclópica intriga pessoal.

— Jimmy, pode nos dar um minuto? — pediu Gustavo.

Quando Jimmy ajeitou a camiseta polo dentro das calças e entrou no mercado, ele se voltou para Poppy.

— Poppy, leve a Corinne para o carro — ordenou.

— Eu não... — Corinne quis argumentar.

— Vai pro carro, por favor.

— Mas...

— Vai pra porra do carro agora!

Trovejando rancor, Corinne lançou-lhe um olhar desafiador e foi para a viatura, batendo a porta com força.

Poppy a seguiu.

Talvez fosse pela melancolia do vento, que levantava redemoinhos de cristal, ou pela exaustão do dia, mas Gustavo sentiu algo emergindo das sombras dentro de si. Sua mente se embrenhou num desses caminhos tortos, metralhado por sentimentos angustiantes. Olhou para Josh, estudando seus olhos escuros, ainda distantes do apetite louco que estamparia os tabloides do dia seguinte, quando as primeiras matérias sensacionalistas sobre a morte horrenda de Sônia Ortega e de seu bebê fossem impressas e o pesadelo recomeçasse.

— Quer me contar o que estavam fazendo no beco? — indagou ele.

— Nada. — Josh estranhou. — Achei que queria conversar sobre o problema que tenho com o Oscar.

Gustavo suspirou com a testa vincada, raspando de maneira involuntária a sola do sapato na calçada ao mesmo tempo que observava as prateleiras cheias de mercadorias através da vidraça quebrada.

— Escuta aqui, Josh — falou em voz baixa —, eu sei que você não gosta de mim e, pra dizer a verdade, também estou começando a ficar de saco cheio de você. — Esquadrinhou os arredores e chegou mais perto, tornando a fala confidencial. — Se eu descobrir que anda dando maconha pra Corinne, juro que te meto na cadeia. Quer fumar? Ok! Não estou nem aí. Mas não coloque minha filha no meio, senão vou te fazer se arrepender de ter nascido.

Josh o encarou, com os cabelos loiros molhados. Para além da linha dos prédios houve um clarão, seguido por um trovão.

— Está enganado quando diz que eu não gosto de você, Gustavo — esclareceu ele. — E não se preocupe em querer fazer com que eu me arrependa de ter nascido. Eu já me arrependo disso todos os dias.

8

Gustavo não precisou esperar nem cinco minutos para que a curiosidade de Corinne vencesse o rancor.

— O que você e o Josh conversaram? — perguntou ela.

Gustavo ligou a seta e pisou no acelerador. Queria dizer tantas coisas para Corinne, mas, pensando bem, nenhuma delas parecia mais aconselhável do que o silêncio.

— Assunto de polícia — retrucou ele, seco.

Sentada no banco do carona, Poppy estava com o prendedor de cabelos solto, com vários fios caídos sobre a orelha e o rosto.

No banco de trás, Corinne se calou.

Quando estavam chegando ao meio do caminho que separava o Josh & Jimmy's da casa de Gustavo, a escuridão tinha se assentado por todo o vale e o chuvisco congelado fazia pedrinhas caírem do céu. Na estrada do bosque, a névoa espessa que se erguia do meio das árvores dificultava a visão, fazendo com que fosse quase impossível enxergar fora do alcance obtuso dos faróis.

Para abafar o silêncio, Gustavo ligou o rádio e mexeu na sintonia em busca de alguma música suportável, erguendo o volume numa versão acústica de "Lookin' Out My Back Door", interpretada por uma banda que não se parecia em nada com o Creedence. Poppy olhou para o lado.

— Então esse é seu estilo? — comentou.

— Meu estilo?

— É. Sempre imaginei que gostasse de algo tipo Johnny Cash. No máximo um Alan Jackson — ela respondeu, se virando para o banco de trás onde Corinne mexia no celular. — O que acha, Corinne? Creedence ou Alan Jackson? Eu prefiro Creedence.

Gustavo ergueu o olhar para o retrovisor, prenunciando a patada, mas Corinne preferiu exercer o direito de permanecer calada.

Passava das sete da noite quando chegaram em casa, aninhada perto de uma encosta no sopé da montanha a quatro quilômetros do centro de Riacho do Alce. A casa, embora com aparência renovada de perfeição sem planejamento, mantinha a simplicidade arquitetônica da construção original, datada do início dos anos 1980. Fazia nove anos que Gustavo a havia comprado e, desde então, ocupava alguns finais de semana com seu novo passatempo: trabalhar em pequenas melhorias, eliminando os vestígios das reformas malsucedidas dos proprietários anteriores. Um serviço árduo e propositadamente lento.

A viatura nem tinha parado por completo quando Corinne desembarcou, fechando a porta com outra pancada e se apressando para entrar em casa. Gustavo observou-a correr pelo quintal, onde flores de outono murchas pelo frio cresciam em liberdade aleatória.

— Desculpe por isso. — Ele desligou o motor e entregou a chave para Poppy. — Você está passando por um momento difícil com a sua mãe, e a Corinne... Ela não tem o direito...

Poppy o interrompeu, dando dois tapas em sua coxa.

— Não esquenta, chefe. Sei como adolescentes podem ser impulsivos. Dá espaço pra ela, conversem bastante e tudo vai ficar bem.

Gustavo agradeceu, pensando se já era hora de pedir a Poppy que parasse de chamá-lo de chefe e esperando que as perguntas sobre sua conversa privada com Josh começassem, mas elas não vieram. Em vez disso, Poppy se ofereceu para ir embora de táxi, dizendo que Gustavo podia ficar com a viatura.

— Fique com ela — ele dispensou. — Aproveite e contate a empresa de segurança do panfleto e pergunte se a Sônia os procurou em busca de algum orçamento. Nos vemos amanhã.

Sentindo as pedras de gelo acertarem sua cabeça, Gustavo enfiou as mãos dentro do casaco e esperou na calçada até que o brilho dos faróis traseiros da viatura sumisse na rodovia antes de entrar. Inalando o aroma da grama molhada, foi novamente remetido ao passado, lembrando-se das histórias que o pai contava para ele antes de dormir, quando tinha cinco ou seis anos.

Era uma vez… E lá vinham pessoas que voavam, bruxos poderosos, bichos que falavam e casas assombradas. Era irônico, concluiu, imaginar como as lembranças daquelas histórias infantis o tinham marcado tanto, pensando em Dimitri Andreiko e torcendo para que ele não tivesse deixado marcas na memória de Corinne.

Entrou em casa pela garagem, chutou os sapatos na lavanderia e seguiu para o corredor. Corinne estava no quarto com o mini-system tocando música alta quando ele chegou. Vendo que a porta estava trancada, ele girou nos calcanhares e seguiu até o banheiro de seu quarto, abrindo a torneira da pia e deixando a água escorrer até que o sistema de gás a esquentasse. Enquanto esperava, olhou-se no espelho. Os anos não o haviam poupado, mas pudera, nunca tinha sido nenhum Brad Pitt. Quando a água começou a vaporar, ele lavou o rosto e encarou a fotografia pendurada no canto do espelho. "Dá espaço pra ela, conversem bastante e tudo vai ficar bem." Fechou os olhos e riu da própria desgraça, satisfeito com a liberdade que as pálpebras fechadas lhe davam. Depois, parando de adiar o inadiável, voltou ao corredor e parou na frente da porta do quarto da filha.

— Corinne? — chamou.

Ninguém respondeu.

Bateu três vezes.

A música ficou mais alta.

Sentiu-se como um náufrago à deriva, ansiando por terra firme, ou por um prelúdio, breve que fosse, que o fizesse acreditar que aquelas colisões emocionais eram apenas temporárias. A esperança frágil de que em algum momento Corinne se abriria estava afundando pouco a pouco, como um barco com o casco furado, onde a água entra mais rápido do que a tripulação consegue tirar.

Bateu de novo.

E de novo não obteve resposta.

Exausto de nadar contra a maré, desistiu, descobrindo que o paraíso tropical de seus sonhos estava infestado de tubarões. Foi para a sala e ligou a TV no Discovery Channel, pendurando a jaqueta no encosto da poltrona e tirando as meias, mas sua atenção logo foi desviada ao ouvir o toque do celular. Esticou-se para pegá-lo no bolso da jaqueta e viu o nome no visor. Era Lena.

— Por favor, me diz que a notícia é boa.

— Depende — refletiu ela. — Liga o computador e abre seu e-mail. Consegui os prontuários do Josh.

Gustavo se levantou num salto e foi até o quarto que cinco anos antes tinha virado um escritório repleto de tralhas com vista para a rua. Empurrou uma pilha de livros escolares para abrir espaço na escrivaninha, sentou na cadeira giratória e ligou o computador.

— Algo útil? — perguntou.

— Não muito. Os prontuários não são detalhados como imaginávamos — Lena respondeu.

— Como assim?

— Prontuários psicológicos são iguais aos médicos. Só há pequenos relatos do trabalho prestado, da evolução do paciente e dos procedimentos adotados, além dos dias e horários das sessões — ela explicou. — Não tem nada sobre o teor do que conversavam.

Gustavo coçou a testa, fitando a névoa pela janela.

— Então não servem pra nada.

— Mais ou menos isso — Lena admitiu. — Também recebi informações preliminares sobre a cena do crime, mas os peritos não encontraram nada além do que já sabemos. Uma confusão de impressões digitais e nem sinal da chave do banheiro.

— E a causa da morte?

— Hemorragia. Sangrou até morrer. Estimam que tenha sido entre as sete e nove da manhã. O legista confirmou que ela também foi estrangulada antes, mas não fatalmente. E encontrou fissuras nos ossos das costelas, indicando que ela foi atirada contra a banheira. O laudo está no e-mail.

— Merda — Gustavo praguejou, observando a logomarca do sistema operacional aparecer no monitor. Aquela informação não ajudava muito. Em depoimento, Oscar havia dito que tinha saído de casa perto das oito para buscar a filha. Versão confirmada pela sogra e pela diretora, que afirmou durante uma ligação que a criança fora deixada na escola às oito e meia pelo pai. Em resumo, aquilo colocava e tirava Oscar da cena no momento do crime. — Vou interrogar o Josh amanhã cedo. Como está o pedido dos registros telefônicos?

— Devagar, mas devo conseguir logo.

— Certo. Vou dar uma boa olhada nos arquivos agora. Te ligo se descobrir algo.

9

Gustavo pegou os óculos de leitura na gaveta e abriu a caixa de e-mails, fazendo o download dos anexos: páginas e mais páginas escaneadas com os prontuários de atendimento de Josh. O primeiro deles datava de 8 de fevereiro de 1994 e o último, de 20 de outubro, oito dias antes. Uma nuvem de dúvidas baixou sobre sua cabeça. Algo não fazia sentido. Abriu o calendário no canto tela e se perguntou por que não havia registro da sessão de Josh naquela semana. Tamborilou os dedos na escrivaninha, ruminando teorias. Sem permitir que aquilo o paralisasse, pegou o celular e telefonou para Rose, a secretária de Sônia.

O telefone só foi atendido depois de vários toques, justo quando ele estava pensando no recado que deixaria.

— Alô? — A entonação da voz de Rose era afobada. — Gustavo, querido, tá tudo bem?

— Sim, Rose, tudo bem — ele a acalmou. Sabia como era afoita. — Estou ligando para conversar sobre os documentos que enviou à polícia.

— Ah, sim. Meu neto me ajudou a enviar. Eu não sei digitalizar nada. É muita tecnologia. Algum problema?

— Problema não. Só uma dúvida. Estou com os arquivos abertos no computador agora mesmo e vi que o último registro de sessão do Josh foi no dia 20. Isso está correto?

Rose ficou um tempo calada. Quando falou, foi de um jeito tenso, como se fizesse força para disfarçar a falta de memória:

— Não tenho certeza, mas se aí está marcado dia 20, então foi dia 20.

Gustavo assentiu, assimilando as informações.

— É que eu estava procurando o registro da sessão em que os dois discutiram, para tentar descobrir o motivo, mas não encontrei.

Um cachorro latiu do outro lado da linha.

— Não, não. A discussão não foi durante uma sessão. O Josh não tinha horário marcado esta semana, mas mesmo assim ele apareceu e ela o atendeu — Rose explicou. — Foi uma discussão rápida, coisa de dois minutos. Quando ele saiu, eu entrei e perguntei o que tinha acontecido, mas ela disse que estava tudo sob controle.

— E depois não tocaram mais no assunto?

— Com ela não.

— Com ela não?

— Só com o Oscar. Ele me ligou para saber do ocorrido.

A ligação ficou muda por alguns segundos, como um foguete indo para a Lua e perdendo contato com a Terra.

— Rose, você ainda está aí?

— Estou aqui.

— Pode me dizer se a Sônia e o Oscar se davam bem?

— Acho que sim — ela respondeu. — Ele aparecia no consultório com frequência. Trazia flores e doces para ela. Sempre me pareceu carinhoso. Você não está achando que ele fez aquilo, está?

Era fácil confundir especulação com percepção.

— Não estamos achando nada. Só investigando.

— Ah, claro. Por um momento pensei que ele estivesse na lista de suspeitos. — Rose suspirou. — O Oscar que eu conheço jamais faria aquilo. Ele tem seus problemas, mas jamais faria aquilo.

— E quanto ao Josh? Alguma razão para o Oscar não gostar dele? — Gustavo emendou. Não podia perder a chance de saber o que a secretária pensava a respeito.

A pergunta pareceu surpreendê-la.

— O Josh? O Josh é um amor. Ele não faria mal a uma mosca. — A reação dela foi de puro espanto. — Não consigo pensar em nenhum motivo para o Oscar não gostar dele.

Estaca zero.

Gustavo deu um suspiro baixo.

— Obrigado, Rose. Se lembrar de algo, me liga.

Gustavo escorou os cotovelos na escrivaninha quando desligou. Tentou conectar as informações aleatórias de modo que fizessem sentido, mas desistiu, percebendo que não conseguiria organizá-las sem antes obter mais informações. Empurrando o celular para longe, passou as horas seguintes lendo as anotações que Sônia tinha feito sobre Josh, semana após semana, ano após ano, começando em 1994, com um menino tímido que tinha "extrema dificuldade em responder perguntas", até chegar àqueles dias, com um jovem arredio que ocultava os sentimentos, "despojado do convívio social e da manutenção de relações afetivas duradouras".

Perguntou-se o que aquilo significava, tentando compreender a lógica por trás das avaliações de Sônia, uma mulher com capacidade observadora de psicóloga que mantivera contato semanal pelos últimos dez anos com um dos suspeitos por sua morte. O que haviam conversado para que ela fizesse aquelas anotações? Era isso que precisava saber, mas era impossível dizer com base em palavras no papel.

Depois de duas horas, precisou fazer uma pausa para combater o desânimo. Esticou os joelhos e se reclinou na cadeira, querendo ouvir se ainda ecoava no corredor a música alta vinda do quarto de Corinne, mas não ouviu nada.

O sermão ficaria para amanhã.

Voltou à leitura, analisando com calma os últimos oito prontuários, que abrangiam um período de dois meses e meio de sessões, e procurando qualquer fagulha de loucura em Josh que pudesse explicar um comportamento violento ou qualquer atitude dele em relação a Sônia que pudesse desencadear uma onda de ciúmes em Oscar, mas os relatos descritos eram tão sucintos que o conteúdo de todos os oito somados caberia em não mais do que dois terços de uma folha A4.

No meio de uma das frases, uma ventania levantou um redemoinho de folhas no pátio, com algumas estalando contra os vidros da janela, fazendo Gustavo olhar para fora e tirar os óculos para acompanhar o avanço de alguém na calçada, vestindo calças e casaco de moletom, que corria na direção de quem desce a montanha. Conferiu a hora. Era tarde para ginástica. Quando voltou a olhar, o vulto, protegido pela noite e pela névoa que desfocava a claridade do poste, estava parado colocando algo dentro de sua caixa de correio.

Gustavo empurrou a cadeira e foi para fora, pisando descalço no assoalho quente e depois na camada fria de gelo que se acumulava ao redor do cemitério decorativo no jardim. Quando chegou na calçada, investigou a rua e ouviu os passos apressados de alguém, que tropeçou e voltou a correr, sumindo na curva da montanha, engolido pela escuridão.

— Ei! — gritou Gustavo. — Volte aqui!

Não adiantou. Em segundos a rua ficou tranquila como se nada tivesse acontecido. Por um momento, Gustavo ficou atordoado, incapaz de agir. Depois foi até a caixa de correio e bisbilhotou o interior com cuidado, pegando o que havia ali dentro: um envelope amarelado com pontas amassadas e uma marca clara na parte da frente, onde uma etiqueta fora colada e arrancada.

Abriu e leu o bilhete.

Um arrepio mais gelado do que a noite desceu por sua espinha. Porque Gustavo era feliz, e sabia que a felicidade era como uma dose de cocaína injetada direto na veia: excepcional, instável, algo que provado uma vez fazia todo o resto perder a graça. A felicidade é artificial, moldada para durar um milésimo de segundo ou a eternidade de uma década, mas nunca... Nunca é para sempre. E junto dela vem a lucidez apavorante de que nada mais será como era antes, fazendo quem desfruta dela sentir até mesmo saudade de algo que ainda tem.

Amassou o envelope com raiva, como se algo tivesse sido injetado em seu braço, lembrando-se de outro bilhete com aquela mesma frase que tinha encontrado dez anos antes na caixa de descarga do antigo apartamento, deixado por um encanador cuja identidade jamais fora revelada.

"Corinne não é sua filha."

Quarta sessão

Balanço a cabeça, tentando fazê-la compreender que entendo o dilema, mas permaneço em silêncio, compondo a melhor resposta.

Não há saída.

— Você me pegou. — Ergo as mãos, do mesmo jeito que bandidos fazem quando são capturados. — Eu não estou aqui para mentir, então a resposta é sim: sei que é a psicóloga do caso.

Faz-se um longo silêncio. Olho-a de relance, mas seu rosto não diz nada. É evidente que ainda estou no manejo das cordas, mas preciso ter cuidado, ou ela me colocará na gaveta com o rótulo de "Problema mental". Não posso deixar que isso aconteça. Preciso mantê-la ao meu lado por tempo suficiente para chegar ao resultado esperado. Sei que ela procura o mesmo que eu. Nos completamos, por assim dizer. Somos dois lados da mesma moeda. Ela só não sabe disso ainda.

— Olha, doutora. — Evito chamá-la pelo nome. Não quero que pense que estou à vontade. — Eu entendo se quiser parar de me ver, de verdade, mas juro que não é por isso que estou aqui — minto. É exatamente por isso que estou aqui.

Sônia firma um olhar silencioso no caderno de anotações, volta as páginas de nossas três últimas consultas e assim permanece por um tempo. Faz frio, mas começo a suar. Sinto que estou em uma corda bamba. Um minuto depois, ela levanta, empurra a cadeira para junto da mesa e caminha na direção da janela.

— Como estão os pesadelos? — pergunta.

Alívio. Meu coração desacelera.

— Diminuíram desde que comecei a pensar naquilo que me disse sobre não permitir que os mortos estraguem a minha vida — minto de novo. — No entanto, comecei a ter pesadelos com o meu pai. Que as surras estavam de volta.

Sônia se vira para mim, com a claridade da janela desenhando os contornos de seu corpo.

— Ele te batia?

Faço que sim.

— É engraçado. Hoje tenho pesadelos quando durmo — respondo. — Na infância, eu dormia para fugir deles.

Comprimindo os lábios, Sônia volta para perto da mesa.

Eu me sinto bem ao lado dela, apesar da aspereza das perguntas. Por um momento julgo que ela também pode ter sido vítima de um pai agressivo, o que me faz querer descobrir alguma coisa para equilibrar a balança. Percebo que talvez ela queira me contar algo, mas que só o fará se eu perguntar. Em nossa última conversa ela mencionou que era casada, o que eu já sabia.

Preciso de mais.

— Seu pai era igual ao meu? — indago.

Ela abre um sorriso.

— Não é sobre mim que estamos aqui para falar, correto? — Ela não caiu na armadilha.

— Correto. — A situação me obriga a concordar.

Segue-se outro silêncio vazio, mas não sinto desconforto e posso garantir que ela também não. O telefone toca na recepção, desviando nossa atenção por dois segundos. O toque cessa.

— Quer falar sobre sua família? — Sônia continua.

— Família? — devolvo a pergunta. — Para alguns, a solução dos problemas. Para outros, o próprio problema.

— E qual desses tipos é a sua?

Dou de ombros. Não quero falar sobre a minha família. Embora Sônia e eu tenhamos ultrapassado os limites de uma conversa rotineira na última consulta, esse assunto é algo que me incomoda. Talvez o problema seja ela: uma mulher que ouve mais do que fala e que me faz sentir como se eu pudesse contar qualquer coisa sem me preocupar com as consequências. Não posso. Um deslize, e tudo desmorona.

— Não estou no ponto de falar sobre a minha família — digo.

— Podemos começar aos poucos. Verbalizar os problemas os torna mais fáceis de serem encarados. — Sônia senta e pega uma caneta. — Antes você perguntou se meu pai era igual ao seu. Não, ele não era. Meu pai era professor. E eu sempre quis ser igual a ele. É por isso que cursei psicologia e estou fazendo mestrado. Quero dar aulas — ela conta. — O que seu pai fazia?

— Além de bater em mim?

— Além de bater em você.

— Ele batia no meu irmão.

To: tupilak@forum.net

TUPILAK: Fui ao trailer.

IRMAO_DE_PALHA: E aí?

TUPILAK: Deixei o presente.

10
Riacho do Alce, Alasca
29 de outubro de 2004

A sexta-feira amanheceu apática, com nuvens cor de cobalto se acumulando, sopradas por uma frente fria. Estrondos de trovões podiam ser ouvidos, tão distantes que não dava para distinguir de onde vinham. O clima outonal se deteriorava.

Com olhos vermelhos e cansados, Gustavo entrou na cozinha, onde Corinne estava sentada comendo panquecas sob um retângulo formado pela claridade parca que vinha de fora. No fogão, a frigideira jazia com mais panquecas prontas cobertas com xarope de bordo e, ao lado dela e ligada na tomada, a cafeteira borbulhava exalando um cheiro intenso de café recém-passado.

— Fez novo? — ele perguntou por perguntar.

Era óbvio que ela tinha feito.

Enchendo uma xícara, Gustavo olhou pela janela para um bando de pardais-de-coroa-branca que voavam sobre os alimentadores cheios de sementes no quintal dos fundos. Ficou um tempo imóvel, bebericando café, observando a casinha de ferramentas e a lápide de pedras onde estava enterrado Sauron, o pastor-alemão que por muitos anos fora o único amigo de Corinne.

Quando outro trovão ecoou, debandando os pardais, Corinne se levantou e levou o prato sujo até a pia, pegando a mochila toda escrita com corretivo. Ela vestia uma das suas camisetas pretas de banda, embora desta vez tivesse acrescido um detalhe nas calças: uma corrente prateada pequena que tinha uma ponta enfiada dentro do bolso e a outra presa sabe-se lá onde, e que balançava fazendo barulho toda vez que ela se movia.

Gustavo fingiu não reparar no novo apetrecho, concentrando-se no que Allegra havia dito na penúltima vez que telefonara, lhe dizendo que aquela era apenas uma fase rebelde e em breve passaria. Acreditava que sim. Allegra era casada agora, tinha deixado a polícia e tido dois filhos com um professor universitário que conhecera em Seattle, de modo que deveria saber do que estava falando.

— Vai sair? — ele perguntou. — Antes a gente precisa conversar sobre ontem.

Deu para ver que Corinne respirou fundo.

— Tenho ensaio da banda na casa da Oli. Depois vou direto pra escola. A Vic tá vindo me buscar, deve estar chegando — ela respondeu. — Pede desculpa pra Poppy por ontem. Sei que eu não devia ter deixado ela falando sozinha. E as panquecas no fogão são pra você. Deixa as coisas na pia que eu lavo quando voltar.

Gustavo sentou-se à mesa. De vez em quando tinham momentos como aquele, de proximidade distante. Esperou-a se virar e olhou para o rosto dela, velado de maquiagem, procurando pela milésima vez algum traço que os conectasse fisicamente. A cor dos olhos, a curvatura das bochechas, um detalhe no nariz... *Merda!* Ela era tão parecida com Claire que a semelhança machucava. O sorriso, os traços hispânicos, era tudo fruto dos genes de Claire, nada dele.

Dez anos antes, quando encontrou o primeiro bilhete afirmando que Corinne não era sua filha, Gustavo ficou balançado. Por alguns dias olhou-a diferente, com um vazio embrulhando o estômago que bebida nenhuma desembrulhava.

Na época, Allegra e Lena o tinham ajudado a segurar as pontas, dando suporte quando ele decidiu não levar adiante a ideia de fazer um exame de DNA. De qualquer forma, jamais abandonaria Corinne. Era a filha de Claire, a sua filha, um presente resgatado do desastre que o destino tinha ofertado, como uma declaração de paz. Pouco importava se era sua cria biológica. Ele a amaria do mesmo jeito, porque era isso que um homem de verdade faria.

Mas desta vez era diferente.

Não queria que fosse, mas era.

— Corinne, é sério — ele repetiu. A voz soando menos severa do que pretendia. — Você não pode sair pedindo desculpa sempre que pisa na bola e no dia seguinte fazer tudo do mesmo jeito.

Corinne pendurou a mochila nas costas e revirou os olhos do jeito pueril de sempre. Estava prestes a se sentar quando foi salva pela buzina de um carro, que ribombou na frente da casa.

— Precisa ser agora? A Vic não vai gostar de ficar esperando.
— Que horas você volta?
— Depois da escola.
— Conversamos de noite, então. — Ele consentiu e se calou, mas depois de meio segundo emendou: — Vou interrogar o Josh hoje. Achei que gostaria de saber.

Corinne voltou a respirar fundo.

— Não foi ele que fez aquilo — ela segurou firme a alça da mochila —, mas faça o que achar que tem que fazer.

11

A Gruta do Castor era um pequeno distrito que fazia divisa com Riacho do Alce, pontilhada por florestas, vales e um lago que se estendia para além de onde os olhos alcançavam. A maioria dos moradores residia na região sul, em uma vila pesqueira que margeava o trecho urbanizado do lago. Ao norte, no entanto, os alagamentos constantes haviam tornado pantanosos quase todos os terrenos, deixando para trás apenas alguns moradores enfurnados em seus trailers com marcas de ferrugem.

— É difícil decidir se este lugar é bonito... — disse Poppy, contemplando a paisagem montanhosa obscurecida pela bruma. — Ou se é horroroso. — Observou um tonel chamuscado e um sofá encharcado que estava embaixo de uma árvore.

O tempo seguia tormentoso, sem esquentar nem um pouco.

— Sei lá — Gustavo opinou. — Tem seu charme.

Josh estava sentado em uma banqueta de madeira na varanda junto de Fênix, um cachorro metade rottweiler, metade qualquer outra coisa, quando Gustavo estacionou a viatura no final da estrada para evitar o atoleiro. Olhando para o trailer onde Josh vivia, Gustavo viu petúnias coloridas transbordando em vasos pendurados na parede lateral e sentiu uma profunda sensação de paz quando uma lebre deu um pulo e se enfiou embaixo do trailer. Por anos tinha se perguntado por que Josh escolhera viver em um lugar isolado como aquele, e agora a resposta estava ali, cuspida em seu rosto.

Fechando o zíper do casaco, Gustavo desembarcou e caminhou pela área de charco que cercava o terreno. Ao chegar na escada da varanda, não deixou de observar uma trilha que descia em linha reta até o lago, onde um barco a remo estava amarrado no pequeno cais flutuante de madeira com algumas varas de pesca soltas em cima.

— Não sabia que pescava — ele papeou.

Fênix latiu, cheirou os pés de Gustavo e saiu pelo terreno.

— Eu tento, mas com as fábricas de pescado em lata ganhando força lá do outro lado, não sobra muito peixe por aqui. — Josh abriu a porta. — Achei que viriam mais cedo.

Poppy conferiu o relógio.

— Nós também, mas houve um mal-entendido — ela explicou. — Achei que tínhamos combinado no mercado, mas lá o Jimmy disse que você achou que seria aqui. Enfim, cá estamos. Algum problema?

— Nenhum. — Josh chegou para o lado. — Entrem.

O interior do trailer era humilde e melancólico, iluminado pela luz natural que entrava por uma claraboia no teto e por uma pequena janela na frente, cujo vidro quebrado estava tapado com fita adesiva. Nas paredes, revestidas de painéis de vinil, prateleiras e nichos com artesanatos locais dividiam espaço com um quadro de Josh e Corinne fazendo pose e chifrinhos na frente de pinheiros.

Depois de abrir duas cadeiras dobráveis para que os investigadores se sentassem, Josh foi para a cozinha apertada fazer café. Pegou um pacote amassado do armário e dosou a quantidade de pó com uma colher de plástico.

Sentando na cadeira ao lado de Poppy — que encarava um pequeno artesanato em forma de uma criatura bocuda na estante —, Gustavo pegou o gravador, apertou o REC e o colocou no braço de um sofá posicionado na frente da TV.

— Querem açúcar? — perguntou Josh da cozinha.

— Eu não quero café, obrigado — Gustavo agradeceu.

Com a colher enfiada no pote, Josh então esperou a resposta de Poppy, trocando olhares entre ela e o artesanato.

— Sabe o que é isso? — ele indagou.

— Já ouvi falar — Poppy respondeu.

— É um Tupilak. Um monstro ancestral criado por alguém com poderes mágicos para se vingar dos inimigos. Coisa da mitologia inuíte. Hoje em dia é vendido em qualquer canto como lembrança para turista. — Josh despejou uma colher de açúcar na xícara. — Encontrei amarrado na minha fechadura ontem. Tomara que quem colocou não tenha poderes mágicos, senão estou fodido.

O som da garoa no teto de lata era relaxante.

— Desconfia de alguém? — Poppy indagou.

— Se eu disser que foi o Oscar, acreditam?

— Se nos contar qual é o problema entre vocês, quem sabe.

Josh voltou para a sala, entregou uma xícara para Poppy e sentou no sofá com almofadas de crochê.

— Eu não tenho problema com ele. Já ele, não tenho certeza se pode dizer o mesmo.

Gustavo pegou o bloco de notas e o folheou até achar uma página em branco. Depois cruzou as pernas e apoiou o cotovelo no joelho.

— O problema dele contigo foi a discussão com a Sônia. Talvez ele ache que você a matou. Quer falar sobre isso?

— Sobre a discussão ou a baboseira de que a matei?

— Não a matou?

— Não.

— Mas discutiram? — Gustavo insistiu.

Josh bebeu café. As palavras sumindo da boca.

— Isto aqui é um interrogatório formal, Josh. As cadeiras e o café podem fazer parecer que não, mas é — Gustavo esclareceu, percebendo o olhar intrigado de Josh para o gravador. — Se ainda não quer falar sobre isso, que tal me contar onde estava ontem, entre as sete e as nove da manhã?

Movendo os lábios, Josh afastou a xícara.

— Às sete, dormindo. Às nove, saindo para trabalhar.

— Alguém pode confirmar?

Os lábios de Josh se contorceram num sorriso.

— Minha cama pode — ele emendou, usando de um familiar toque de provocação.

Será que Corinne aprendeu a ser irônica com ele?

Gustavo não respondeu. Houve silêncio.

— Eu moro sozinho num trailer, Gustavo. Olhe lá fora. — Josh passou a mão pelos cabelos, espetando-os como um punk. — Não. Eu não tenho um álibi. Ninguém pode confirmar que eu estava aqui. Mas isso não quer dizer que a matei.

Gustavo assentiu, sentindo-se como um hamster em uma roda. Recostou-se na cadeira e encarou Josh: os olhos claros, as sobrancelhas grossas, uma mistura equilibrada de Elsa Rugger com Sean Walker. Então uma lembrança vaga apareceu, uma sombra armazenada em um lugar que continha memórias de pouca importância, algo que Corinne mencionara anos antes sobre os avós de Josh terem dito que o achavam mais parecido com Dimitri Andreiko do que com Sean Walker.

— Tem razão. — Gustavo recuou, temendo que Josh se fechasse. — Terça eu fui no mercado e o Jimmy me disse que você tinha saído cedo porque estava passando mal. O que aconteceu?

Josh pareceu surpreso com a pergunta.

— Eu não passei mal. Disse aquilo para poder ir ao consultório durante o expediente. Foi quando discutimos.

Tinham chegado ao mesmo ponto.

— E por que discutiram?

Um tique na boca de Josh sinalizou que o assunto não era dos mais agradáveis para ele.

Outro silêncio.

— Porque na nossa última sessão a Sônia passou o tempo todo agindo estranho, como se estivesse com a cabeça em outro lugar. No começo imaginei que fosse um dia ruim. Quando perguntei, ela despistou. — Josh fez uma pausa, como se para garantir a ordem exata dos detalhes. — Então esta semana eu liguei cedo no consultório para confirmar meu horário, mas a Rose disse que não havia nada na agenda. Minutos depois, recebi uma mensagem com um pedido de desculpas e o contato de um psicólogo de Anchorage.

— Vocês mantinham contato fora do consultório?

— Conversávamos por telefone às vezes. Ela era minha psicóloga, mas eu a considerava uma amiga.

— Entendo. Ainda tem a mensagem que ela te enviou?

Josh pegou o celular e mostrou.

Gustavo afastou o aparelho dos olhos para ler.

A mensagem era curta. Ao lado de um "Sinto muito", o contato salvo como Sônia Psico havia enviado um número de telefone embaixo do nome J. J. James. Gustavo teve a impressão de que já tinha visto aquelas iniciais em algum outro lugar.

Anotou, pensando no tipo de pai que escolhia um nome com três consoantes iniciais iguais para o filho.

— Ela te contou por que indicou outra pessoa?

— Não — Josh respondeu, desviando o olhar. — Foi por isso que discutimos... Que *eu* discuti — corrigiu. — Ela só ficou lá parada dizendo que, depois de tantos anos, não tinha mais nada para oferecer e que o trabalho tinha chegado ao fim.

— Faz ideia do que pode ter acontecido?

— Acho que nunca vou saber.

O trailer deu uma balançada. Pela janela dos fundos, onde a beleza ao redor se distorcia na vidraça, Gustavo viu a garoa engrossando e as nuvens de cobalto escurecendo.

— Sabia que a Sônia foi para casa com folhetos de uma empresa de segurança na bolsa naquele dia? — Gustavo prosseguiu, dando pouco na intenção de receber muito. Chegou a pensar em reformular a pergunta, mas decidiu que não havia motivo. — Faz ideia do que levou ela a fazer isso? Se tiveram uma discussão corriqueira, ela não tinha motivo para se sentir insegura, tinha?

Josh sorriu de novo. Desta vez com cinismo. Um daqueles sorrisos de alguém que tinha levado tanta surra na vida, que sorrir tinha se tornado uma autodefesa.

— Talvez ela tenha cansado de apanhar.

— Acha que o marido batia nela?

— Ou isso, ou ela vivia caindo da escada e se batendo na quina das estantes. — Josh trocou olhares entre Poppy, Gustavo e o tapete de tecido trançado do chão. Ensejou falar algo mais, mas hesitou. Deu um suspiro e, dois segundos depois, tomou coragem. — Olha, Gustavo. Eu ouvi as notícias do que fizeram com ela, de como tentaram remover o bebê. Sei o que as pessoas pensam de mim, o que falam a meu respeito e como me julgam, como se eu tivesse culpa pelo passado. — Acariciou o polegar em tom pesaroso. — Eu era uma criança. Eu não escolhi aquilo. Não sou um monstro só porque todo mundo acha que sou.

12

— Cinco páginas. Guerra do Iraque. Semana que vem — alertou o professor. — Não esqueçam. Vai valer nota, então... — Mas o sinal acima do quadro rabiscado com informações sobre Bagdá começou a tocar, e o barulho de cadeiras sendo arrastadas e de alunos se levantando o impediu de terminar.

Fingindo fazer anotações no caderno, Corinne repetiu o ritual diário de contar até cinquenta antes de guardar o material, esperando que todos saíssem da sala e dando um tempo para evitar a armadilha que era a aglomeração no corredor, o ponto de encontro dos garotos populares e das garotas esnobes. Ao fim da contagem, guardou tudo na mochila, colocou os fones de ouvido — sem música — e saiu da sala virando à direita, em direção aos armários. No meio do caminho, um grupinho de alunos próximo do bebedouro ria com os olhos grudados nela.

Corinne tinha se acostumado com o rótulo de esquisita havia anos, embora quando se olhasse no espelho fosse sempre o reflexo de alguém normal que olhava de volta. Sem ressentimento, compreendia a dificuldade que algumas pessoas tinham em conviver com a sua história — filha de uma mulher morta por um serial killer, criada em isolamento pelo mesmo monstro —, uma espécie de experimento científico familiar malsucedido. Mas aquelas ondas de cutucões e risadinhas maliciosas enquanto atravessava o corredor quase sempre eram um indicativo de que o dia não terminaria bem. Na última vez, cinco meses antes, algumas de suas colegas, lideradas por Marjorie Willians, ou Megera Marjorie, que era como ela a chamava, haviam pendurado na porta de seu armário uma página de revista pornográfica com uma modelo nua de pernas abertas.

Ao lado, grudaram um recorte com o rosto de Corinne, tirado do anuário escolar, e desenharam uma língua comprida saindo de sua boca e alcançando a vagina da mulher, com um balão de história em quadrinhos escrito: CORINNE PAPA XOXOTAS.

Na época, a brincadeira foi alvo de fofoca por mais de uma semana, embora ninguém tivesse sido punido. Corinne pouco se importava com o que pensavam a seu respeito, decidindo não levar o assunto ao conhecimento de Gustavo, assim como a direção da escola não conseguiu provas para suspender os responsáveis. Os que viram quem tinha feito o desenho disseram que não viram, e os que tinham feito disseram que não fizeram. Era mesmo uma missão impossível acusar a Megera Marjorie de qualquer coisa e esperar que os alunos iniciassem uma revolução "patricinhal" contra aquela versãozinha barata da Britney Spears.

De cabeça baixa, Corinne seguiu em frente, segurando firme as alças da mochila com as mãos suadas e os tênis guinchando no piso, atraindo uma atenção que ela não queria. Tentando pisar macio, cruzou com os atletas do time de basquete, todos vestindo jaquetas esportivas com estampa de alce, preocupados demais com a semifinal do campeonato interescolar para notarem qualquer movimento que não fosse o deles mesmos. Passou pelo grupo dos nerds, que timidamente proferiam os cochichos lentos dos condenados ao bullying, combinando uma jogatina de *Dungeons & Dragons* no fim de semana. E passou por Marjorie, que mexia no celular escorada a quatro armários de distância do seu, rodeada pelo grupinho das populares, que mordiam os lábios para segurar os risos prensados que enfeitam suas faces maquiadas — um pedaço de merda coberto de maquiagem continua sendo um pedaço de merda.

Antes que chegasse ao seu armário, Corinne viu algo pendurado com fita adesiva na porta. Era uma folha A4, cujo conteúdo foi tomando contornos mais bem definidos conforme ela se aproximava.

Uma explosão de risos tomou conta do corredor.

Corinne tirou os fones e se concentrou na folha.

Desta vez eles tinham ido longe demais.

Voltou três passos e parou na frente de Marjorie.

— Foi você que fez isso? — indagou.

— Não sei do que está falando — Marjorie respondeu.

Corinne suspirou.

— Isso. — Ela apontou. — Foi você?

— Tá precisando de cotonete? — Outra garota, de blazer vermelho e fala refinada, tomou as dores de Marjorie. — Não ouviu que ela não sabe do que você está falando?

De repente a atenção de todos se voltou para a discussão. O silêncio no corredor foi tamanho que dava para ouvir os gritos das crianças vindos da quadra esportiva, que ficava no outro pátio.

Uma coceira latejava nos ouvidos de Corinne.

— Eu falei contigo, por acaso? — indagou com raiva nos olhos. — Virou o papagaio dela agora?

Confusa com a réplica, a garota encolheu os ombros sem responder, os lábios grossos tremendo, os olhos arregalados. Era provável que ninguém nunca ousara falar com ela daquele jeito.

Piranha rica e arrogante.

— Foi o que imaginei — Corinne espinafrou, voltando-se para Marjorie. — E aí? Vai responder? Foi você?

Marjorie desfez o sorriso que enfeitava seu rosto. Um rosto virgem, ainda sem os traços rígidos que o moldariam em uma máscara que carregaria pelo resto da vida. Ela até podia se parecer com uma Barbie, mas a melhor opção de boneca para defini-la era Annabelle.

— Eu não sei do que está falando — Marjorie repetiu devagar, pronunciando cada palavra, uma espécie de provocação. — Mas garanto que todo mundo aqui quer saber se foi você ou aquele seu irmão com um parafuso a menos que arrancou a criança da barriga da mulher. — Todos as observavam em um silêncio sepulcral. — Ou será que fizeram juntos?

Corinne respirou e começou a contar até dez na tentativa de se acalmar, do mesmo jeito que Sônia havia ensinado nas sessões, pensando se aquela não seria outra ótima ocasião em que a melhor coisa a se fazer fosse deixar para lá.

Um, dois, três... Seus ouvidos zumbiam, e uma onda de calor tomou conta de sua bochecha, viajando pela mandíbula até o outro lado.

Quatro, cinco, seis... Olhou para Marjorie, que tinha se desencostado do armário e estava com o peito estufado como se soubesse que ninguém ousaria desafiar seu reinado.

Sete, oito, nove... Marjorie Willians não merecia sair ilesa de mais uma situação dessas.

Fechando e abrindo os olhos, em um processo lento demais para que fosse descrito como uma piscada, Corinne imaginou qual seria o resultado do trajeto que seu punho fechado percorreria até acertar aquele nariz bonito e arrebitado, esmigalhando os ossos dele e desfazendo a cartilagem até que um rio de sangue escorresse pelos dois buracos.

Dez.

— Quer saber de uma coisa? Quem sabe eu e o Josh façamos uma visita ao seu quarto hoje à noite. Vai ser divertido. Ele até já sabe por qual janela podemos entrar. — Virando as costas, Corinne voltou ao armário e arrancou a folha com a foto do bebê de cabeça recortada, separada do corpo e coberta por respingos de tinta vermelha. Marjorie estava pálida. O sangue parecia ter se esvaído do rosto dela.

Pegando o aparelho MP3, Corinne pôs os fones no ouvido e colocou uma música para tocar. O volume alto em excesso vazava pelas curvas das orelhas, lembrando-a do barulho da infância. Depois, forçando um sorriso psicótico que não era dela, atravessou o corredor até a cantina enquanto os alunos abriam espaço.

— Feche a janela do quarto esta noite — falou para que todos ouvissem. — Feche bem a janela, doce menina.

13

A lâmpada automática do corredor não acendeu quando Gabriela Castillo passou embaixo do sensor. Com os seios doloridos depois de suportar o peso daquele porco esbaforido, ela abanou os braços para que seus movimentos fossem captados, mas não adiantou. Iluminada apenas pelo brilho avermelhado da placa do motel, desceu a escadaria e encontrou dois homens fumando crack nos degraus, ao lado de um cachorro que procurava comida com a cabeça enfiada dentro de um saco de lixo. Eles nem sequer disfarçaram o olhar quando ela passou, comentando algo sobre sua calça estar apertada demais.

— Quanto quer por uma chupada? — Um deles colocou a mão nas calças e puxou o pênis para fora, balançando-o como uma mangueira de bombeiro.

Gabriela olhou para o negócio, mole feito pudim.

— Chupar essa coisa murcha? Isso não serve nem pra palitar os dentes. Se liga.

A placa luminosa do motel zuniu e piscou, deixando-os no escuro por dois segundos. Quando voltou a acender, o homem estava guardando o membro de volta na calça, enquanto o colega de dentes escuros caía na gargalhada.

— Vadia desgraçada — o homem xingou.

— Pau mole — ela retrucou.

Vendo que o homem ameaçou levantar, Gabriela cruzou os braços sobre o casaco surrado que imitava pele de animal e atravessou a rua depressa no intervalo entre um carro e outro. Com os saltos do sapato fazendo barulho, entrou no bar que só ganhava vida após o escurecer e foi direto ao balcão, tirando uma nota de cinquenta dólares do sutiã e a entregando para Tiger, que devolveu duas notas de vinte antes de perguntar se estava tudo bem.

— O cara pesava uns trezentos quilos. Quase me matou sufocada — reclamou Gabriela. — Não consegui fazer o pau dele levantar de jeito nenhum. Fiz de tudo. Depois de um tempo ele ficou nervoso e se trancou no banheiro. Parecia que estava chorando. Eu estava pronta para te ligar, pensei que ele não ia querer pagar, mas acabou me dando dez dólares a mais pra que eu não contasse a ninguém. Só tem maluco nesta cidade.

Tiger pegou o pano que tinha no ombro e limpou o balcão.

— O cara é casado com a irmã de um policial em Point MacKenzie — contou ele. — Se eu fosse você, não espalhava o boato. Sabe que é melhor não mexer com essa gente.

O bar estava quase vazio àquela hora, salvo por três adolescentes com jaquetas de beisebol que tagarelavam e bebiam próximos da pista de boliche. Quando o que parecia ser o mais novo levantou a mão, pedindo mais uma rodada, uma porta atrás do balcão se abriu e uma garçonete alta e jovem de avental apareceu carregando uma bandeja com copos e cinzeiros recém-lavados. Tiger fez sinal para que ela deixasse a bandeja e fosse atender o jovem.

Gabriela balançou a cabeça, esperando-a se afastar.

— Essa mulher ainda tá aqui? — cochichou. — Você prometeu que ia mandá-la embora ontem.

— Prometi.

— Então por que ela tá aqui?

Tiger curvou o corpo e começou a secar os cinzeiros, expondo a tatuagem tribal no topo de sua careca.

— Baby, eu não posso mandar embora todo funcionário que você não vai com a cara. Não consigo cozinhar e atender a copa ao mesmo tempo. É impossível.

Gabriela ergueu as sobrancelhas, fazendo um enorme vinco surgir na testa. Estava cansada de discutir pelos mesmos motivos. Cansada de dizer que o problema não eram só os funcionários, mas o fato de Tiger achar que era um galã de cinema que podia traçar qualquer mulher que andasse pela terra. Dois anos antes, quando o terceiro filho de Gabriela nasceu — o primeiro com Tiger —, ela tinha dado um ultimato, mas pouco adiantou.

Prometeu a si mesma que não continuaria se relacionando daquele jeito, mas ali estava ela, compartilhando com ele vinte por cento de tudo que ganhava com os programas, ludibriada pela ladainha de que qualquer prostituta de valor precisava de um cafetão. Ao menos nisso Tiger a apoiava. A maioria dos cafetões da área não cobrava abaixo de trinta por cento. *Droga!* Queria parar de fazer aquilo, arrumar um trabalho que julgasse decente, mas os salários que ofereciam eram ridículos, as contas não paravam de chegar e o dinheiro que havia ganhado com entrevistas e aparições na TV tinha acabado rápido, mais rápido do que a extravagante fama, que só durou alguns meses após o desfecho do caso Homem de Palha. "A Garota da Caixa." Pelo menos a alcunha se mantinha intacta, fazendo com que alguns clientes a procurassem apenas para se gabar com os amigos de que haviam comido Gabriela Castillo, a garota da TV que sobreviveu a um serial killer.

Tiger baixou o olhar de propósito quando a garçonete bem-vestida com roupas de liquidação voltou da mesa dos adolescentes com duas garrafas de cerveja vazias. Quando ela passou ao lado para pegar mais duas no freezer, um perfume adocicado açoitou o ar. Aquilo emputeceu Gabriela, que virou as costas para o balcão e se afastou na direção da saída.

— Ah, qual é? — Tiger chamou. — Volta aqui, amor!

Respirando fundo, Gabriela obedeceu. *Droga!* Por que não conseguia mandar aquele desgraçado aproveitador à merda? Por que sempre respondia aos chamados e voltava quando ele pedia? Por que... Seus olhos brilharam, e de imediato ela desfez o aborrecimento, abrindo um sorriso oferecido quando o viu colocar a mão no bolso e segurar um papelote na palma da mão.

— O que foi? — indagou ela, sem conter o entusiasmo.

— Vai pra casa, baby. Descansa. Você fez bastante por um dia — disse Tiger com aquela voz melosa que só ele sabia fazer, mostrando para ela a resposta a todos os porquês: cocaína. — Eu vou sair mais cedo e te fazer uma visita, prometo, aí a gente resolve isso.

O sangue de Gabriela foi tomado por uma inundação de endorfina. Nos últimos anos, ela tinha sido arrastada por um caminho sombrio, onde o pó branco era sua melhor companhia. O vício havia corroído sua existência, aprisionando-a em um ciclo infinito de autodestruição. Respirando fundo, tentou manter a calma enquanto o desejo se agitava dentro dela. Estendeu a mão, torcendo para que Tiger entregasse a droga.

— Agora não. — Tiger guardou o papelote. — Mais tarde, baby. A gente usa junto mais tarde.

Gabriela enfureceu-se. Era isso que Tiger sempre fazia: enfeitiçava-a por meio do vício, caucionado pelo desejo. Não o desejo por ele, mas pela droga. Gabriela virou o rosto e saiu estalando o salto alto no piso, atingida por uma necessidade urgente de mudar. No caminho até a saída, olhou para as paredes decrépitas do bar, notando que as sombras das lâmpadas se contorciam, como se estivessem se alimentando de seu desespero. Não podia mais adiar. Tinha que fazer alguma coisa. Precisava de um tempo para pôr a cabeça no lugar, clarear as ideias longe daquele desgraçado, sair em busca de uma redenção que possivelmente nunca encontraria.

Pegou o rumo de casa.

O apartamento onde Gabriela vivia com a mãe e os três filhos ficava a seis quadras de distância, num prédio lúgubre construído por um programa de assistência do governo cuja parede do térreo fazia divisa com uma igreja batista. Havia se mudado no verão de 1995, depois de algumas semanas no hospital para curar o pescoço cortado, de mais algumas semanas viajando pelo país para participar de programas de TV e do casamento forçado com Major Billy, seu primeiro namorado, que meses depois seria morto por um traficante rival. Pesadelos. Quando as lembranças ruins davam trégua, Gabriela ainda conseguia sonhar com a maciez dos lençóis dos hotéis chiques em que tinha dormido no passado, diferentes dos lençóis manchados em que dormia agora, e de ter todas as despesas pagas pelas emissoras de TV, sem contas vencidas acumulando embaixo do ímã da geladeira.

Afastando-se da segurança do bar, a rua ficou escura quando ela dobrou a primeira esquina, ouvindo em alguma varanda vizinha as lamúrias de um mensageiro do vento. O ar de outubro estava gelado, e suas pernas descobertas doíam.

No meio da terceira quadra, onde a rua mergulhava mais fundo na escuridão, Gabriela ouviu um carro roncando atrás de si e desviou o olhar, não vendo quase nada através dos vidros com película escura. Apressou o passo, mas logo o veículo emparelhou e parou ao seu lado. A janela abriu e o motorista colocou a cabeça para fora, enquanto segurava o volante com uma das mão e uma garrafa de bebida na outra.

— Tá a fim de tomar uma e curtir hoje, gata? — Ele tinha a fala arrastada de quem bebeu mais do que deveria.

Gabriela estava cansada, mas se inclinou na janela como sempre fazia. Conhecia demasiado bem aquele tipo de cara: machão em um possante bacana com um litro de álcool no cérebro. Era dinheiro fácil. Possivelmente gozaria na cueca antes mesmo de tirá-la — Gabriela sabia fazer a mágica acontecer —, e ainda havia a possibilidade de que dormisse depois de não conseguir concretizar o ato, dando a ela a chance de ouro de fazer uma limpa na carteira dele sem precisar dividir o lucro com ninguém.

— Depende — respondeu ela. — Qual é a boa?

O rapazinho animou-se.

— Subir a montanha, beber até vomitar e transar até morrer. Vamos te transformar numa *pornstar*.

Olhando para dentro do carro que fedia a suor e lavanda, Gabriela viu que havia outro jovem no banco de trás, se masturbando e filmando a abordagem com uma câmera portátil. Teve vontade de rir, mas se segurou. A última coisa que precisava era participar de um *gang bang* que seria postado em um site pornô de quinta categoria sem a grana do direito autoral.

Afastou-se.

— Desta vez não, rapazes. Tenho um problema antigo com câmeras. Elas não gostam de mim.

O motorista bebeu um gole da garrafa.

— Sem câmeras, então — disse ele, fazendo sinal para que o cinegrafista parasse de gravar. A luz verde da câmera apagou. — Só sexo, cem dólares e um pouco de diversão. — Abriu o porta-luvas, mexeu em alguns papéis e mostrou a ela uma porção de notas enroladas com elástico, além de uma quantidade de cocaína cinco vezes maior do que Tiger oferecera.

Gabriela cruzou os braços, esmiuçando as duas pontas da rua escura, comprida e vazia em ambos os lados. Se havia algo que a vida tinha ensinado, era que as aparências enganavam. Mordiscando os lábios, voltou a se aproximar, entrando no carro no instante em que uma garoa preguiçosa começou a cair.

14
Riacho do Alce, Alasca
29 de outubro de 2004

— Feche a janela do quarto esta noite. Feche bem a janela, doce menina. — A diretora leu a anotação em voz alta, olhando para Gustavo por baixo dos óculos de grau. Gustavo massageou as têmporas.

— Tem certeza que ela disse isso?

— Temo que sim, senhor Prado. Era horário de intervalo. Todos que estavam no corredor ouviram. Se serve de alívio, os responsáveis pelo desenho foram identificados e suspensos.

O escritório da diretoria onde Gustavo estava era amplo e bem iluminado, a parede ao redor da lousa branca repleta de mapas e fotos de alunos em eventos da escola. Com exceção do barulho do motor do bebedouro, tudo estava em silêncio. Alunos e professores estavam nas salas de aula, um auxiliar de limpeza caminhava pelo corredor com um esfregão e, pelo vidro da porta, dava para ver crianças na biblioteca.

— Vai suspendê-la também? — Gustavo indagou.

— Eu deveria, mas não vou — respondeu a diretora. — Não é a primeira vez que os alunos fazem esse tipo de brincadeira. Era esperado que em algum momento ela revidasse.

A informação pegou-o de surpresa.

— Essa... — apontou para a folha com o bebê sem a cabeça — ... não foi a primeira?

— Não. — Empurrando a cadeira, a diretora foi até um arquivo de oito gavetas no canto do escritório e voltou com outra folha. — Essa é de alguns meses atrás. Colada no armário também. É engraçado como os adolescentes são criativos quando querem ser cruéis.

Gustavo pegou a folha e sentiu um aperto no peito ao ver uma fotografia do rosto de Corinne recortado e colado junto de uma frase com imagem pornográfica. CORINNE PAPA XOXOTAS.

— Ela não me falou nada sobre isso. Eu não sabia que ela estava tendo problemas. Na última reunião de pais, todos os professores disseram que era boa aluna.

A diretora ergueu os óculos para o alto da testa quadrada, suavizada pela franja.

— Sim, sua filha é uma boa aluna, senhor Prado. Tem poucos amigos, é quieta, mas boa aluna. Aliás, ela sempre me pareceu mais madura do que os outros adolescentes da mesma idade. Ainda assim, acho que vocês dois deveriam conversar. Os jornais já começaram a divulgar informações e o segundo desenho claramente remete ao que aconteceu com a psicóloga.

— Ela guardou a folha numa pasta. — Você e a Corinne são próximos?

— É difícil ser próximo de alguém de dezessete anos.

A diretora concordou.

— Eu sei que não é fácil para alguém na sua situação, mas o senhor precisa encontrar um jeito de blindá-la. Como eu disse, adolescentes tendem a ser cruéis, e nós não temos como ficar em cima deles o tempo todo.

"Na sua situação."

Será que a notícia de que ele era um pai de merda tinha se espalhado? Certa vez, durante uma palestra motivacional daquelas em que as pessoas só aparecem pelo lanche, Gustavo tinha ouvido o palestrante filosofar que criar uma criança sozinho era igual a correr eternamente à frente de uma matilha de lobos. Na época, tinha achado graça da comparação. Só que agora, anos depois, não estava mais rindo. Porque o que o palestrante não havia contado é que, às vezes, as pessoas se cansam de correr e acabam devoradas.

— Farei isso — ele assentiu.

Depois de assinar alguns papéis com uma advertência estudantil, Gustavo despediu-se da diretora e saiu para o corredor, onde Corinne esperava sentada com a mochila entre as pernas. Na fileira de bancos da frente, com o rosto fechado e expressão indiferente, estavam Marjorie Willians e a mãe, uma mulher ruiva de aparência desleixada que vestia moletom escuro de numeração maior do que o necessário. Gustavo ficou surpreso quando viu a sra. Willians de perto. Esperava alguém mais sofisticada, como nas fotos dos eventos do Rotary Club na página social do jornal em que ela aparecia. Conhecia o sr. Willians, empresário do ramo de mineração que vivia em pontes aéreas entre Nova York e Londres, e sabia que homens ricos como ele preferiam esposas elegantes. Mas Florence Willians era uma criatura estranha que tinha o rosto magro marcado pela tristeza, típico de pessoas deprimidas.

Evitando encará-la, Gustavo fez sinal para que Corinne levantasse e o seguisse pelo corredor.

— Essa garota não é a namoradinha do Josh? — ele perguntou quando se afastaram.

Corinne revirou os olhos.

— Eles terminaram há um tempo. Não era nada sério — destacou ela. — E aí? Estou encrencada?

— Desta vez, não. A diretora te livrou.

— Me livrou? Pensei que eu fosse a vítima.

— Você era. Até que resolveu ameaçar a garota. — Gustavo parou ao lado do portão.

— Ela vive me enchendo o saco.

— Eu sei. Vi os desenhos. Mesmo assim, você não pode ameaçar os outros. Puta merda! Doce menina? Faz ideia do tipo de porcaria que isso ressuscita?

Corinne cruzou os braços.

— Não dá pra ressuscitar algo que nunca morreu.

Gustavo deixou escapar um suspiro.

A paciência faz parte do trabalho policial.

— Corinne, pelo amor de Deus, eu sempre sou o último a saber o que te acontece. Juro que às vezes parece que somos completos desconhecidos. Você precisa começar a me contar as coisas.

— Contar o quê? Que todos acham que eu sou lésbica?

— Você é?

— Isso importa?!

— Óbvio que não, mas eu quero que se sinta à vontade para falar. Eu sou seu pai, porra.

— Tá bom. Então eu quero estudar teatro em Seattle.

O celular vibrou no bolso de Gustavo, mas ele não atendeu.

— Como é?

— Eu quero estudar teatro em Seattle — Corinne repetiu devagar, como se estivesse falando com um ancião. — Já falei com a tia Allegra. Ela disse que posso morar com eles. Íamos te contar quando eles viessem para cá nas férias, mas como entramos nessa vibe família feliz conta tudo, achei que deveria saber.

Houve silêncio.

Gustavo precisou de um momento para processar a informação. *Teatro em Seattle*. De onde ela havia tirado essa ideia? Não era o que esperava ouvir, mas era um começo.

— Teatro? — ele indagou.

— É. O que acha?

Gustavo não achava nada. Lembrava-se de ter tido uma conversa rápida com ela sobre faculdade no início do ano, durante um trajeto que fizeram de carro até a escola, quando Corinne disse que não sabia o que queria fazer. *Droga*. Quanto tempo tinha passado para que agora tudo estivesse planejado? O curso, o local, a acomodação. Desde quando ela tramava aquilo? E por que Allegra não abriu o bico assim que ficou sabendo? Sempre o último a saber. Sentiu-se como um comediante encarando a plateia depois de uma piada ruim.

— O que eu acho? Acho que você não precisa ter pressa de ser adulta. Não é tão divertido quanto parece. — Gustavo acenou para que o vigia liberasse a trava do portão. — E acho que, antes de se aventurar por Seattle, você precisa terminar o colegial. E vai ser difícil fazer isso se for suspensa por ameaçar colegas.

— Melhor eu voltar pra aula, então.

— Não é má ideia.

15

Depois de ficar empacado por cerca de cinco minutos num cruzamento do centro por causa de um acidente, Gustavo saiu por uma via secundária e rumou para as montanhas ouvindo o locutor da rádio local noticiar uma grande tempestade que avançava em direção a Riacho do Alce.

"Todos os olhos no Alasca estão voltados para a tempestade que se formou sobre o mar de Bering e que avança pela costa desde o dia 26. Informações do Sistema Nacional de Meteorologia indicam que as primeiras rajadas alcançarão nossa cidade na noite de domingo, com ventos que podem chegar a cento e trinta quilômetros por hora. As autoridades pedem que os moradores realizem os preparativos necessários, pois as condições climáticas vão se deteriorar rapidamente."

— Ótimo.

Listando mentalmente alguns itens que precisaria comprar, Gustavo estacionou o carro na trilha de cimento de casa e foi arrumar uma abóbora que havia caído e rolado para perto das falsas lápides de cemitério. Quando entrou em casa, pendurou o casaco e sentou na poltrona da sala, ouvindo a mensagem de voz que Poppy havia deixado em sua caixa postal, sobre o gerente da empresa de segurança Casa Segura ter revelado que distribuía panfletos pela cidade como forma de marketing e que ninguém chamada Sônia havia telefonado requisitando informações ou orçamento nos últimos dias. Respondeu por mensagem com um "Bom trabalho. Nos vemos mais tarde" e foi para o quarto de Corinne.

O quarto ficava nos fundos, tinha vista para o quintal e cores escuras que refletiam a personalidade dela. Havia meia dúzia de pôsteres nas paredes, de Nirvana a Queen e de Eminem a System of a Down. Nas raras vezes que Gustavo tinha entrado ali nos últimos meses, ele sempre se lembrava da cabana de Sean Walker, da sensação de estar enclausurado com as roupas encharcadas e do amargor da bile subindo pela garganta quando desentupiu o ralo da banheira obstruído com um retalho de língua.

Sentou na cama, dando-se conta de como o cobertor estava surrado. Analisou a prateleira onde se empilhavam dezenas de CDs ao lado do mini-system, próximos de um diário fechado por um elástico. Sentiu vontade de abri-lo, de mergulhar na lagoa escura e profunda que eram as memórias da filha. Não o fez. Em vez disso, pegou embaixo da cama uma caixa de sapatos apinhada de desenhos antigos e trabalhos escolares. Analisou os desenhos com calma, um a um, examinando a evolução dos traços com o passar dos anos e a diminuição de aparições dos irmãos nas ilustrações.

Sônia tinha feito aquilo. Ajudado na adaptação.

Nos primeiros anos depois da chegada de Corinne, Gustavo fazia apenas o que Sônia dizia para ele fazer, temeroso de tomar atitudes que estragariam a lenta evolução da filha. Dolores Prado e Lucia Rivera, sua mãe e sogra, haviam passado algumas semanas em Riacho do Alce no início, e até seu pai viera do Brasil visitá-los duas ou três vezes. Allegra e Lena tinham sido igualmente importantes. Mas a dor e a angústia também sempre estiveram presentes. Em meio às condolências e aos tapinhas nas costas, a dor resistia, sussurrando em seu ouvido que Claire estava morta e Corinne era sua responsabilidade agora. Nos anos que se seguiram, Gustavo acordava todas as manhãs para sua apavorante e frágil nova vida, movendo-se com cuidado, como se estivesse caminhando numa fina camada de gelo.

Foi difícil no começo. O que é isso? Para que serve aquilo? Mas a pior parte foi proteger Corinne das notícias e fofocas quando ela cresceu o bastante para entender a gravidade do que tinha acontecido. Quando completou doze anos, Gustavo e ela fizeram pipoca e compraram refrigerante para assistirem juntos a um documentário que contava a história do Homem de Palha. Na ocasião, ambos brincaram com a falta de semelhança entre alguns atores e as pessoas reais.

Parar de tratá-la como vítima foi um divisor de águas. Foi quando um final feliz parecia possível.

Depois do documentário, como mágica, Corinne se abriu. Queria saber detalhes sobre a mãe e passou a gostar de ouvir histórias sobre como era a vida de Claire antes de ela ter caído nas garras do monstro. Meses mais tarde, pôs na cabeça que queria rever os "irmãos". Gustavo não gostou da ideia, mas decidiu contatar as famílias depois de uma longa conversa com a psicóloga.

Descobriu que os tios de Rita Lazar — a filha do falso advogado que cortou a própria garganta durante um depoimento — não viviam mais no Alasca. Assim como as famílias de Mary Albameyang, uma das vítimas do Homem de Palha, e de Ethan Hopkins, o ator frustrado, que haviam se mudado para o Sul a fim de esquecerem o passado. O sr. e a sra. Hart chegaram a aceitar apresentar o pequeno Phillip, mas o único que apareceu no dia combinado foi Josh Rugger — de quem Gustavo sempre tentara manter a filha afastada —, sozinho, contando que havia saído de casa escondido após os avós terem dito que não o levariam a lugar nenhum. Ele tinha quinze anos na época, e nunca mais saiu da vida de Corinne.

Espantando as lembranças, Gustavo devolveu a caixa de sapatos para baixo da cama e pegou o bilhete.

"Corinne não é sua filha."

As palavras geraram um sentimento oco em seu peito.

Amassou-o.

Saindo pela porta, viu um pente cheio de fios de cabelos na penteadeira. Era tudo o que precisava. E tudo o que não precisava.

To: tupilak@forum.net

TUPILAK: Despertei um monstro.

IRMAO_DE_PALHA: Ótimo.

TUPILAK: Algo que não dá pra controlar.

16

A tempestade que se aproximava de Riacho do Alce manchava com listras as auréolas de luz dos postes, escurecendo, antes da hora, o fim de tarde da sexta-feira.

 Protegido pelos toldos das lojas, Gustavo entrou na cafeteria do Billy e pediu um café para viagem, que lhe foi servido em um copo enfeitado com a bandeira do México. A decoração da cafeteria era simples, mas tinha uma aura altiva por continuar aberta mesmo depois de tantos anos, depois de tantos outros comércios terem trocado de placa e de dono. Sentou-se à mesa de sempre, a mais afastada do balcão, e pegou o celular para telefonar para Lena, que não atendeu. Quando desligou depois de deixar um recado dizendo que precisavam conversar, pegou uma pasta com as informações do caso e colocou na mesa, folheando até encontrar o que buscava: os registros da companhia telefônica com ligações e mensagens enviadas e recebidas pelo celular de Sônia Ortega nas duas semanas que antecederam sua morte. Eram muitas, várias delas originadas ou destinadas aos mesmos contatos, em dias e horários diferentes. Sublinhou alguns, embora tivesse certeza que, se investigasse, descobriria pertencerem a pessoas próximas: o marido, a secretária, as amigas, os pacientes. Grampeado na mesma folha, o relatório da perícia realizada no celular encontrado na cozinha indicava que todas as mensagens haviam sido checadas e, assim como no notebook pessoal e no computador do consultório, nada de suspeito tinha sido encontrado. No final da folha, o perito ainda informava que o número de registros da companhia telefônica não era o mesmo do que tinha sido encontrado na memória do celular, com uma observação de que isso não significava muita coisa, visto que pessoas tinham o costume de apagar mensagens e ligações por diversos motivos.

Pegando seu próprio celular e abrindo a agenda, Gustavo conferiu qual era o número de Josh. De volta à lista, viu que havia algumas ligações trocadas entre eles, quase todas com Josh telefonando. Nada de errado. Josh mesmo havia confirmado que mantinham contato. Sua longa experiência policial havia ensinado que mentiras sempre vinham embrulhadas em pacotes elaborados, enquanto a verdade sempre parecia empacotada às pressas. Em seguida voltou duas páginas no bloco de notas e observou as anotações que fizera, constatando que a mensagem que Sônia enviara com o contato de J. J. James, o novo psicólogo, batia com o dia e a hora que Josh disse tê-la recebido.

Continuou.

Precisava encontrar alguma coisa ali. Uma fagulha que fosse. Algo capaz de virar labareda com um sopro. Concentrou-se na ligação que antecedeu o crime, recebida perto das nove horas da noite anterior. Memorizou o número, não encontrando mais registros. Sublinhou-o com dois traços e telefonou outra vez para Lena, deixando um novo recado de que precisava dos dados das torres de transmissão de todos os telefonemas. Queria saber onde Sônia Ortega tinha estado antes de seu assassinato.

Gustavo passou um tempo olhando a luz daquele dia comprido e improdutivo desaparecer pela janela. Minutos mais tarde, guardou toda a papelada na pasta quando ele mesmo recebeu uma mensagem de Poppy dizendo que ela o estava esperando na recepção do prédio onde ficava o consultório de Sônia. Comprou mais um café, ergueu a lapela do casaco e atravessou a rua correndo, cumprimentando uma mulher que saía do prédio com um carrinho de bebê. Encontrou a parceira sentada numa longarina de espera, de frente para uma mesinha com revistas antigas dispostas em leque.

— Desculpe a demora. Não sabia que já estava aqui, mas, se serve de consolo, eu trouxe café.

Poppy pegou o copo, erguendo-o na altura dos olhos.

— E isso é...?

— A bandeira do Peru. — Gustavo havia decorado todas. — Ideia do dono da cafeteria. Ele diz que é um diferencial.

— Mesmo?

— Sou cliente há anos, então...

— Por causa das bandeiras?

Gustavo riu.

— Obrigada, chefe. Eu estava mesmo precisando. — Poppy deu um gole no café e se apoiou nos joelhos para levantar. — Como foi na escola?

— Longa história. Alguns pirralhos fizeram uma brincadeira sem graça com a Corinne e ela estourou. Acabou ameaçando a filha de um minerador ricaço da cidade.

— A Marjorie Willians?

— Conhece?

— Só a fama.

— Esse é o problema. A fama. A sombra que fica quando todo o resto vai embora — ele ponderou enquanto iam ao elevador. — Aliás, como está sua mãe? Espero que esteja melhor. — Imaginou que seria boa hora para tocar no assunto, embora temesse que a resposta fosse o silêncio.

Poppy não demonstrou mudança de humor.

— Na mesma — respondeu.

— Deve estar sendo difícil.

— Bastante. Ela é tudo que me sobrou. A pior parte é o medo de ficar sozinha.

— Sozinha? Sem chance. Você é policial em Riacho do Alce agora. Aqui ninguém abandona ninguém. — Gustavo a olhou de soslaio. — Além do mais, você não é casada?

— Quase isso. — As bochechas dela coraram.

Um carro passou acelerado pela rua, inundando a recepção com a algazarra do motor.

— Que tal então levar seu quase marido ao show da Corinne amanhã? Agora que somos parceiros, eu gostaria de conhecê-lo. Checar onde minha nova parceira está se metendo — Gustavo propôs. — A primeira rodada é por minha conta.

Foi a vez de Poppy rir.

— A proposta não é ruim. Talvez eu leve.

Entraram no elevador, onde uma música melancólica saía pelos alto-falantes, e foram deixados no terceiro andar; plaquinhas grudadas na parede indicavam a direção das salas. Seguiram pela esquerda, Gustavo na frente, a cabeça virando para os lados enquanto passavam pelas portas fechadas dos escritórios em fim de expediente. No final do corredor, a porta de um consultório tinha uma fita preta de luto na maçaneta, fazendo

Gustavo perceber que possivelmente aquela seria a última vez que entraria ali.

Quando chegaram, Rose estava na antessala, cochichando com os olhos fechados e apertando um escapulário nas mãos.

— Gustavo, querido. — Ela guardou o objeto na bolsa ao perceber que não estava mais sozinha. — É tão triste ter que voltar aqui. Esse tipo de coisa às vezes faz a gente perguntar se Deus existe.

— Eu sei, Rose. — Vendo que a secretária tinha os olhos marejados, Gustavo desviou o olhar para a pintura de um navio afundando na parede. Outra vez sentiu-se como um náufrago, sem frases razoáveis para o momento. — Eu também não imaginava que voltaria aqui nesta situação.

O consultório ficava atrás de uma porta amadeirada com desenhos de animais entalhados. Revirando a bolsa à procura da chave, Rose demorou para se dar conta de que havia deixado o molho pendurado na fechadura do lado de fora.

Ao entrarem, Gustavo foi confrontado de imediato pela atmosfera sombria que as cortinas de veludo fechadas proporcionavam. Uma fortaleza escura com as janelas cobertas para que os monstros imaginários que ganhavam vida ali não escapassem para o mundo real. Um santuário para aqueles que ousavam desvendar os mistérios das mentes tumultuadas. As paredes, pintadas em tons de ardósia, se iluminaram com suavidade quando Rose acendeu a lâmpada de assoalho com cúpula de vidro, emitindo um brilho amarelado. Cruzando pelo divã, desgastado pelo tempo testemunhando sessões de terapia, Gustavo parou para observar alguns livros empilhados na mesinha de centro, próximos a uma caixa de lenços. Uma estante no lado oposto ao do lustroso relógio de pêndulo abrigava mais uma porção deles.

A não ser por um carregador de celular na tomada perto da poltrona onde Sônia costumava se sentar, não havia toques pessoais no recinto. Era como se ela tivesse levado tudo na última vez que estivera ali.

— Alguém entrou aqui depois do que aconteceu? — Gustavo virou-se para Rose, parada no umbral.

— Não que eu saiba — replicou ela, apontando o arquivo. — Eu entrei para pegar o prontuário que vocês solicitaram, mas não mexi em mais nada. Alguns homens da polícia também vieram. Eu os acompanhei. Só levaram o computador. De resto, as coisas estão do jeito que ela deixou.

Gustavo assentiu com a cabeça e se aproximou do arquivo, tentando abri-lo.

— Está chaveado — Rose alertou.

Ele voltou a encará-la, bebericando café e não fazendo nada para evitar o silêncio embaraçoso, agarrado na vã esperança de que ela entendesse que ele precisava da chave. O tique-taque do relógio ecoava, e uma gravura de Rorschach, que servia como arranjo de parede, os observava com soberba.

— Pode me ajudar com isso? Só quero dar uma olhada no nome dos pacientes.

— Isso não é ilegal? — Rose objetou.

— Nós não contaremos se você não contar. — Como se pedisse ajuda, Gustavo olhou para Poppy, que conferia a estante de livros com concentração febril.

Poppy fez um zíper na boca.

Rose arqueou uma sobrancelha, emitindo um barulho áspero ao respirar, mas logo a expressão suavizou e sua fisionomia deu a resposta antes que abrisse a boca.

— Primeira gaveta. — Ela indicou a escrivaninha.

Gustavo agradeceu, largando o café.

O interior do arquivo era repleto de pastas organizadas em ordem alfabética, com etiquetas plásticas identificando cada um dos pacientes. Apesar do volume, não eram muitas. Ainda assim, mais do que ele e Poppy conseguiriam analisar de maneira adequada sem a ajuda de uma força-tarefa. Pensou em ligar novamente para Lena, em busca de uma rota para fora do atoleiro, mas chegou à conclusão de que mudaria de ideia assim que ouvisse a voz dela, aquela voz que fazia as pessoas mudarem de ideia. Ficou frustrado. Deprimia-o ficar andando naquele beco sem saída. Era desestimulante saber que a resposta para o crime poderia estar ali, escrita em um daqueles prontuários, e que não poderia abri-los por meros detalhes legais. Conferiu as etiquetas. As ideias aflorando e se avolumando sem ordem. A princípio não procurava nada específico, coletando apenas nomes aleatórios e esperando que algum deles acendesse uma luz de alerta em sua cabeça. Nada acendeu.

— Todos os prontuários estão aqui? — perguntou.

Rose fez que não.

— Os mais antigos, de pacientes que encerraram as sessões, são encaixotados de tempos em tempos. Sônia os guarda em outro lugar.

— Sabe onde?

— Não.

Por algum tempo depois de fechar o arquivo com uma pancada, Gustavo ficou observando a sala. Os diplomas pendurados atrás da escrivaninha, os monstros nos cantos que o encaravam com suas órbitas oculares vazias e aquele objeto de ferro dourado em formato de candelabro que Sônia havia explicado certa vez ser a letra psi, a vigésima terceira do alfabeto grego, símbolo da psicologia. Balançou a cabeça, determinando que aquela visita tinha sido a pura essência da perda de tempo. O fato é que estavam numa encruzilhada, com dois suspeitos, poucas pistas e sem nenhuma testemunha que tivesse visto algo de útil. Precisava conversar com Lena, esboçar novas ideias. Ela sempre fora uma investigadora melhor, conseguiria tirá-los do atoleiro. Ou então...

— Esse é o livro preferido da Sônia. — Ouviu Rose falar do umbral, com o pescoço esticado na direção de Poppy. — Às vezes ela ficava no consultório lendo até tarde. Acho que leu meia dúzia de vezes.

Girando nos calcanhares, Gustavo se aproximou de Poppy, que devolvia à estante um livro com páginas marcadas por etiquetas.

— Deixa eu ver. — Esfregando o queixo, ele olhou para o título. Uma antiga raiva tomou conta dele, tão potente que o fez cerrar o punho.

A mente do monstro: dissecando o Homem de Palha.

O passado era curioso. O jeito como ele ficava à espreita, calado, como se não estivesse lá. Então de repente, como um urso que sai da toca na primavera, retumbava vivo, a ponto de ser petulante.

Fora do prédio o vento ganhava força, fazendo a vidraça ranger como um anúncio de que o pior estava por vir.

Com expressão alterada, Gustavo sentiu que havia encontrado o lugar para uma das peças em seu quebra-cabeça quando viu o nome do autor impresso embaixo do título.

J. J. James.

17

Gabriela acordou assustada, encolhida na escuridão que a envolvia como um manto. O travesseiro que abraçava estava ensopado de suor, e ela tremia. Fragmentos de um pesadelo ainda pairavam em sua mente, irregulares, em preto e branco, fazendo com que a lembrança do sangue que escorria por seu pescoço parecesse uma cachoeira de lama. Engoliu em seco, acariciando a cicatriz escondida embaixo da gargantilha de tecido com pingente de cruz, pensando em por que Deus ainda permitia que ela sonhasse com aquilo.

Ele não tinha o poder de operar milagres?

Então por que não operava um milagre?

O ar estava frio e úmido, impregnado de um cheiro forte de terra. Enquanto seus olhos se ajustavam ao ambiente, Gabriela percebeu que não estava no seu quarto e que algo estava terrivelmente errado. Sentou-se na cama, sentindo uma onda de náusea, e observou pela janela o brilho da lua lutando para iluminar o quarto. Ficou parada um tempo, as pernas moles e os joelhos ralados, um preço que aceitava pagar.

O chão de madeira imundo, repleto de manchas secas de vômito para onde quer que olhasse, rangeu sob os pés da cama quando ela se esticou para alcançar o abajur, pressionando a bexiga cheia e fazendo desaparecer as sombras que dançavam nas paredes. A claridade da lâmpada a fez cobrir os olhos para que a cabeça não explodisse. Estava com dor e precisava muito fazer xixi.

— Meu Deus — sussurrou, ficando em pé, usando o nome de Deus em vão e remoendo todas as vezes que a mãe tentou levá-la à igreja. — Preciso parar. Não sei por quanto tempo mais eu aguento isso.

O quarto onde acordara era pequeno e tinha uma cama de casal que ficava de frente para um espelho. Gabriela estava nua, com os cabelos desarrumados e uma marca roxa perto do cotovelo. Puxou o início da noite na memória, lembrando-se do carro subindo a montanha, da cocaína espalhada na mesa, das gargalhadas quando os dois rapazes começaram a discutir sobre quem transaria com ela primeiro e da nota de cinquenta que ela havia surrupiado e escondido depois que todos caíram no sono.

Bisbilhotando os arredores, viu suas roupas amontoadas embaixo da cama pelo reflexo do espelho, mas arrependeu-se de ter se abaixado para pegá-las no instante em que uma nova onda de náusea trouxe um amargor para o fundo da garganta. Tentou correr até o banheiro, mas ao lembrar que ele ficava do lado de fora, vomitou no chão. Tinham bebido muito, e cheirado muito. Limpou a boca com a palma da mão, mas uma nova onda de náusea veio com tudo, abrindo caminho do estômago até a boca, e ela vomitou de novo.

— Cacete! — esbravejou.

Gabriela não estava acostumada a passar a noite com clientes. Tinha avisado que não queria dormir naquela cabana de caça no meio do nada e que o preço aumentaria caso decidissem ficar, mas os rapazes não deram bola. Deviam ser dois filhotes de ricaços da cidade que não se preocupavam com dinheiro ou boletos no fim do mês. Além do mais, estavam todos tão chapados que no fim Gabriela agradeceu por terem ficado quando sua cabeça encontrou o travesseiro. Só queria dormir. Dormir e matar Tiger de preocupação, fazendo-o perceber que ela também era livre para fazer o que bem entendesse.

Mas agora estava arrependida. E pensando nos filhos.

Tomando cuidado para não pisar na imundície enquanto pulava em uma perna só para que as calças subissem pelo quadril, ela vestiu o casaco e saiu, seguindo o brilho do abajur que escorria para fora do quarto e o fogo que crepitava na lareira, espalhando calor e uma tênue luz alaranjada que iluminava as paredes repletas de teias. Ao olhar com atenção, atinou o estado em que a cabana se encontrava, com quadros desbotados e móveis deploráveis, o que a fez se perguntar se pertencia mesmo à família de um dos rapazes ou se eles tinham apenas invadido um lugar aleatório.

Cruzando as pernas para segurar a vontade de urinar, pegou seu celular sem sinal no encosto do sofá e esquadrinhou o chão até onde a luz alcançava. Avistou um saco de dormir vazio ao lado de uma porta fechada, que ela imaginou ser outro quarto. *Será?* Por um momento cogitou que os dois a tivessem deixado para trás — não seria a primeira vez que clientes faziam aquilo —, mas desistiu da ideia ao ver pela janela dos fundos, estacionado no mesmo lugar, o carro que tinham usado para subir a montanha.

Andou na ponta dos pés até a pia da cozinha e abriu a torneira, evitando fazer barulho. Não queria que eles acordassem e propusessem uma nova suruba noturna depois de cheirarem o resto da cocaína e de beberem o que tinha sobrado da vodca. Eram malucos alucinados. Gabriela enxaguou a boca, livrando-se do gosto de vômito, e se preparou para encarar o trevoso caminho até o banheiro. Não queria sair, mas estava difícil segurar.

A casinha de necessidades ficava a quinze metros da cabana, em linha reta por uma trilha demarcada por cordas presas em estacas para que ninguém se perdesse durante uma nevasca. Procurando em vão por algo que pudesse usar como arma, Gabriela acendeu a lanterna do celular e pisou no retalho de pano colocado do lado de fora, achando irônico a presença daquilo ali, visto que a cabana era do tipo em que, na verdade, era preciso limpar os pés para *sair*. Esfregou o calçado e começou a andar pela trilha congelada.

O frio pinicava sua pele; podia ouvir os ruídos de insetos e animais noturnos pelo bosque. Um corvo grasnou e levantou voo, balançando um galho nas proximidades. Gabriela apontou a lanterna para a copa das árvores, e foi impossível não fazer uma visita ao passado. Seus pés ainda carregavam cicatrizes daquela corrida noturna na neve dez anos antes, feridas que tinham se tornado marcas evidentes, embora houvesse outras piores e bem mais profundas. Reprimiu a lembrança, acelerando o passo, a casinha torta ficando maior em seu campo de visão.

Parou de repente.

E se tivesse alguém lá dentro?

Não dava para saber.

Talvez pela melancolia das árvores, ou pela persistência fantasmagórica dos corvos, começou a imaginar alguém emergindo das sombras. Subiu um degrau de madeira apodrecida, tomada por musgos, e espiou o interior por um respiradouro em formato de coração escavado na porta. Vazio e fedorento. O cheiro quase a fez vomitar de novo. Entrou depressa, fechou o trinco improvisado e desligou a lanterna, julgando que ficaria mais segura no escuro. O cheiro só não era maior do que o medo. Antes de tirar as calças, permaneceu imóvel por alguns segundos. A relva atrás da casinha farfalhou como se algo tivesse cruzado por ali, fazendo-a segurar a porta com o pé e sentar no vaso, que era outro pedaço de madeira com um buraco, deixando que o fluxo de urina abafasse os sons da floresta.

Quando a última gota pingou, Gabriela ergueu a calcinha. Ouvia agora somente o vento curvando os galhos e a pressão do próprio sangue tamborilando nos ouvidos. Através das frestas estreitas das tábuas, a lua traçava um feixe esbranquiçado sobre o chão até seus pés. Olhou para as luzes da cabana ao longe e torceu para que sombra nenhuma aparecesse. Podia sentir o barulho delas, era só questão de tempo.

De novo a relva farfalhou.

— Olá? — ela chamou com voz trêmula, imaginando que, fosse o que fosse, já sabia que ela estava dentro da casinha.

Nada.

Vestiu as calças e reacendeu a lanterna do celular, vendo uma pilha de revistas pornográficas no chão. Empurrou-as para o canto com o pé e apagou a lanterna de novo ao notar que era mais fácil enxergar lá fora se não houvesse luz do lado de dentro. Respirou devagar, contando até vinte para manter a calma, mas de nada adiantou. Quando percebeu, estava tremendo. Não de frio, mas pela adrenalina que inundava seu corpo. Achou que estava tendo um ataque de pânico. Tentou controlar a respiração. Precisava voltar para a cabana depressa, mas não queria soltar a tranca. Estaria segura desde que a porta permanecesse fechada.

— Tem alguém aí? Eu tenho uma faca — ela blefou, segurando a cruz da gargantilha e pedindo que Deus a protegesse. — Rapazes, são vocês? Apareçam. Não tem graça.

Olhou para a tela azulada do celular, confirmando que sua operadora não tinha sinal no alto da montanha. *Porcaria!* Guardou o aparelho e espiou pelo buraco em formato de coração. Não viu nada além da cabana decadente, das próprias pegadas na trilha e da imensidão de troncos até onde o brilho encoberto da lua alcançava.

Soltou a tranca, abrindo a porta e engolindo um grito quando uma raiz pontuda incrustada no musgo do degrau roçou em seu tornozelo. Nem pensou em olhar para baixo. Era difícil discernir qualquer coisa quando escoltada pelo medo. Correu os quinze metros com a determinação de uma maratonista e entrou na cabana.

— É a última vez que faço isso — sussurrou Gabriela, escorando a testa e as duas mãos na porta, ofegante e aliviada.

— Concordo — disse alguém atrás dela.

Com o coração disparado, Gabriela se virou e viu uma pessoa em pé ao lado do sofá, as mãos ensanguentadas.

— Sabia que eles estavam filmando? — Dando três passos para o lado, a pessoa abriu a porta próxima de onde estava o saco de dormir e revelou um cômodo com uma filmadora instalada sobre um tripé posicionado atrás de um vidro refletivo que, quando visto pelo outro lado, parecia um espelho. Mais atrás, perto de uma cadeira de plástico, uma caixa de madeira jazia com a tampa escorada na beirada, pronta para conduzir Gabriela ao recanto mais sombrio de sua existência.

— O que é isso? — ela indagou, todo o ar escapando dos pulmões. Estava tensa, pronta para correr.

Deus tinha o poder de operar milagres.

Bastava Ele querer.

— Você nasceu para morrer na caixa, Gabriela Castillo. Abrace o seu destino.

18
Riacho do Alce, Alasca
30 de outubro de 2004

O semáforo à frente de Gustavo ficou amarelo, e ele afundou o pé no acelerador. Era de manhã, mas ainda estava escuro quando chegou ao Josh & Jimmy's, o ponto de encontro com Poppy antes de irem falar com Lena e interrogar J. J. James em Anchorage.

Em pé na calçada e com um copo de café para viagem na mão, Poppy estava estática, observando os tapumes de madeira instalados onde antes havia vidraças. Grudados neles com fitas adesivas, cartazes feitos de folhas tamanho A4 anunciavam kits para tempestade disponíveis para compra.

— Já comprou o seu kit? — Gustavo perguntou ao desembarcar.

— Ainda não, chefe. — Poppy olhou para o café.

— Nada bom. Vamos resolver isso. Acabei de ouvir no rádio que a coisa vai ser feia. O prefeito vai assinar até um decreto para que as repartições públicas não abram na segunda.

— E o que isso significa?

— Para nós? Coisa nenhuma. — Passando por ela, Gustavo entrou no mercado e encontrou Jimmy abaixado perto de algumas caixas de papelão desmontadas. — Preparado para o desastre?

Jimmy demorou um pouco para responder.

— É. Espero vender alguns kits. — Apoiou-se nos joelhos e ficou em pé. Tinha o olhar desligado. — Colei o anúncio há pouco, mas parece que os clientes sumiram — queixou-se.

Apesar do horário, quando pessoas no caminho do trabalho paravam para comprar café e rosquinhas, o mercado estava vazio.

— Não esquenta com isso. Logo eles aparecem. — Gustavo correu os olhos pelas gôndolas, vendo que Josh não estava trabalhando. — Já têm kits prontos?

Jimmy assentiu, apontando para três caixas acomodadas perto da prateleira dos chocolates.

— Vou levar dois — Gustavo anunciou. — Põe na minha conta.

Jimmy fez sinal de positivo, abrindo a boca em silêncio, como quem tem algo entalado na garganta. Ciscou o chão.

— Já descobriram quem jogou as pedras? — perguntou por fim. — Os tapumes custaram cento e vinte dólares. As vidraças novas vão custar cinco vezes mais do que isso — ele reclamou, tirando os óculos e expondo uma ruga de preocupação na testa. — Estou com medo de que isso tudo afete os negócios, Gustavo. Nunca contei para ninguém, mas eu ajudo com as despesas de duas netas que estão na faculdade. A mãe delas não ganha o suficiente. Se o mercado parar de dar dinheiro, não sei o que vou fazer.

Gustavo deu um tapa nas costas do amigo. Desde que se conheciam, Jimmy sempre falava sobre quase tudo com Gustavo, sem rodeios. Embora aquela fosse a primeira vez que se abria a respeito de dinheiro.

— Vamos dar um jeito, Jimmy — disse Gustavo com voz confiante. — Fica tranquilo.

Disfarçando a dificuldade em carregar as duas caixas de suprimentos ao mesmo tempo, Gustavo parou na calçada, embaixo do toldo, e pediu que Poppy abrisse a porta traseira da viatura, soltando um "fiu" de alívio quando as acomodou no banco.

— Estou ficando velho — reclamou ele com as mãos no quadril.

— Todos estamos. — Poppy ofereceu o copo de café.

— Comprou pra mim?

— Pagamento pelo de ontem.

— É sério?

— Sério, chefe.

Gustavo pegou o café e agradeceu. Não tinha dormido bem. Ficara preso durante horas em um círculo interminável de preocupações que não se dissolveu com o novo dia.

Dez minutos mais tarde, com o copo vazio jogado no banco de trás, alcançaram a autoestrada que levava a Anchorage, onde por meio das fileiras de pinheiros do bosque uma neblina se erguia como vapor. Passaram pela pedreira, um afloramento de granito onde os adolescentes se reuniam para nadar no verão. Pela trilha que dava acesso à estação de esqui, que tinha sido construída para tirar proveito do turismo de desastre, mas que acabou abandonada anos depois. E pelo totem póstumo erguido a pedido da família Rugger, que demarcava o ponto na autoestrada onde o corpo de Elsa fora encontrado em dezembro de 1993.

O sol começava a brilhar quando acessaram o estacionamento da delegacia de Anchorage. Estacionaram em uma vaga estreita entre outros dois carros que se alinhavam igual pães frescos em exposição.

— Se importa em esperar aqui? — Gustavo virou-se para Poppy. — Preciso falar a sós com a Lena. Assunto particular.

— Fique à vontade, chefe. — Ela pegou o celular. — Vou pesquisar mais sobre o nosso cara enquanto espero. Eu não o conhecia, mas, pelo que pude perceber, esse J. J. é bem peculiar.

— Me conta se descobrir algo novo. — Gustavo desembarcou. — E... Poppy?

Ela ergueu o olhar.

— Sim, chefe.

— Pare de me chamar de chefe. Somos parceiros agora. — Gustavo sorriu. — Isso é uma ordem.

Pegando o elevador no estacionamento, Gustavo subiu ao escritório do departamento de homicídios no segundo andar; encontrou Edgar Causing no corredor, apontando o dedo e disparando gritos agitados contra um policial fardado que só concordava com a cabeça.

Edgar ainda era o chefe do departamento, tendo retornado ao cargo depois de uma fracassada passagem pela política que lhe rendera o apelido de "Titanic", embora ninguém ousasse chamá-lo daquilo em voz alta, provavelmente porque havia algo no comportamento dele que fazia ninguém querer ficar em sua linha de tiro. Fora isso, os traços austeros no rosto e o olhar cínico se mantinham intactos, embora ele parecesse ter encolhido desde a última vez que Gustavo o vira, como se a vida estivesse se esvaindo do seu corpo.

— Dia difícil? — Gustavo sempre tentava manter a cordialidade, que tinha se desgastado quando Edgar o tirou do caso em 1994.

Antes tivesse ficado calado. Edgar Causing era azucrinante demais para ser enfrentado tão cedo pela manhã. Dois minutos na delegacia de Anchorage eram suficientes para fazer Gustavo desejar ter ido direto para Riacho do Alce.

— Muito pior. Assaltaram um caixa eletrônico na madrugada — Edgar espinafrou sem interromper o passo, apressado, em estado de alerta, como se tivesse bebido meio litro de café. — Dois menores envolvidos. Um deles baleado. O advogado da família quer nos mastigar vivos. E, pra completar, uma emissora de Washington resolveu ressuscitar o merda do Dimitri Andreiko com uma matéria de cinco minutos em rede nacional hoje cedo. Em suma, o dia está um inferno, Prado. E nós estamos fodidos. — Edgar era do tipo que valorizava o próprio julgamento, embora sempre deixasse aberta a possibilidade de jogar a culpa em outra pessoa caso se mostrasse equivocado. — Algum avanço na investigação da psicóloga?

Gustavo hesitou, acorrentado no espaço árido entre o que queria dizer de verdade e a cordialidade forçada, na qual as pessoas adquiriam a maior parte das úlceras. Era o jogo da hipocrisia. As palmadinhas no ombro de manhã contra as trocas de farpas à tarde, algo tão comum quanto os apelidos que policiais usavam.

— Estamos seguindo uma pista — respondeu Gustavo.

— Ótimo. Ninguém quer passar pelo pesadelo outra vez, então peguem esse filho da mãe antes que a mídia grude no nosso pé. Você ainda é um astro, Prado. Sabe como eles tratam os astros. Não os quer no seu pé de novo, quer? — E desapareceu escada acima.

Assimilando a enxurrada de informações, Gustavo entrou na sala do departamento, que parecia menor sem a grande mesa de madeira no centro e uma equipe para se sentar ao redor dela. Decisão de Edgar, que havia descentralizado as equipes de investigação por sugestão do alto - comando, dando maior poder às delegacias municipais e reduzindo o número de investigadores na central. Encontrou Lena parada, olhando para fora da janela, iluminada pela luz do dia enevoado.

— Toc, toc — disse Gustavo.

Lena olhou para trás. O olhar dela fez o dia cinza brilhar.

— Gustavo, desculpa, não te vi chegando.

— Sem problema. A manhã começou divertida — comentou ele. — Ouviu o monólogo do Edgar no corredor? Como vocês aguentam todos os dias?

Lena sorriu e foi para trás da escrivaninha.

— Não aguentamos. Mas esta semana ele está mais agitado que o normal — respondeu ela, desabotoando o blazer e sentando na cadeira.

— Ele te falou sobre a reportagem?

— Falou.

— Cinco minutos. Rede nacional. Dá pra acreditar? — Ela suspirou. — Será que vai acontecer de novo? — Pegou uma pasta no armarinho e a entregou para Gustavo.

— Já está acontecendo. — Ele se ajeitou na cadeira, olhando para os dedos dela, para as veias delicadas nas costas da mão pálida. — É o que eu estou pensando?

— Os dados das torres de transmissão dos telefonemas que solicitou. Dá uma olhada onde Sônia estava quando recebeu a última ligação.

Seria essa fagulha que viraria uma labareda?

— Torre superior oeste? — Gustavo estranhou.

— Instalada por uma operadora do Canadá para atender a estação de esqui. Baixo alcance. Era pra essa torre ter sido desativada anos atrás, mas não foi. É possível que alguém ainda more por lá?

Gustavo duvidava.

— Há anos não subo praqueles lados. Sei de algumas cabanas de caça nos arredores, mas não são habitadas. As estradas lá no alto foram abandonadas quando a estação fechou, estão em péssimo estado. Acho que o dono das terras ainda é o Clarence Willians, pai da Marjorie Willians, uma antiga namoradinha do Josh. Vou descobrir se o cara está na cidade e marcar uma conversa. Embora eles sejam donos de metade das terras da região, pode ser que haja conexão. — Ele soltou a folha. — Inclusive, o Oscar me disse que a Sônia chegou tarde em casa naquela noite. Ele achou que ela estivesse no consultório.

— Não estava. Ou pelo menos o celular não estava.

— Checaram o número que ligou?

— É de um celular pré-pago descartável. Foi ativado cinco dias antes do crime. Fez uma única ligação e recebeu outra de um número privado. Depois da morte, nada. Sumiu do radar.

— Temos informação de onde foi comprado?

— Na loja de conveniência no centro de Anchorage. Pago em dinheiro, sem registro de comprador. Já pedi as imagens das câmeras, mas o local é franqueado e pertence a uma rede maior, então estamos tendo dificuldades. A empresa que faz a segurança não quer liberar nada sem autorização. Devemos ter novidades em breve — Lena assoalhou. — A visita ao consultório deu frutos?

— Conseguimos uma pista. J. J. James. Lembra dele?

— Lembro. Escreveu um livro sobre o caso. Afirmava que Dimitri não foi a única criança que veio para o Alasca com o eremita Landon Klay. — Os dois mantinham um acordo velado de nunca citar o Homem de Palha. — Poucos acreditaram. O livro foi um fracasso de vendas, pelo que sei. Hoje ele atua como psicólogo.

— Esse mesmo. Sônia tinha um exemplar do livro. O preferido dela, foi o que disse a secretária. J. J. James é o psicólogo que ela indicou para o Josh depois de o dispensar.

— Vão interrogá-lo?

— Vamos. Talvez ele saiba por que ela não queria mais atendê-lo — ponderou Gustavo. — Outra coisa que descobrimos é que o casamento dos Ortega não era o mar de rosas que todos pintavam. Parece que o Oscar aparecia com frequência no consultório, levando flores e doces. Então é possível que esse ódio que ele tenha pelo Josh seja fruto de ciúme. Talvez pensasse que os dois estivessem tendo um caso. — Abriu o zíper do casaco, pegou um saquinho de evidência e o colocou na escrivaninha. — E tem mais uma coisa.

A atenção de Lena foi subitamente atraída para o objeto.

— O que é isso? — Ela se inclinou para a frente, as mãos apoiadas na mesa.

— Um Tupilak.

— Isso eu sei. Quero saber o que está fazendo com ele.

— Alguém pendurou na porta do Josh antes de ontem. Ele acha que foi o Oscar. Preciso que mande para perícia. Digitais e análise de material seria um bom começo.

Lena aproximou o objeto do rosto, erguendo-o perto da luz. Havia marcas de sujeira no local onde tinham sido entalhados os dentes pontiagudos do monstro, e uma das extremidades estava trincada.

— Parece feito com osso — ela analisou.

— Parece. Não é como os de plástico vendidos nas lojas. Alguém confeccionou essa coisa. Você conhece a lenda.

— Vingança, rituais de feitiçaria, morte. O pacote completo.

— Por isso preciso dos detalhes.

— Vou enviar com pedido de urgência.

Gustavo assentiu, voltando a enfiar a mão na parte interna do casaco, de onde pegou outro saquinho.

— E aqui está aquilo sobre o que conversamos ontem.

Lena recuou na cadeira, mordendo o lábio pensativamente.

— Tem certeza que quer fazer isso?

Os músculos do maxilar de Gustavo tremeram. Aquele não era o tipo de pergunta que alguém desejaria responder. E a resposta que surgiu na sua mente era a que ele menos queria considerar.

— Não saber a verdade está me matando, Lena. — Entregou os fios de cabelo de Corinne. — Eu não vou abandoná-la, não importa o resultado, mas está na hora de saber.

19

Um nevoeiro espesso baixou de repente, deixando a cidade com aparência cansada naquela manhã de sábado.

— Não acha melhor estacionar? — sugeriu Corinne.

Josh esticou o pescoço para a frente, tentando enxergar a linha divisória da rua, mas não via nada além de uma sólida muralha de névoa.

— Que azar. — Ele apertou o volante. — Estávamos quase chegando. — Ligou a seta em busca de uma vaga, mas o trânsito ficou lento e tudo que conseguiam ver eram os borrões vermelhos das luzes de freio dos veículos que congestionavam a estreita ruazinha à beira-mar.

Na calçada, pessoas andavam inclinadas e se refugiavam embaixo de um andaime, enquanto lojistas fechavam as portas dos comércios para que a repentina umidade não entrasse.

Com o barulho de buzinas e motores parados engolindo a música no rádio, Corinne colou a testa na janela lateral e observou as águas do golfo espumando borbulhas salgadas depois de acertarem a mureta de contenção.

— Não que eu esteja criticando... — Ela ergueu o volume, abaixou o encosto do banco e esticou as pernas sobre o painel. — Mas esse pessoal que entende não tinha dito que a tempestade ia chegar na cidade só amanhã de noite?

Com o pisca-alerta ligado, Josh olhou para o lado.

— Disseram. Isso aí não é a tempestade, é só o prenúncio — disse ele.

— Vem cá, que folga é essa? Tá pensando que meu carro é hotel?

Corinne sorriu e deu um soco no braço dele.

— Obrigada pela carona, maninho. E me desculpa por te fazer se atrasar para o trabalho.
— Sem problema, tampinha. Eu não ia mesmo trabalhar hoje.

Corinne franziu o cenho.
— Aconteceu alguma coisa?
— Eu e o Jimmy brigamos.
— O Jimmy? O nosso Jimmy? — indagou Corinne, cheia de espanto. — Estranho. Nunca vi ele brigar com ninguém. Foi por causa das vidraças quebradas?
— Mais ou menos. — Josh deu de ombros. — O problema é que as vendas foram péssimas ontem. Acho que a gente nunca vendeu tão pouco em um dia desde que compramos o mercado. Os clientes desapareceram, aí ele insinuou que estamos perdendo clientela por causa do que aconteceu. Como se eu tivesse algo a ver.
— Insinuou?
— É. Não falou, mas deixou no ar.
— E você não podia ter deixado passar? Ele é velho. Todo velho é ranzinza. Devia ter deixado passar.

Josh concordou com um gesto automático. O tipo de gesto com o qual se responde a uma pergunta sem importância.
— Eu tentei, mas não aguentei. São coisas assim que me fazem sentir perdido, como se eu não soubesse ao certo para onde ir. Tomar uma decisão errada, me arrepender depois — ele argumentou. — Droga, é o Jimmy! Eu esperava isso das outras pessoas, mas não dele. Tomara que descubram logo quem fez aquilo. Essa porcaria já tá respingando em mim, e algo me diz que isso é só o começo.

Durante o que lhe pareceu uma eternidade, Corinne ficou em silêncio, incapaz de fazer qualquer coisa além de encarar os limpadores de para--brisa que deslizavam de um lado para o outro. Ela mesma se sentia assim às vezes. Para eles, o mundo seria sempre uma paisagem infestada de perigo.

Quando abriu a boca, depois de um imperceptível atraso que sempre acontece quando o cérebro não tem certeza de alguma coisa, ela finalmente acrescentou:
— Meu pai foi pra Anchorage hoje cedo.
— Descobriram algo? — Josh pareceu interessado.
— Não sei, mas a Poppy estava junto, então...

A van escura de uma empresa de controle de pragas passou por eles com o rosto do motorista distorcido pela chuva. De repente, outro motorista alguns carros à frente enfiou a mão na buzina com toda a vontade, fazendo a fila andar uns dez metros, o suficiente para que Josh fizesse uma interseção e pegasse um caminho alternativo para chegar ao Chacal Vermelho.

Estacionaram na orla, próximo ao píer.

— Fiquei sabendo que seguiu meu conselho — Josh falou depois de desligar o motor.

— O de mandar a Marjorie à merda?

Ele fez que sim.

— O que ela aprontou desta vez?

— Cartaz.

— De novo?

— De novo. Por pouco não arrebentei o nariz dela.

— Que bom que não arrebentou.

— Por quê?

— Porque o nariz dela é tão bonito. — Josh riu.

O eco das buzinas à beira-mar ainda era ouvido.

— Puta merda, Josh. Nariz bonito? É sério mesmo? — Corinne ralhou, olhando para fora. A última coisa que queria era falar sobre a Megera. — Quer saber, vamos entrar. Estou achando que vamos tocar com chuva hoje à noite. — Abriu a porta e saiu.

Quando entrou no Chacal Vermelho, Corinne estava com os cabelos revoltos caídos no lado oposto ao da parte raspada, como se uma vaca os tivesse lambido. Josh veio logo atrás, com a jaqueta borrifada por minúsculas gotículas e deixando pegadas úmidas no piso de madeira. Na parede perto da entrada estavam penduradas fotografias tiradas em eventos passados realizados no bar, em sua maioria de jovens bêbados fazendo pose. Atrás da copa, o dono, Ready Freddie, um baixinho roliço de cabelo repartido que usava uma camiseta apertada demais para a barriga, repunha garrafas no freezer com a ajuda de Killer Queen, sua esposa, enquanto no palco à direita Vic e Oli usavam uma cadeira para alcançar o teto, onde fixavam teias de aranha falsas.

Ainda havia muito trabalho a ser feito. A decoração estava longe de ficar pronta. Sobre as mesas no centro da pista, em sacolas de uma loja de decorações da cidade, caveiras plásticas, morcegos de papelão e bexigas alaranjadas com sorrisos maléficos que Corinne havia encomendado esperavam para serem montados; em cima de uma caixa de madeira velha perto do palco, cinco abóboras aguardavam serem entalhadas.

— Se a Vic me puser para cortar as abóboras, eu juro que finjo um desmaio — sussurrou Josh sem mexer os lábios.

Corinne o encarou com sarcasmo.

— Vic! — ela chamou.

Com os braços tatuados levantados e na ponta dos pés em cima da cadeira, Vic, com seu um metro e setenta e cinco bem distribuído, se virou na direção do chamado.

— Oi?

— O Josh acabou de me dizer que adoraria ajudar com as abóboras — Corinne emendou alto para ser ouvida. — O quão fofo é isso?

— Muito fofo. Obrigada, Josh. Na verdade, estávamos esperando que você fizesse isso. — Vic piscou para eles. — Só não esquece que tem mais delas na cozinha.

Josh cambaleou para a frente como se fosse cair.

Victoria Evans era a vocalista da banda e tinha um ano e meio a mais do que Corinne. Com longos cabelos ruivos que quase lhe cobriam as costas e brilhavam como se toda a luz refletisse neles, ela largou as teias decorativas e pulou da cadeira, aproximando-se e parando ao lado dos dois. A gola decotada do suéter preto que vestia permitia um vislumbre dos seios pequenos. Primeiro estendeu um cumprimento a Josh, tirando uma mecha ruiva do rosto salpicado aqui e ali por sardas. Depois abraçou Corinne — um abraço cósmico e arrebatador dado em alguém que sempre tivera aversão a contato físico por alguém que parecia apreciar aquilo. E Corinne sabia que ela apreciava. Sem contar que Vic cheirava deliciosamente bem, uma mistura de suor úmido com o perfume amadeirado que Corinne sempre quisera saber o nome, mas nunca perguntara.

— Trouxeram mais percevejos? A Oli vai matar vocês dois se esqueceram os percevejos — Vic cochichou.

Corinne e Josh trocaram olhares, mantendo as sobrancelhas levantadas para fazer suspense, mas em seguida Josh balançou a caixinha no ar.

— Meu herói! — exclamou Oli do centro do bar, encarando Josh como se ele fosse um bolo de morango pronto para ser devorado.

Olivia Davis tinha quase a mesma idade de Vic, mas seus cabelos presos num rabo de cavalo com restos de teia eram pretos e o sorriso, desafiador.

Quando se aproximou de Josh, uniu seus lábios aos dele num beijo despojado, estalando a língua e batendo os calcanhares no segundo seguinte.

Exótico.

Era assim que Corinne definia o relacionamento deles. Primeiro porque Josh passava a vida reclamando que não sabia qual era a de Oli, que passava semanas sem ligar e depois dava as caras do nada, quando bem entendesse. E segundo porque do outro lado a lamúria era a mesma: Oli se queixava de que Josh trabalhava demais e que o emprego exigia muito dele, de modo que Corinne acabava sempre respondendo que ao menos Josh tinha um emprego, bem mais do que alguns desastres ambulantes com os quais Oli havia namorado.

— Preciso dizer que meu envolvimento com aranhas atingiu um nível completamente novo hoje. — Oli passou a mão nos cabelos, tentando se livrar das teias.

— Nisso concordamos todos. — Josh a ajudou. — Esses detalhes brancos realmente deram o toque final que faltava no arranjo que está seu cabelo.

Corinne e Vic riram.

— Vai mesmo entalhar as abóboras, Jojo? — Oli perguntou.

— Vai parar de me chamar de Jojo? — Josh respondeu, soando como se tentasse impor uma condição, mas não chegando nem perto de obter sucesso.

— Vou.

— Abóboras então.

Oli apontou para as abóboras em cima da caixa.

— Jojo, são todas suas. Elas vão ficar incríveis quando as luzes apagarem. Se entalhar direito, ganha presente hoje à noite. Se entalhar direito — ela repetiu, apertando a bochecha dele. — Corinne, pendura algumas caveiras e morcegos na frente do balcão. Acho que vai ficar legal. E Vic, comigo. — Fitou o nevoeiro pela janela. — Vamos terminar isso logo, antes que comece a chover.

20

Parado no fim da rua, Gustavo observava um rolo de tinta apoiado em uma placa onde se lia "Joziah James — Psicólogo". O gramado onde ela se fixava parecia um matagal, e a pintura azul-grisalho da casa ao fundo estava descascando nas venezianas. Percorrendo o caminho até a entrada, Gustavo saltou pelo portãozinho com as dobradiças quebradas e parou na porta, mas ninguém atendeu quando ele tocou a campainha. Observando a luz da sala acesa, se aproximou da janela manchada e espiou o interior da residência, distinguindo apenas uma TV ligada em um programa de culinária. Prestes a tocar a campainha outra vez, tomou um susto quando dois olhos esbugalhados surgiram atrás da cortina, emoldurados por um par de tufosas sobrancelhas demoníacas.

— Joziah? Precisamos conversar. — Gustavo aproximou o distintivo da janela. — Sou o investigador Gustavo Prado. Polícia de Riacho do Alce.

O homem nem sequer olhou para o documento.

— Eu sei quem você é — replicou com voz abafada, olhando para Poppy parada perto de um arbusto no jardim. — Me deem um minuto. Eu estava mesmo esperando vocês.

— Estava?

O homem não respondeu, fechou a cortina e sumiu.

Esperaram do lado de fora por quase cinco minutos, os últimos dois de pura impaciência, quando finalmente uma sombra surgiu na fresta debaixo da porta, que se abriu guinchando, um tipo de ruído que seria facilmente eliminado com uma gota de óleo. Era Joziah, um homem corpulento, de cabelo bem penteado, que se apresentou vestindo um cardigã bege por cima de uma camiseta de malha, cuja manga não escondia o curativo na mão esquerda. Primeiro Joziah fez sinal para que os dois entrassem, mas depois enrugou o rosto, pondo-se no meio do caminho ao ver que nenhum deles iria tirar o calçado para entrar.

— Senhores — pigarreou —, se não se importam, gostaria que tirassem os sapatos — pediu com falsa delicadeza. — Já não tenho dezoito anos e meus pulmões vivem me pregando peças. A última vez quase fui parar no hospital. O que menos preciso é de um assoalho cheio de germes. — Abriu um sorriso de alcatrão, acentuando as profundas rugas de fumante que rodeavam os lábios.

Tirando os sapatos sem protestar, Gustavo observou o curativo.

— Acidente? — indagou.

Joziah o encarou por um instante mais longo do que seria considerado confortável, e Gustavo se perguntou se a indagação, de algum modo, o tinha deixado ofendido. Então Joziah ergueu a mão.

— Cortei limpando as calhas. Precisei fazer pontos — retrucou ele. — Estamos reformando a fachada, fazendo nova pintura. Subi para limpar as folhas nas calhas e me cortei. Algumas pessoas não nasceram pra subir escadas.

Gustavo sorriu.

Entraram na casa, que tinha um vitral no teto derramando um padrão de cores suaves nas paredes. A sala tinha cheiro de incenso e livros antigos, além de uma aparência decrépita do que um dia fora elegante, mas que agora transbordava falta de cuidado e requinte.

Apressando o passo para acompanhá-lo, eles seguiram por um corredor decorado com fotografias. Não de familiares sorrindo como na maioria das casas, mas de mulheres em nu artístico, com o rosto borrado e o torso em alto contraste. Passaram por uma caminha de cachorro sem cachorro e por um arranhador para gatos sem gato, até que chegaram a uma escada de madeira íngreme que dava em uma sala sem janelas no subsolo, apinhada de móveis antigos, fedendo a frutas podres e com uma mancha amarela de nicotina no teto bem acima da poltrona onde Joziah se sentou.

Por meio minuto ficaram esperando-o se ajeitar.

— Senhores, permitam que eu lhes ofereça um chá — disse ele quando sossegou. Tinha sotaque carregado de algum lugar difícil de identificar. — Aceitam? — Balançou uma sineta.

Esperou que alguém atendesse ao chamado, mas ninguém apareceu. Então, como se nada tivesse acontecido, largou a sineta sobre um cinzeiro cheio de guimbas e cruzou os braços.

— O que posso fazer por vocês hoje?

Um cachorro latiu em algum lugar lá em cima.

— Se importa se eu gravar a conversa? — Gustavo indagou, sentando ao lado de Poppy em um sofá de três lugares molenga de velho.

Joziah olhou para o gravador.

— De maneira alguma — respondeu. — O uso do gravador é algo que também costumo adotar em minhas pesquisas. Já lhes contei sobre quando estive na Holanda pesquisando para o livro?

— Esta é a primeira vez que nos vemos, senhor — disse Poppy sem esconder a rusga. — Que tal começar contando por que disse que esperava nossa visita?

O homem não se intimidou e olhou para a porta de maneira reflexiva, provavelmente ainda esperando que sua camareira imaginária aparecesse. Sem obter sucesso, enfiou a mão boa no canto da poltrona, de onde tirou uma banana que descascou e na qual deu uma mordida antes de começar a falar.

— Ah, claro. Foi o que eu disse. Desculpe a arrogância, mas é que me parece óbvio — retorquiu ele entre mastigadas. — Minha amiga Sônia foi assassinada e vocês, como bons investigadores que são, descobriram que ela leu o livro que escrevi, além de ter me indicado para atender um de seus pacientes. — Limpou a garganta com uma tossida. — Paciente esse que, e me interrompam se eu estiver errado, possivelmente está na sua lista de suspeitos, devido às circunstâncias.

Gustavo esfregou os olhos, olhando para a lixeira transbordando cascas de frutas ao lado do homem. A sensação que tinha era de que estavam na frente de um clássico enrolador, mentiroso em alguns pontos, que acreditava no próprio conto de fadas. Chamá-lo de maluco não seria exagero. E aquele sotaque estranho era uma amostra que sustentava o argumento: forçado, vindo de lugar nenhum além da própria imaginação. Sem dúvida Joziah podia ter sido no passado alguém refinado, mas as raízes daquela polidez excessiva estavam naquele momento só dentro da cabeça dele.

— O senhor tem razão. — Gustavo decidiu que seria melhor nadar a favor da maré. Conhecia o tipo. — A Sônia tinha um exemplar do livro. A secretária nos disse que era o preferido dela.

Um risinho demonstrou a satisfação de Joziah.

— Outro fato óbvio. O livro é ótimo. O senhor leu?

Gustavo fez que não.

— E você? — Joziah se dirigiu a Poppy.

Poppy também fez que não.

— Clássico. Deveriam ler. É muito interessante o que descobri. Lembrem-me de presenteá-los com exemplares autografados quando terminarmos. — Apontou uma prateleira abarrotada de livros e documentos. — Ainda tenho alguns guardados.

— Lembraremos — Poppy respondeu. Pela expressão, a vontade dela era de pegar a arma no coldre e atirar nos próprios miolos, ou nos miolos de Joziah. — Agora, voltando ao assunto, a Sônia te contou por que não queria mais atender o Josh?

— Não que eu me lembre. Não.

— Não teve interesse em perguntar?

Ele voltou a se ajeitar na poltrona, como se um bicho-carpinteiro estivesse lhe mordiscando o traseiro.

— Perceba, oficial, eu sou um profissional respeitado na área. Além do mais, esse tipo de troca é mais comum do que pensa. — Joziah relaxou, o ceticismo tomando conta de suas expressões. — Um psicólogo X atende um paciente Y por bastante tempo, um vínculo inevitável é criado, e cedo ou tarde esse vínculo começa a atrapalhar julgamentos que não podem ser atrapalhados, de modo que o profissional decide que é hora de seguir em frente. Acredito que tenha sido isso que aconteceu entre Sônia e Josh. Eles estavam em terapia há muitos anos. Hora ou outra isso aconteceria. Como eu disse, é inevitável.

Gustavo assentiu.

— Algum palpite de por que ela te indicou? — perguntou.

— Um presente, talvez?

Gustavo sorriu, esperando que Joziah pensasse no tipo de coisa que estava dizendo. Seria esperar muito? Seria. Suspirou, imaginando o que estava por vir.

— Josh Rugger é uma criatura que desperta desejo em qualquer amante da psicologia — Joziah explicou. — Ele foi vítima de um experimento social, se é que me entendem. Um experimento desastroso, sem dúvidas, mas ainda assim um experimento. Houve outros? Claro. Você, por exemplo, oficial. — Ele olhou Gustavo no fundo dos olhos. — E sua filha, inclusive, vítima do mesmo experimento. E embora ela seja igualmente especial, Josh é mais, porque foi ele a criatura que passou mais tempo vivendo daquele jeito miserável. Em outras palavras, a mente dele é o Santo Graal da psicoterapia. E poder estudá-la nada mais é do que um presente.

Embora soasse esdrúxula, a ideia fazia sentido. Ainda assim, distante do que estavam ali para descobrir.

— Consegue pensar em outro motivo para a indicação? — Gustavo insistiu.

Joziah enfiou o resto da banana na boca e jogou a casca na lixeira, de onde levantaram voo duas moscas-das-frutas, que voaram em zigue-zague até pousarem de novo.

— Nada me vem à mente. Você mesmo disse que meu livro mudou a vida dela. Esse é meu melhor palpite.

Não foi isso que eu disse, Gustavo pensou, mas àquela altura já tinha entendido como Joziah funcionava. Excêntrico e com um parafuso a menos. De repente sentiu uma ânsia de transformar aquela conversa em algo proveitoso, mas a voz de Joziah retomando o controle das ações o impediu.

— Vocês precisam entender uma coisa, que parece não estar clara: a Sônia não era o que todos pensam. Ela era obcecada por tudo que envolvia o Homem de Palha.

— Obcecada?

— Óbvio, outra vez. Ou acham que ela se mudou do Sul para viver neste fim de mundo congelado porque queria ajudar as crianças? Ela era uma pessoa maravilhosa, não me entendam mal, mas não sejam inocentes. — Tentou falar com delicadeza, mas o efeito era inverso. — Por fim, de alguma forma ela teve acesso ao meu livro, que achei estar esgotado nas livrarias há anos, e entrou em contato meses atrás dizendo que cogitava escrever um novo artigo, perguntando se eu tinha descoberto mais sobre a segunda criança.

— Segunda criança? — Poppy empertigou-se.

A interrupção fez Joziah revirar os olhos, a pálpebra direita tendo um espasmo estranho.

— Então nós conversamos, e eu disse a ela que não, que eu havia encerrado as pesquisas — ele continuou de onde fora interrompido, depois virou-se para Poppy e sorriu igual a um funcionário que sorri para o patrão que odeia. — Sim, oficial, Wilhelm Waldau, ou Landon Klay, que é como ficou conhecido o eremita, não trouxe apenas uma criança para o Alasca.

Outro latido ecoou lá de cima.

— E em que essa informação se baseia? — Poppy indagou.

— Pesquisas. Está tudo no livro que não leram. Eu estive na Holanda. — O tom de voz dele era calmo, mas firme, como se falasse com duas crianças que não entendiam por que não podiam comer sobremesa. De novo pôs a mão no canto da poltrona, de onde pegou mais uma banana. — Fui até a vila onde ele vivia com a esposa. Confesso que foi mais difícil encontrar o local do que pessoas que quisessem falar. Uma vez lá, obtive informações importantes. A principal delas foi a de que um parto de emergência foi mesmo conduzido após a morte da mulher, bem como diz a história. Porém ninguém, e eu disse ninguém, pôde confirmar que a criança nasceu sem vida. Ou seja, Dimitri Andreiko teve um irmão. E eu aposto que essa pessoa está vivendo aqui no Alasca até hoje. — Descascou a banana e a mordeu.

Houve um instante de silêncio.

— A hipótese é válida — Gustavo abrandou. Tudo aquilo podia ser invenção de uma mente desocupada, mas sem dúvida não deixava de ser interessante. — Mas não há qualquer indício de que eles tenham vindo em três para a América.

— Assim como não há indício de que não vieram.

— Mesmo assim existem problemas.

— Por exemplo? — A boca de Joziah traía a irritação.

— Gabriela Castillo — Gustavo acrescentou, rebobinando os fatos com rapidez. — Ela disse em depoimento que Dimitri contou, antes de cortar o pescoço dela, que a criança tinha morrido no parto.

Joziah soprou ar por entre os lábios.

— Besteira. Ele mentiu para proteger a família. — Outra mordida na banana. — Os frutos da nossa imaginação são sempre piores do que a realidade. De toda forma, a polícia não quis saber da história.

— O caso estava encerrado, senhor.

Joziah sorriu, debochado.

— Pois é. Só que agora uma mulher grávida morreu daquele jeito e cá estamos nós, falando de novo desse assunto. — Jogou a segunda casca na lixeira, mas desta vez nenhuma mosca voou.

Décima terceira sessão

— Nós vivíamos em um lugar amaldiçoado, espremido no limite da floresta. As casas eram velhas, de madeira escurecida, inclinadas umas sobre as outras para que se pudesse compartilhar as paredes, os segredos e a constante dança contra a pobreza — revelo. — Perto da nossa casa havia um alagado onde as crianças se reuniam. A água era esverdeada e o cheiro, terrível. Ainda assim, sempre achávamos sapos se divertindo com seus saltos frenéticos na margem. Era lá que os capturávamos antes de colocá-los em potes de vidro sem furos na tampa. Depois passávamos horas esperando que morressem no escuro da gaveta.

Sônia faz anotações, desabada na cadeira. Ela parece mais velha agora do que há treze semanas. A testa tem uma nova ruga de preocupação e os olhos estão opacos. É possível que o marido tenha feito algo. Eu o encontrei algumas vezes. Gentil, foi a minha primeira impressão. Mas posso ter me equivocado. Talvez o cretino seja apenas um farsante que cedeu ao uso de disfarces por tempo suficiente para que todos fossem enganados.

Sônia não tira os olhos de mim.

— Ainda sente vontade de fazer isso? — ela pergunta.

— Capturar sapos e assisti-los definhar até a morte? — divago, tornando a mentira mais verdadeira. — O que posso dizer? Nunca me considerei alguém normal.

— Isso quer dizer que sim?

Ela gosta de acreditar que está no controle, me incentivando a encontrar a paz interior, a aceitar o mundo que me foi oferecido.

— Isso quer dizer que a resposta é um enigma. — Sorrio, coçando a testa. — Você nunca matou insetos? A sensação é a mesma. Ou a vida de um gafanhoto vale menos do que a de um sapo? É improvável que sejamos as únicas crianças que se divertiram com isso.

Sônia olha para as anotações.

— É mesmo improvável. Mas essa não é a questão.

São quase seis da tarde, horário do fim da sessão. O consultório está uma penumbra, protegido pelas cortinas e pelos blecautes que levam o conceito de privacidade muito a sério. A essa altura, não vai demorar para que Sônia desvie um olhar imperceptível para o relógio pendurado na parede. Alguns segundos depois ele vai badalar seis vezes, anunciando que nosso tempo acabou.

Permaneço calado, deixando o silêncio se prolongar.

As badaladas começam e terminam, mas Sônia não se move.

— Como estão os pesadelos? — ela pergunta.

Estranho.

— Se tornando cada vez mais raros.

— E como se sente?

— Sinto falta deles, da sensação que traziam — respondo, sem conter o entusiasmo pela quebra de protocolo. — Você não precisa ir para casa? Não tem uma vida, planos, um toque de recolher?

Um sorriso se insinua no canto da boca dela.

— Você tem?

— Nenhum dos três. Eu poderia ficar aqui a noite toda sem que ninguém sentisse minha falta.

— Te magoa pensar nisso?

— Ao contrário. Me alegra. É como um presente.

Ela se inclina para a frente, fazendo subir a barra do vestido preto que veste — um preto intenso e fascinante. Depois larga os papéis na mesinha que separa a cadeira dela do meu sofá e me observa de corpo retesado, com aquela expressão paradoxal de quem sabe que está sendo enganada.

— Posso te fazer mais uma pergunta?

Preciso me recompor, mas como farei isso com ela me olhando desse jeito?

— Fique à vontade.

— Até quando vamos continuar insistindo nesse teatro sem graça de que não somos dois malditos pervertidos?

Agora sou eu que me inclino.

Eu sabia...

— Se pararmos de fingir agora — digo —, quem sabe nos convençamos disso ainda esta noite, com um pouco de sorte.

21

Eram quase seis da tarde quando Gustavo saiu do quarto vestindo terno preto e, diante do espelho do corredor, ajustou o nó da gravata preta que usava sobre uma camisa social branca.

Uma música baixa tocava no aparelho de CD.

— Não sei como as coisas funcionavam no seu tempo — Corinne tagarelou do sofá, maquiada e com uma fita vermelha de Branca de Neve nos cabelos. — Mas eu sempre achei que a ideia principal de uma festa de Halloween fosse a fantasia.

Gustavo enrugou a testa.

— Isto é uma fantasia — disse ele.

— De quê? Segurança particular? — Corinne ironizou. — Ao menos coloca óculos escuros, aí pode chegar lá dizendo que é um agente supersecreto do MIB: Homens de preto, caçador de alienígenas desordeiros. Garanto que vai ser um sucesso.

O esforço de Gustavo para parecer chateado foi cômico.

— Calma, já vai entender. Faltou o principal. — Vestiu uma peruca que lhe escondia as orelhas e uma boina preta com aba. Virou-se. — Então?

— Agora você é um MIB de boina.

— Por Deus, Corinne, não. Agora eu sou o Damien Thorn — esclareceu ele. — *A profecia*. Clássico dos anos 1970. E ao menos já estou vestido. Não acha que tá na hora de terminar de se arrumar também?

Corinne conferiu a hora no celular.

— Quase. A Vic disse que vai me avisar quando estiver saindo de casa. Ela vem me buscar.

— Pensei que eu ia ter a chance de levar a *rockstar* ao local do show. Desde quando a Vic virou sua motorista?

— Desde que ela tem carro e eu não. Se me desse um, eu poderia ser motorista.

— Já falamos sobre isso. — Gustavo seguiu ajustando a posição da boina. — Você vai ganhar, mas não agora. Você não terminou nem o colegial. Quer fazer o quê com um carro?

A cafeteira ligada borbulhou na cozinha, parecendo sofrer de uma séria doença pulmonar.

— Tomara que eu não esteja velha demais para dirigir quando o dia chegar. É difícil renovar a habilitação depois dos oitenta. — Corinne se levantou e parou na frente do rádio. — Falei com o Josh hoje de manhã. Sabia que ele e o Jimmy brigaram?

— Ouvi falar.

— A cidade toda acha que foi ele que matou a Sônia, aí pararam de ir ao mercado. Bando de sem noção. O Jimmy não ficou contente. — Ela abaixou os olhos para o tapete e alisou-o com a ponta do pé. — Você ainda acha que foi o Josh?

Gustavo se esforçou para encontrar uma resposta que agradasse. Parado junto ao espelho, observou o horizonte pela janela. O céu acima do morro, que até poucos minutos antes era de um azul-escuro impenetrável, se transformara numa mortalha sem estrelas, e a linha de árvores ao lado da casa trazia apenas uma lembrança do verde.

— Eu sou policial, Corinne. Meu trabalho é desconfiar das pessoas e descobrir se a desconfiança faz sentido.

— Sei, mas não foi isso que perguntei.

Gustavo suspirou.

Uma trovoada ressoou das montanhas.

— Não acho que tenha sido ele — respondeu Gustavo.

Corinne roçou o dedo em um porta-retratos com uma fotografia dela mesma tomando sorvete no centro em um dia ensolarado, quando tinha uns nove anos.

— Descobriram alguma coisa em Anchorage para que mudasse de ideia? — ela perguntou.

— Estamos farejando uma pista — Gustavo respondeu sem dar detalhes. Não porque não confiava na filha, mas porque sabia que tudo o que dissesse, hora ou outra, cairia nos ouvidos de Josh. E ainda não podia descartá-lo. — Ontem, na escola, quando perguntei se a garota que te enche o saco era a namorada do Josh, você me disse que eles tinham terminado. Pode me falar mais sobre isso?

— Interessado em romance juvenil?

— Só estou tentando descobrir se a desconfiança faz sentido.

Corinne estranhou, erguendo uma sobrancelha interrogativa.

— O que quer saber?

— Por que eles terminaram?

— Porque a Marjorie é uma vaca?

— É um bom motivo. — Gustavo se imaginou montando um quebra-cabeça medonho para explicar a presença de Sônia Ortega na estação de esqui abandonada. Seria possível que Marjorie Willians, a herdeira de uma das famílias mais ricas do Alasca, estivesse envolvida na morte brutal de uma psicóloga que possivelmente nem a conhecia? Pouco provável. Talvez estivesse deduzindo coisas demais. — Então o término partiu do Josh?

— Partiu. Mas eles não namoravam sério. Era só um *casinho* temporário. Se encontravam depois da aula, davam uns amassos no carro. Nada de mais. Ele está com a Oli agora.

— O *casinho* durou muito tempo?

— Por que tá perguntando isso? — Corinne se empertigou, com uma confusão marcada na testa que a maquiagem não conseguiu esconder. — Tem algo a ver com a pista que descobriram?

Gustavo balançou a cabeça, pensando se a calculadora de risco e recompensa que trabalhava em sua cabeça não estava soltando fumaça por causa do excesso de imaginação.

— Não. Não tem nada a ver com a pista. Só estou tentando tirar o Josh da cena do crime no horário que aconteceu. Vai ser difícil convencer Anchorage de que ele não é mais um suspeito se eu não conseguir fazer isso — dispersou ele. Decidiu mudar de assunto, temendo revelar mais do que deveria. — Quer conversar sobre o que aconteceu com a Sônia? Desde que... mataram ela, a gente mal tocou no assunto. Você sabe que eu não sou bom nisso, mas ainda sou seu pai. E a gente... só tem um ao outro. Então, se quiser conversar, estou aqui para ouvir.

Corinne desligou a música e foi em direção ao quarto, mas parou no meio do caminho e afastou a cortina de cabelo caída nos olhos brilhantes por baixo da fita. Era o tipo de brilho que andava sumido ultimamente.

— Pai?

Gustavo virou-se, desejando com toda a força aumentar a intensidade daquele brilho, mesmo sabendo que, se forçasse demais, só o apagaria. Para quem calculava momentos, um segundo podia ser uma demonstração da eternidade.

— Que foi?

— Obrigada por aturar minhas maluquices. De verdade. Sei que não deve ser fácil ser policial e meu pai ao mesmo tempo — disse ela. — E, se quer saber, você está um gato fantasiado de Damien Thorn. Aposto que a Lena vai se derreter.

O coração de Gustavo disparou e um sorriso apareceu. Porque a única coisa que importava naquela montanha-russa emocional, naquele experimento social malsucedido que chamava de vida, era aquela criatura especial que o tirava do sério na mesma velocidade em que fazia seus olhos brilharem.

— Vai se arrumar, Branca de Neve — respondeu ele. — Aposto que você também vai arrasar hoje.

Corinne sorriu, entrou no quarto e fechou a porta. E exatamente às seis da tarde, sob um céu zangado, a campainha tocou.

To: tupilak@forum.net

IRMAO_DE_PALHA: Oi.

IRMAO_DE_PALHA: Cadê você?

22

— Há uma lenda que ecoa pelos vales que diz que, antigamente, quando a terra ainda era criança, havia um chacal vermelho que vagava pelas colinas nas noites mais escuras de lua nova. Como música na paisagem noturna, seu uivo melancólico inspirava poetas ancestrais a criarem canções, fazendo com que a alma dos que ouviam abandonasse o corpo a fim de dançar na paisagem congelada — contou Gustavo, passando por uma ruela pitoresca, ladeada por edifícios antigos, onde haviam estacionado o carro.

Fantasiada de Mortícia Addams, com maquiagem pálida, vestido preto colado ao corpo e cabelos repartidos ao meio, Lena pareceu impressionada.

— Decorou isso pra impressionar alguém? — perguntou ela.

Gustavo riu. Não fazia muito isso ultimamente.

— Sem chance. Sempre tive uma veia poética. É difícil controlar — caçoou ele. — Provavelmente é herança do meu pai, que virou músico depois de velho. Ele comprou uma moto e criou uma banda quando a segunda esposa largou dele. Foi ele que deu para a Corinne a guitarra que ela vai tocar hoje.

— É bom saber que estão mantendo contato.

Gustavo concordava.

Um grupo de homens fantasiados cruzou pelo final da ruela com passos apressados.

O sol já tinha afundado.

Gustavo e Lena caminharam em silêncio por mais alguns metros, com a barra do vestido dela sendo soprada pela ventania e arrastando no chão molhado, até que de repente Lena diminuiu o passo e olhou para o lado. Tinha aquele jeito de olhar que fazia as pessoas obedecerem. Misteriosa e deslumbrante.

— Não acha estranho o que estamos fazendo? — indagou.

Gustavo olhou de volta para ela, para o fundo daqueles olhos que brilhavam como se uma lâmpada estivesse acesa atrás deles.

— Talvez. Talvez estejamos apenas tentando nos meter em algo para esquecer o trabalho por um tempo. Mesmo assim, não tem interesse em saber aonde isso vai dar?

— E se não der certo e as coisas ficarem estranhas?

— A gente não deixa isso acontecer. Nos conhecemos há muito tempo para que um encontro malsucedido torne as coisas estranhas.

— Então isso é um encontro?

— Da minha parte, eu diria que sim. — Gustavo fez um arco com o braço para que ela encaixasse o dela.

Lena sorriu.

— Da minha também. — E encaixou o braço.

Um relâmpago brilhou.

Quando entraram no Chacal Vermelho, de imediato foram saudados pela visão de alguns rostos familiares em meio ao mar de adolescentes que tomava conta do salão: os amigos de Corinne; os amigos dos amigos de Corinne; os pais de Olivia Davis; o irmão encrenqueiro de Victoria Evans, Eric, que saíra havia semanas de uma clínica de reabilitação e já segurava um shot alcoólico na mão; Kat, a mãe de Victoria; Jimmy e a esposa vestidos como Popeye e Olívia Palito; e Poppy, fantasiada do boneco Chucky, acompanhada por outra mulher vestida como a noiva de Chucky.

O lugar estava apinhado de gente bebendo, conversando alto e petiscando porções de brigadeiro que imitavam olhos e cookies em formato de dentes de vampiro que eram distribuídos de mesa em mesa por garçons com trajes de bruxo. Gustavo cumprimentou alguns deles no caminho, em busca de uma mesa vazia, e se acomodou em frente ao palco. Nas caixas de som, uma música tocava a todo o volume, vibrando batidas que dava para sentir dentro do peito.

— Tem ideia de como isso é genial? — Lena estava olhando para o palco montado quatro degraus acima do nível da pista, onde a sombra dos instrumentos refletia num painel colorido com o nome Brancas de Neve.

— Esse é o nome mais original possível para definir uma banda de três garotas do Alasca.

— Difícil discordar — disse Gustavo, pedindo bebidas ao garçom. — As três demoraram uma semana para escolher. Fizeram até enquetes em fóruns on-line. A Corinne não gostou no início, disse que soava muito princesinha, mas acabou cedendo. A Vic deve ter entrado na cabeça dela — emendou depois de o garçom se afastar. — Sinto que as duas estão tramando algo.

Lena ergueu a cabeça.

— Sabe o quê?

— Sei.

— E como se sente?

— Normal. Eu vinha percebendo sinais há muito tempo. Não me pegou de surpresa. Não é algo que dê pra controlar.

— Não mesmo — Lena abonou. — Como é a Vic?

Cinco minutos no bar e Gustavo já estava suando sob o peso do terno.

— A família é um trapo. Os pais são separados há muito tempo e o irmão vive metido em confusão, mas tenho a impressão de que ela se salvou. A mãe é boa pessoa. Segurou as pontas, na medida do possível.

Minutos mais tarde, quando outro garçom voltou com as bebidas servidas em copos temáticos que fumaceavam gelo-seco como um caldeirão de bruxa, Gustavo viu de relance uma caixa de madeira velha ao lado do palco, embaixo de uma janela e com uma abóbora em cima que emitia a luz alaranjada da vela em seu interior. Aquilo fez algo murmurar no canto mais escuro de sua mente, mas o murmúrio foi interrompido por uma movimentação na pista de dança, por onde Poppy e a mulher que a acompanhava com vestido de noiva e jaqueta de couro avançavam de mãos dadas. Ela vinha sorrindo de longe, colocando um pé na frente do outro como se estivesse andando sobre uma corda bamba.

Gustavo queria poder derreter para baixo da mesa, como uma vela que encolhe até desaparecer no calor do fogo, ao se lembrar que tinha questionado Poppy se ela era casada e dito que queria conhecer o seu marido. Outro alerta de que ficar calado era sempre a melhor opção.

Tarde demais.

Escondeu os dois círculos rosados de vergonha que queimavam nas bochechas e enfeitou o rosto com um sorriso.

— Gustavo — Poppy parou ao lado da mesa —, conheça a Holly, minha quase esposa. — Também sorriu, possivelmente se lembrando da mesma coisa. — Holly, essa é a Lena. E esse é o Gustavo, meu chefe, mesmo ele não querendo que eu o chame assim. Ontem ele me disse que a primeira rodada é por conta dele, então o que vai querer?

Gustavo sentiu-se como a Branca de Neve numa orgia.

— Desculpe, Poppy. Eu não sabia.

Lena arqueou as sobrancelhas ao notar do que se tratava.

— Tudo bem, chefe. Estou brincando — Poppy aliviou. — Eu falo pouco sobre mim, então não tinha como saber.

Poppy e Holly se juntaram à mesa quando Gustavo se ofereceu para pagar a primeira rodada.

Enquanto Linda Perry cantava "What's Up?" a plenos pulmões nas caixas de som, Poppy contou a história sobre como conhecera Holly na igreja de Trapper Creek, e sobre como foi difícil manter o relacionamento em segredo na antiga cidade, temendo que os bodes velhos que pastoreavam a comunidade não recebessem a novidade com bons olhos. Holly também contou sobre a adolescência, de como foi salva das drogas por um grupo de apoio e da ideia que tinha de montar seu próprio grupo em Anchorage. Na sequência, quando Morten Harket começou a arrulhar "Take on Me", foi a vez de Lena falar sobre o relacionamento que tivera com um colega do departamento e de como tudo terminou mal quando descobriram que tinham planos diferentes para o futuro. Em silêncio na cadeira, Gustavo abria sorrisos cênicos e contraía os músculos em expressões interessadas, mas a verdade é que não conseguia tirar os olhos da caixa com a abóbora. Era antiga, tinha manchas de umidade nas laterais, pregos enferrujados e tábuas que apresentavam talhos de uso.

Suspirou.

Não podia ser a mesma.

Pegou um brigadeiro, enfiou-o na boca e examinou o bar. Ready Freddie estava agitado atrás da copa, preparando drinques e coquetéis ao mesmo tempo que garçons penduravam novos bilhetes na fileira acumulada de comandas. *Não. De jeito nenhum.* Freddie era membro de uma gangue de motoqueiros e tinha algumas passagens policiais por perturbação, mas não teria capacidade de roubar nem dinheiro para comprar em algum mercado paralelo aquela caixa que desaparecera do galpão de evidências da polícia em 1997, junto do livro e de outros itens do caso Homem de Palha.

— Você está bem? — Lena perguntou quando o garçom foi embora depois de trazer mais bebidas. — Está calado.

Gustavo colocou a mão no ombro dela, evitando estragar a noite com suposições. Sentiu-se aliviado por estar com a boca cheia, de modo que lhe restou apenas fazer que sim com a cabeça. Precisava se concentrar no que importava. E de uma bebida. Ele mal tinha tocado no primeiro copo e sequer percebido que "Take on Me" fora interrompida na metade para que as Brancas de Neve subissem ao palco. Algumas pessoas aplaudiram. As luzes coloridas instaladas nos cantos começaram a dançar. Um adolescente bobalhão jogou um copo de bebida para o alto, molhando quem estava ao redor e quase levando um cascudo por isso. Perto do balcão, sem Gustavo tê-lo visto chegar, Josh — fantasiado com um suéter listrado e chapéu de Freddy Krueger — assobiou com os dedos na boca quando a banda começou a tocar "Lookin' Out My Back Door", com Corinne apontando para Poppy no intervalo das notas como se a escolha fosse um oferecimento especial.

Bother me tomorrow, today I'll buy no sorrows
Doot, doot, doo, lookin' out my back door

Gustavo encarou a caixa outra vez. Então se levantou, livrando-se da peruca e da boina de Damien Thorn que lhe ferviam o topo da cabeça. Não podia deixar para lá.

— Já volto — disse para Lena. — Preciso fazer uma coisa.

Lena só balançou a cabeça em concordância, possivelmente não tendo entendido nada devido ao volume da música. Ela, Poppy e Holly estavam animadas com a apresentação.

Avançando pela pista abarrotada de pessoas que já deixavam as janelas do Chacal embaçadas com suas respirações, Gustavo foi para a copa e abriu espaço entre dois homens parrudos e mal-encarados no balcão que pareciam estar bêbados.

— Freddie! — chamou, quase gritando.

Sem interromper a preparação dos coquetéis, Freddie olhou para trás, por cima do ombro.

— Gustavo? Precisa de algo?

Gustavo se inclinou, apoiando os cotovelos no balcão.

— Aquela caixa velha ao lado do palco é sua?

— Caixa?

— Antiga. De madeira. Tem uma abóbora em cima.

Freddie esticou o pescoço para enxergar.

— Ah, não é minha. — Uma mulher de cabelos loiros e piercing no lábio saiu pela porta da cozinha, se aproximou e entregou um saco de limões e um litro de vodca para Freddie. — Desculpe, Gustavo. Estou bastante ocupado agora. Conversa com as garotas. Foram elas que trouxeram a decoração.

Gustavo fez sinal de positivo com o dedo e desviou a atenção para Josh, que bebericava sozinho uma dose dourada perto do balcão. Sustentou o olhar até que Josh ergueu o copo em saudação quando viu que ele o encarava.

Doot, doot, doo, lookin' out my back door

Virou-se.

— Freddie! — Gustavo chamou de novo.

Freddie se atentou.

— Tem um pé de cabra aí? — Gustavo perguntou.

A pergunta agitou até mesmo os bêbados mal-encarados.

— Pé de cabra? Não — Freddie respondeu. — Por que precisa de um pé de cabra?

Antes que a última frase alcançasse os ouvidos de Gustavo, ele já estava de costas rumando para fora, para a ruela pitoresca onde tinha estacionado o carro. Pegou o pé de cabra que sempre levava no porta-malas, pediu para que o segurança do bar saísse da frente quando ele tentou impedi-lo de entrar com a ferramenta e ziguezagueou disfarçado em meio às mesas, desviando do enxame da pista, até chegar perto da caixa e esconder a ferramenta atrás dela.

Roçou os dedos na madeira, sentindo a textura da tampa, a disposição dos pregos e a profundidade dos arranhões.

Tentou empurrá-la para sentir o peso.

Seu coração palpitou acelerado.

Merda! Merda!

De cima do palco, Corinne olhou para ele e sorriu, entretida com um solo de guitarra. Algumas pessoas nas mesas vizinhas notaram a movimentação e começaram a cochichar entre si.

Lena se aproximou dele.

— O que está fazendo? — indagou ela.

— Reconhece a caixa?

Lena soltou o ar, murchando os ombros como se questionasse o que ele estava querendo dizer.

— Olha as marcas na tampa — Gustavo insistiu. — É a mesma. É a porra da caixa, Lena!

Encabulada, com os braços cruzados enquanto mais pessoas cochichavam, Lena analisou a madeira. Ambos conheciam as características da caixa onde Dimitri Andreiko mantivera suas vítimas. Eles mesmos a tinham catalogado na época e garantido que chegasse em segurança ao depósito.

— O que quer fazer? — perguntou ela.

— Abrir.

— Agora?

— Tem alguma coisa pesada dentro. — Gustavo fixou o olhar em Lena. Os olhos dela tinham suavizado com o passar dos anos, e ela não era mais aquela jovenzinha que tomava decisões rápidas.

Já não havia como disfarçar o nervosismo.

Houve uma breve pausa, durante a qual ela pareceu pensar que estavam prestes a cometer um grande erro.

— Ok — disse por fim. — Abra.

Gustavo pôs o pé de cabra na fresta e jogou o peso do corpo contra o ponto de apoio, fazendo os pregos rangerem.

Depois fez o mesmo movimento de novo. E de novo.

Os pregos soltaram.

Uma mulher com fantasia de alienígena foi a primeira que gritou quando viu o que havia no interior da caixa. Mais gritos vieram em seguida, e a música no palco parou quando a correria começou.

Com a ajuda de Poppy, Lena tentava, sem sucesso, manter a enxurrada de curiosos afastados.

Olhando pela janela, Gustavo viu um raio clarear a noite e um pingo de chuva acertar a vidraça. O trovão rugiu em seguida, e mais outro pingo veio. Cinco segundos depois, como se alguém tivesse aberto uma torneira no céu, começou a chover de um jeito que ele jamais havia visto.

Parte dois

Terceiro encontro

Os dedos de Sônia deslizam por minha orelha até pararem em minha nuca. Um toque suave e quente, colorido pelo esmalte que enfeita suas unhas. Ela me aperta e me puxa, juntando o corpo dela ao meu. Ao nosso redor, as sombras da floresta se movem como espectros curiosos.

— Consegue sentir? — ela pergunta.

Faço que sim.

Nossas línguas se enroscam e ela me empurra para o chão. Estou preso. E nada posso fazer senão me deixar cair. Ela agarra meus braços, subindo em cima de mim, gemendo com a cabeça para trás, empurrando os quadris contra meu abdome uma vez, duas vezes, duzentas vezes. E quando aperta meu pescoço, tudo que sinto são minhas artérias azuladas tremendo embaixo da pele.

— Consegue sentir? — ela repete.

— Sim. Ele está aqui — digo.

Uma vez, duas vezes, duzentas vezes.

No fim, Sônia arfa, geme e grita o nome dele com a voz rouca de uma besta enjaulada que anseia por liberdade. E quando nos tornamos um, choramos juntos, com o galho da árvore retorcida que assistiu ao último suspiro de Dimitri Andreiko rangendo, demonstrando o lamento.

23
Riacho do Alce, Alasca
31 de outubro de 2004

O cheiro de terra molhada e madeira úmida foi a primeira coisa que Gustavo experimentou ao acordar. Sentia-se renascido, renovado depois de ter sonhado que todos os seus problemas tinham sido soprados para longe pelo vendaval. Encheu os pulmões, refugiando-se na escuridão das pálpebras para aproveitar o momento. Sabia que logo teria que levantar, e que aqueles benditos segundos eram tudo que conseguiria antes que a vida lhe desse outro soco no estômago.

Com os olhos pesados, jogou o cobertor de lado e pegou o celular, abrindo uma mensagem não lida enviada por Lena vinte minutos antes: "Estou a caminho do abatedouro. Me encontre lá quando acordar. Tenha cuidado. As ruas estão péssimas".

Precisou de meio segundo para se lembrar de que o corpo encontrado na caixa tinha sido colocado em uma câmara frigorífica, pois a equipe forense não conseguiu se deslocar de Anchorage devido a um deslizamento de terra na rodovia. Precisando de água, levantou-se e foi para a cozinha, parando ao ver na mesinha de centro da sala um bilhete escrito à mão: "Saí cedo. Não consegui dormir. Lena".

Recuou alguns passos e abriu o quarto de hóspedes, vazio e com a cama arrumada. Na noite anterior, depois de horas esperando em vão os reforços, Gustavo, Lena e Poppy passaram a madrugada interrogando pessoas, investigando a cena e fotografando-a antes de serem obrigados a entrar em contato com o gerente de um supermercado e com o proprietário de um abatedouro, conduzindo o corpo para o local que aceitou o pedido primeiro. Com a estrada interditada, Gustavo ainda insistiu para que Lena ficasse em Riacho do Alce, temendo que mais tragédias pudessem acontecer durante o vendaval.

Voltando à sala, ele abriu uma fresta na cortina.

O dia amanhecia apático atrás da janela, assim como a noite fora sombria e desoladora. No quintal da frente, os efeitos da tempestade estavam por todos os cantos, com galhos quebrados, folhas espalhadas e o cemitério temático de Halloween desaparecido, suas partes atiradas do outro lado da cerca. Na encosta da montanha, grandes árvores com folhas tão vermelhas que pareciam estar em chamas tinham ficado curvadas, expondo as raízes que antes se escondiam embaixo da terra.

Às nove e quarenta, depois de beber mais água do que pensou que seu estômago aguentaria e de garantir por telefonema que Corinne estava segura na casa de Victoria Evans, Gustavo embarcou no carro e viu seu casaco e a boina de Damien Thorn jogados no banco do passageiro por cima de dois copos amassados de café. Jogou a bagunça para o banco de trás e dirigiu, percebendo logo na primeira curva que o dia seria longo. Havia galhos e pedregulhos nas duas faixas de asfalto, e o silêncio da emissora de rádio fora do ar só tornava o domingo mais sombrio enquanto o sol encoberto revelava os estragos.

Havia um caleidoscópio de destroços em todos os bairros por onde Gustavo passou, com telhados inteiros no chão e janelas com vidraças quebradas. De algumas das esquinas emergiam bombeiros, e funcionários da empresa elétrica reconectavam os fios estourados enquanto voluntários recolhiam os destroços com o auxílio de escavadeiras. As ruas, vazias na madrugada, agora fervilhavam de atividade humana, com famílias inteiras se juntando aos vizinhos para reconstruírem o que havia sido danificado.

A estrada de terra que dava acesso ao abatedouro no interior da cidade não estava em melhor estado, coberta por terra remexida pelo vaivém de pneus, o que fez Gustavo derrapar antes de estacionar perto de outros dois carros e de um SUV preto. Na porta de entrada, um policial magricela que tinha sido designado para vigiar fechou o zíper da jaqueta quando Gustavo chegou.

— Fiquei preocupado quando descobri que iam te colocar na vigia. Achei que o vento ia te levar embora. — Gustavo trocou um aperto de mãos. — Não te dão de comer em casa?

O policial riu e apontou para uma caminhonete com escada hidráulica na lateral do prédio levantando um homem até a altura do telhado.

— Eu fiquei firme. Já o telhado, não dá pra dizer o mesmo. Parte dele alçou voo — disse, com a brasa consumindo o cigarro devagar enquanto falava. — Há muito tempo eu não via nada parecido.

— Pois é. Pois é. — Gustavo olhou em direção ao corredor vazio do abatedouro. — Como vão as coisas lá dentro?

— Sob controle. Há poucos minutos precisei despachar um jornalista metido que chegou perguntando por você.

— Agora vão começar a aparecer. Assassinato na véspera do Dia das Bruxas. Um prato cheio. O que mais podem querer?

O policial assentiu e soltou uma tosse úmida.

— Um legista de Anchorage também chegou mais cedo.

— Legista?

— É. Vieram de helicóptero. Outra equipe ficou no Chacal, junto com a Poppy. Vão levar o corpo para Anchorage assim que terminarem. Um homem engravatado estava junto.

Gustavo imaginou quem poderia ser.

Avançando pelo piso de concreto, tentou controlar a respiração ante o cheiro peculiar de sangue e desinfetante que impregnava o ambiente. Perguntou-se se conseguiria fazer aquilo de novo. Sabia o que encontraria no fim do corredor, a maneira asquerosa como a garota tinha sido morta. Sentindo a mudança de temperatura quando se afastou dos maquinários de abate, chegou à câmara frigorífica de onde as carcaças dos animais abatidos haviam sido retiradas para que apenas o cadáver permanecesse.

O corpo jazia sobre a lona azul na mesa metálica, parcialmente encoberto pelo tronco do médico-legista, que com um swab coletava material do canal vaginal.

— Sinais de estupro? — Gustavo perguntou quando parou ao lado de Lena e de Edgar Causing.

O legista parou o que estava fazendo.

— É possível. Não dá pra descartar. Preciso de um microscópio para verificar se isso é sêmen. Vou ter informações melhores quando a levarmos para um lugar adequado. — Ele se levantou, colocou o swab num saquinho de evidência e tirou as luvas antes de começar a guardar os instrumentos numa maleta. — Acho que é isso. Fiz o melhor que pude, Edgar, dentro do possível. Como havia dito, não há muita coisa que eu possa fazer aqui.

Edgar meneou a cabeça em agradecimento, fazendo Gustavo entender que a presença de uma equipe de perícia ali, deslocada de helicóptero devido ao bloqueio na rodovia, só podia ter sido ordem de algum superior que não colocava a mão na massa.

— Deu para confirmar a causa da morte? — Gustavo continuou.

— Asfixia. Vê as pintas avermelhadas no rosto? São hemorragias internas. Some isso ao tom azulado da pele, as marcas nos pulsos e ao saco plástico que ela tinha ao redor da cabeça, e asfixia é a resposta.

Gustavo se esticou para olhar.

— E a mancha maior embaixo do olho?

— Ela deve ter sido agredida antes ou durante. Ou acertou algo com o rosto no chão enquanto se debatia. Se abrir a boca, vai ver marcas de mordida por todo o lado. Uma delas foi tão profunda que quase arrancou a língua. Reflexo clássico de alguém que está sufocando.

A lâmpada piscou. O legista havia servido um prato indigesto que Gustavo precisaria comer sem reclamar. Ele tentou se livrar do desconforto, mas as possibilidades eram horríveis demais para que fossem ignoradas.

— Quanto tempo acha que ela demorou para morrer?

— Difícil dizer. Dois, três, quatro minutos. Cada pessoa tem uma capacidade pulmonar diferente. Foi uma morte lenta e dolorosa, se é o que está querendo saber. Não é bonito ver alguém sufocar embaixo de um saco — o legista explicou, esfregando os braços. — Tudo isso vai constar no laudo quando o corpo for removido e a necropsia concluída.

— Lembra de ter visto algo parecido antes?

— Depois de tanto tempo trabalhando com isso, qualquer assassinato traz recordações de algo que já vi antes. — O legista olhou para Edgar. — Agora podemos ir? Está frio aqui dentro.

Edgar assentiu.

— Me espera lá fora? Saio em um minuto.

O legista acenou e saiu.

Desabotoando o terno, Edgar Causing pôs as mãos na cintura e esperou-o se afastar antes de encarar Gustavo e Lena.

— E agora? O que fazemos? — Ele parecia impaciente.

Percebendo pela expressão de Lena que ela queria falar coisas que não podia, Gustavo tomou a palavra. Pela segunda vez no dia, um resquício de passado invadiu seu presente.

— Agora nós continuamos o que já estávamos fazendo — disse ele. — Não tem milagre aqui, Edgar. Isso não é matemática. Envie mais agentes, chame o FBI se quiser...

— Quem dera — Edgar murmurou. — O que temos?

— Pouca coisa. O bar fica numa área comercial. Não há muitas pessoas que vivem nos arredores, e com quem falamos, ninguém viu nada — foi a vez de Lena assinalar. — A caixa provavelmente foi deixada na madrugada do dia anterior. Não é a mesma, mas é quase igual à que sumiu do galpão. Alguém tentou produzir uma réplica e fez um ótimo serviço. O proprietário pensou que as garotas da banda a tinham deixado como decoração. E as garotas acharam que ele tinha feito o mesmo. O bar tem câmeras externas, mas são decorativas. Se tivermos sorte de a câmera do píer estar apontada para o lugar certo, ela pode ter gravado alguma coisa, mas como era noite e o tempo não estava bom, todos sabemos como as imagens ficam.

Edgar fechou os olhos e colocou a mão na testa.

— Em resumo, estamos fodidos. — Deu outra boa olhada no cadáver. — Preciso que fiquem aqui até que alguém venha buscá-la. Vou dar uns telefonemas para agilizar a necropsia e os exames necessários. Continuem investigando e, pelo amor de Deus, peguem quem fez isso. Se tem algo neste mundo que ninguém do departamento quer é despertar a fúria de Clarence Willians.

Quando o vulto de Edgar Causing desapareceu na curva do corredor, Gustavo chegou perto da mesa onde estava o corpo. A rigidez cadavérica tinha congelado os membros de Marjorie Willians numa paródia de movimentos, e as juntas deslocadas se projetavam em ângulos esquisitos. O corpo tinha resquícios de cola ao redor do pescoço, e as profundas marcas nos pulsos — resultado da violenta batalha que ela havia travado enquanto sufocava — pareciam mais arroxeadas. Gustavo sentiu um calafrio na espinha ao imaginar o momento que precedeu o último suspiro dela. As mãos atadas, os pulmões desesperadamente vazios, os filetes de sangue e pleura escorrendo pela boca. Do lado direito da cabeça, o saco de lixo que a levara à morte repousava impregnado de sangue seco e um resíduo leitoso. E do lado esquerdo estavam os pedaços da fita adesiva que o assassino tinha usado para imobilizá-la.

— O pai dela estava em Vancouver quando recebeu a notícia. Ligou para um congressista exigindo que mandassem uma equipe. Colocou o próprio helicóptero à disposição — Lena elucidou. — Ele até fretou um jatinho na madrugada para voltar. Vai nos receber em casa à tarde, para que possamos falar com ele e a esposa.

Gustavo podia negar muitas coisas, mas não seu instinto.

— É melhor eu não estar presente, depois do que aconteceu na escola. É difícil prever como a mãe vai reagir.

Lena concordou.

— Não quero que pense que estou te dizendo o que fazer, mas talvez seja boa ideia manter a Corinne em casa por alguns dias. As coisas vão ficar complicadas daqui pra frente — disse ela. — E tem mais uma coisa. Ontem à tarde recebi o resultado da análise de material do Tupilak que deixaram no trailer do Josh. Eu ia deixar essa história para amanhã, mas nosso final de semana está arruinado, de qualquer jeito.

— Deixa eu adivinhar. Ossos humanos?

— De criança.

Gustavo soltou o ar longamente.

— Essa merda nunca vai acabar, vai? — Uma lâmpada zunia no teto. — Fale com os Willians. Eu vou encontrar alguém que me leve de barco pelo rio até a reserva inuíte em Susitna. Conheço uma pessoa lá que pode ter informações.

24
Reserva inuíte de Susitna, Alasca
31 de outubro de 2004

O céu voltou a ficar pesado, e Gustavo acendeu os faróis da motocicleta. A floresta que ladeava a encosta da reserva inuíte era densa, e havia um corvo bicando a carcaça de uma marmota na beira do caminho. Costeando um regato que cortava a comunidade ao meio, Gustavo parou assim que a delegacia local ficou visível à sua frente. Desligou o motor e desembarcou, observando as várias dezenas de casinhas que se erguiam no vale verde como um tapete colorido. O prédio da delegacia era branco, tinha dois pavimentos e a porta de acesso ficava ao lado da Katajjaq — uma mercearia comunitária que vendia cogumelos e mirtilos a varejo —, e não era raro os clientes entrarem na porta errada. Raspou a sola do coturno num raspador de barro perto da entrada e tomou um susto quando uma velhota de óculos e botas de lã apareceu.

— Veio em busca de cogumelos, meu rapaz?

Gustavo fez um sinal negativo.

— Não, senhora. Estou procurando o Malik — ele respondeu. — Sabe se está no escritório?

A mulher esmiuçou a frente do prédio.

— O quadriciclo da patrulha não está no lugar — constatou ela. — Então ele deve estar ajudando a consertar o telhado da escola. São tempos sombrios estes. O inverno, que antes chegava cedo, agora chega mais tarde. A neve derrete mais rápido e as renas quase desapareceram. Minha avó sempre dizia que as coisas iam mudar, que um dia não haveria mais neve. Hoje acredito nela.

— Não podemos perder a esperança.

— É o que dizem — a mulher falou, e se recolheu.

Gustavo sentou na escada para esperar Malik, quando um cheiro de folhas podres soprou sem nada para contê-lo. Vestindo um gorro tricotado que pegou na jaqueta, ele observou dois cães de trenó farejando ao redor de uma bancada suja de sangue, onde um homem carneava uma rena e jogava pedaços de carne numa panela de ferro sobre o fogo enquanto outro atiçava as brasas com o cabo de um machado, semienterrando-o num cepo em seguida.

Um lugar estranho. E fascinante.

Minutos mais tarde, os dois cães começaram a latir e perseguiram por alguns metros um quadriciclo, que roncou e apareceu atrás do fio suspenso onde tinham sido postas para secar duas peles de rena e alguns pares de meias. Era Malik, o xerife — ou pelo menos era assim que o chamavam na reserva —, um homem parrudo perto dos sessenta anos, embora aparentasse menos. Tinha o rosto vincado de uma vida ao ar livre, cabelos emplastrados para trás, queixo afundado e a testa cheia de manchinhas brancas, como chuviscos interessantes de se olhar. Quando desembarcou, atentou para a motocicleta estacionada antes de se virar.

— Gustavo Prado? Agora sim acredito no ditado de quem é vivo sempre aparece — Malik disse com surpresa, mesmo aquilo não se parecendo muito com ele. Não aquele tipo de humor, pelo menos. — É bom saber que escapou da tempestade. Fiquei sabendo que as coisas não estão muito boas nas suas bandas.

— Verdade, meu amigo. Desta vez o vendaval nos pegou de jeito. Como você está? E como está a escola?

— Eu estou bem. — O lábio inferior de Malik cobria parcialmente o superior quando ele falava, dando a impressão de que estava fazendo careta. — A escola também não está ruim. Vamos precisar trocar algumas telhas e só. Tivemos sorte. O vendaval não foi tão forte aqui.

Gustavo o cumprimentou quando ele tirou as luvas e se aproximou com uma chave na mão. Conheciam-se havia um bom tempo, desde que, anos atrás, Malik ajudara no rastreio de um acusado de roubo que fugira na direção da reserva. Ele era um pouco difícil, mas muito esperto. Enquanto a chave tilintava no trinco, Gustavo pegou um envelope no bolso da jaqueta.

— Mais problemas na civilização? — Malik olhou de canto.

— Preciso que dê uma olhada numa coisa.

— Vamos subir.

A janela do escritório no segundo andar oferecia vista panorâmica para a comunidade, que tinha sua própria polícia, o próprio corpo de bombeiros e as próprias regras. Plantas nativas em vasos artesanais enfeitavam o espaço atrás da escrivaninha, e fotografias históricas de líderes tribais ficavam expostas na parede. Em um dos cantos, sobre o fogão a lenha de uma cozinha improvisada, vaporava uma panela.

— Aceita um caldo? — Malik ofereceu.

Gustavo fez que sim.

Usando uma concha para servir duas xícaras, Malik ficou estático ao ver as três fotografias que Gustavo tinha espalhado na escrivaninha. Largou a xícara e se sentou, pegando uma delas.

— Onde conseguiu isso? — indagou ele.

— Foi deixado na porta de alguém que pode estar envolvido em um crime — Gustavo respondeu.

— É o caso da psicóloga?

— Isso.

— Já se tem ideia do culpado?

— Não.

— Teorias?

— Talvez você possa me ajudar com essa — Gustavo despistou. Era provável que a notícia da morte de Marjorie Willians ainda não tivesse chegado na comunidade. — Alguma ideia de onde isso veio?

Malik aproximou a fotografia do rosto.

— Nossas artesãs não fazem Tupilaks — disse ele. — Aqui na reserva não brincamos com os espíritos da floresta.

Um açoite de vento atingiu a janela, acumulando no peitoril gotículas congeladas sopradas pela borrasca.

— Não é artesanal, Malik — Gustavo revelou. — Enviamos para análise. É antigo e foi feito com osso de criança.

Assumindo uma expressão apreensiva, Malik bebeu um gole do caldo e se levantou para abrir a gaveta de uma estante, de onde pegou um rolo de papel amarelado que abriu sobre o tampo da escrivaninha. Era um mapa, mas não político ou demográfico, como estavam acostumados a ver em delegacias. Aquele era diferente, estilizado, desenhado com traços escuros pontilhados que pareciam feitos com carvão e representando um local que não era estranho, embora Gustavo não tivesse certeza de onde.

Malik colocou as fotos em cima do mapa.

— Conhece a história dessas coisas? — indagou ele. — A história verdadeira, não a que contam por aí nos pontos turísticos só para vender bonequinhos de plástico.

Gustavo não ousou dizer que conhecia. Era provável que só conhecesse as histórias contadas em pontos turísticos.

Fez que não.

— Hoje em dia Tupilaks mal existem, Gustavo, mas antigamente se acreditava que eram monstros ancestrais enviados para destruir alguém. Mortes, abortos espontâneos, infanticídios... Eram criados por xamãs em rituais restritos, sempre durante a noite, enquanto entoava-se cânticos. Presas de morsa, chifres de rena e, em alguns casos, até cadáveres humanos eram violados e seus restos utilizados na confecção.

Gustavo se recostou na cadeira.

— Então é difícil encontrá-los nos dias de hoje?

— Os originais? — Malik agiu como se tivesse levado um susto. — Muito difícil. Como eram feitos em segredo e com materiais perecíveis, poucos foram preservados. A maioria está em museus ou nas mãos de colecionadores particulares.

— Conhece algum colecionador?

— Eu não o chamaria dessa forma, mas conheço, sim. Você também conhece.

— Conheço? — Gustavo franziu as sobrancelhas.

Malik fez que sim, empurrou as fotografias de lado e voltou a se concentrar no mapa.

— Te parece familiar?

— Um pouco.

— É um antigo mapa da região. Desenhado por um membro da última tribo — Malik elucidou. — Vê esse trecho sombreado? Hoje essa área é o Parque Estadual de Chugach. E aqui, mais a oeste, próximo de Riacho do Alce... — Indicou com o dedo. — Aqui é onde ficava a última aldeia antes que os inuítes da região fossem enviados para as reservas.

Com dificuldade para reconhecer o terreno olhando de cabeça para baixo, Gustavo virou o mapa para si, plantando os olhos nas linhas e tentando estudá-las como um geógrafo. O autor do mapa parecia ter concentrado os detalhes na parte central, onde os traços eram mais precisos e as informações de relevo, mais bem trabalhadas.

— Aqui?

— Exatamente — Malik confirmou.

Era difícil de acreditar.

— Quando Clarence Willians comprou as terras e iniciou a construção da estação de esqui — Malik continuou —, durante as escavações para a fundação do hotel, centenas de artefatos inuítes foram encontrados. Boa parte acabou destruída pelas máquinas ou pela falta de cuidado de quem as recolheu, mas muita coisa foi salva. Essa informação nunca foi revelada. Os advogados dele abafaram para que a construção não fosse interrompida. Algumas coisas foram doadas a museus regionais sob a alegação de que tinham sido encontradas em outros sítios, mas já não é novidade que Clarence guardou os mais raros para si. — Bebeu mais caldo. — Conheço pessoas que estiveram na casa dos Willians e viram esses artefatos expostos no escritório dele.

— Algum deles era um Tupilak?

— Não sei — Malik respondeu. — Como disse, os originais são muito raros, então, se encontraram, é provável que não tenha ido parar em nenhum museu.

Sentindo que havia farejado algo importante, Gustavo pegou o celular, torcendo para que houvesse sinal ali.

25
Riacho do Alce, Alasca
31 de outubro de 2004

— Acompanhe-me, senhorita — disse o mordomo.
    Lena olhou para o interior da mansão. Aquela era, sem dúvida, a mais impressionante que tinha visitado. Não que tivesse estado em muitas, mansões eram lugares que os ocupantes de altos cargos no departamento visitavam sempre que precisavam lamber as botas de algum ricaço que fazia doações à polícia. O bairro onde estava era muito bonito, habitado por ricos que eram ricos, com seus grandes jardins na frente do terreno e piscina nos fundos, portões elétricos e outras invenções modernas. Ao chegar, ela já havia sido surpreendida por uma Ferrari estacionada no pátio e, naquele momento, andando por um amplo corredor de vidro, deparava-se com uma maravilhosa vista para o mar. A praia estava deserta e a maré baixa revelava enormes faixas de areia escura onde as ondas quebravam.
    — Siga em frente, por favor. — O mordomo estendeu o braço, mostrando o caminho. — Avisarei o senhor e a senhora Willians que a senhorita está aqui. Eles devem descer em um instante. Enquanto isso, acomode-se e fique à vontade.
    Entrando no escritório de decoração fina que saltava aos olhos e remetia à arquitetura dos anos 1920, com móveis em tons amadeirados, Lena pensou que talvez seu terninho salpicado pela chuva não estivesse de acordo, quando encontrou sentado em uma das poltronas um homem calvo vestindo um engomado terno cáqui e folheando uma resma de papéis sobre as coxas. Sem que sua chegada fosse notada, ela desviou do tapete claro, temendo que seus sapatos tivessem trazido barro de fora, colocou no chão a pasta de couro que carregava e sentou na poltrona ao lado.

O homem tirou os óculos quando a viu.

— Lena Turner, é um prazer imenso conhecê-la pessoalmente — disse ele. — Sou o advogado da família. Clarence me pediu para estar presente. Espero que não seja um problema.

— Problema nenhum. — Lena estranhou a cordialidade.

Advogados tinham passe livre para quase tudo e, de modo geral, só atrapalhavam as investigações. Mas aquele senhorzinho de setenta e poucos anos era diferente: ele soava polido e tinha a fisionomia amigável de quem fazia o chefe milionário sempre conseguir o que queria.

Minutos depois, quando o senhor e a senhora Willians entraram, ele ficou em pé com certa dificuldade e se curvou como se saudasse os membros da família real. Na lareira atrás da escrivaninha, uma chama envolvente queimava, e a fumaça deixava o ambiente adocicado com notas de canela.

— Desculpe a demora, detetive. O nosso mundo virou de cabeça para baixo de ontem para hoje — o senhor Willians falou, apontando para a esposa o lugar no sofá onde ela deveria sentar.

Lena prestou condolências, percebendo no momento em que os viu que, apesar dos nomes que combinavam, o senhor e a senhora Willians eram opostos. Havia pesquisado um pouco sobre eles e tido a impressão de que o casal não combinava. Ambos eram fruto de famílias abastadas — a dela mais do que a dele —, de modo que a meritocracia não existia ali. É verdade que eles haviam multiplicado a fortuna por dez quando se aproveitaram do fornecimento da própria mineradora para abrir uma fábrica de joias, mas dinheiro faz dinheiro e muito dinheiro faz muito dinheiro, então a baboseira meritocrática não teve influência.

Clarence parecia feito de aço, queixo alto, costas eretas, alguém capaz de destruir qualquer um que cruzasse seu caminho. Apesar de o rosto dele ser desfranzido como o de um jovem, irradiava misticismo e rigidez. Florence não era nada disso. Olhar baixo, covinha na face e um tanto corcunda; difícil de distinguir se a tristeza era pela morte da filha ou se aqueles traços moribundos a acompanhavam havia muito mais tempo. Ela ainda se dera ao trabalho de usar maquiagem, mas aquele toque de batom claro apenas servia para enfatizar a palidez de seu rosto. Embora estivessem lado a lado, Lena sentia uma barreira quase física entre os dois.

— Lamento incomodá-los neste momento difícil, mas é essencial que tenhamos esta conversa — disse ela, olhando em volta. — Querem me dizer algo antes de começar? — Imaginou que o fato de terem deixado o corpo de Marjorie em uma câmara frigorífica pudesse causar desconforto, mas Clarence balançou a cabeça fazendo sinal negativo e a esposa nem se mexeu.

— Tente ser breve, por favor — pediu o advogado.

— Prometo que tentarei.

Lena respirou fundo, decidida a começar devagar, criando uma camada abstrata que lhe permitiria manter uma distância tolerável do horror que estava ali para descobrir. Não queria causar abalo de início, falando sobre o horário em que o corpo fora deixado no bar, ou que o legista havia confirmado a presença de sêmen no canal vaginal e que um exame de DNA fora solicitado às pressas.

— Vocês têm mais filhos? — ela perguntou, mesmo sabendo a resposta.

— Duas garotas — Clarence respondeu, tentando manter o tom de megaempresário sem emoções, mas dava para perceber que estava abalado. — A mais velha faz faculdade na Alemanha. A mais nova está num intercâmbio na Irlanda. Marjorie é a do meio. Nenhuma delas sabe da morte da irmã.

Interrogar pessoas que sofreram uma perda recente não era agradável para nenhum policial.

— Sabem onde Marjorie estava duas noites atrás?

A nova pergunta fez a senhora Willians se encolher e enrugar o nariz, uma reação quase imperceptível.

— Não vamos falar da ameaça? — sussurrou ela.

Houve silêncio.

— Que ameaça? — Clarence ergueu a voz.

A senhora Willians abaixou a cabeça e voltou para sua cova benzodiazepínica.

— Marjorie foi ameaçada na escola, senhor — Lena revelou. — Não estamos descartando a hipótese, mas é provável que aquilo tenha sido apenas uma rixa entre adolescentes.

— Que ameaça? — Clarence ergueu um pouco a voz.

Lena buscou Florence com o olhar, esperando que ela fornecesse os detalhes do que havia conversado com a diretora da escola, mas a pobre alma nem se mexeu.

— Marjorie tinha problemas com Corinne Prado. As duas não se davam bem — Lena explicou. — Até onde sabemos, ela e algumas amigas faziam brincadeiras com Corinne, sobre a sexualidade dela e o fato de... ser filha de quem é. A última vez que aconteceu, Corinne estourou e ameaçou sua filha. Marjorie foi suspensa da escola por isso. Tenho certeza que a direção poderá clarear as coisas.

Clarence socou o encosto do sofá, depois se dirigiu ao advogado com um olhar duro e uma nova rigidez na voz.

— Sabia disso?

O advogado fez que não.

Desvendando as entrelinhas, Lena entendeu qual era o papel do advogado ali: cuidar da família enquanto Clarence estivesse fora.

— O senhor viaja muito? — prosseguiu Lena.

— Muito.

— Estava no Canadá há quanto tempo?

— Desde quarta-feira.

— Então não sabe onde sua filha estava?

— Não.

— E a senhora? — Lena virou-se para Florence, não obtendo coisa alguma. — É importante que consiga lembrar. Acreditamos que o corpo dela tenha sido deixado no bar na madrugada do dia anterior. Então é seguro dizer que ela não apareceu em casa ontem o dia todo. Onde acha que estava?

Clarence e o advogado se entreolharam, também queriam saber, mas Florence se limitou a colocar a mão na boca, segurando o maxilar num esforço tremendo para manter o controle, e só quebrou o silêncio quando se levantou banhada em lágrimas e saiu correndo pelo corredor. Não era a resposta que Lena esperava.

O advogado quis segui-la, mas Clarence o segurou pelo braço.

— Dê espaço — disse ele, indo na direção de um frigobar, de onde pegou gelo e colocou num copo que serviu com bebida. Era como se a ausência da esposa no escritório o tivesse libertado. — Não sabemos onde a Marjorie estava, detetive. Minha mulher trata a depressão há anos. Nos últimos meses o quadro se agravou e ela mal sai do quarto. A situação está terrível — contou. — A Marjorie não era fácil. Saía e voltava a hora que queria sem falar com ninguém. Eu diria que ela estava com alguma das amigas, mas poderia estar em qualquer outro lugar.

Lena guardou a informação num canto do cérebro. Imaginou ser perda de tempo perguntar a um pai que passava a vida viajando se conhecia as amigas da filha, ainda mais sabendo que poderia descobrir o nome delas em dois minutos de conversa com Corinne. Fora isso, queria também dar uma olhada no quarto de Marjorie, além de solicitar acesso ao computador pessoal dela.

— Sua família tem algum inimigo?

— Qualquer pessoa com bastante dinheiro tem inimigos, senhorita — foi o advogado quem respondeu.

— Algum em especial?

— Não.

Era hora de avançar para o próximo tópico.

— O senhor ou sua esposa conheciam Sônia Ortega?

Clarence enrugou a testa e fechou os olhos. Não estava claro se havia entendido a pergunta.

— Acha que houve ligação entre as mortes? — ele interrogou, e como se um botão tivesse sido acionado em sua cabeça, emendou: — A caixa onde ela foi deixada... Não pode ser coincidência. Minha filha não estava grávida, estava?

— Ela não estava, senhor. Não vamos descartar nenhuma outra possibilidade — Lena respondeu, mesmo o momento não sendo propício para suposições. Tinha um cérebro admiravelmente lógico, o que fazia dela uma detetive notável, mas de vez em quando, por breves momentos, enxergava as coisas por uma ótica desanimadora. Era como se sua atenção focasse um ponto estéril e ela o visse como se aquilo fosse o mundo todo.

— Conhecia os Ortega? — insistiu.

— Só de vista.

Enquanto pensava em como prepararia o terreno para tocar no assunto sobre o qual pai nenhum no mundo gostaria de conversar — os relacionamentos amorosos da filha adolescente —, Lena ouviu o toque do celular no bolso da calça. Sem conferir quem era, recusou a ligação para que o barulho parasse, mas dez segundo depois uma notificação de mensagem ressoou. "Atende." Era Gustavo.

O celular tocou de novo.

— Me perdoem, mas é importante. Preciso atender.

Sob os olhares curiosos de Clarence e do advogado, ela saiu do escritório e parou na metade do corredor, encarando ao longe a imensidão do mar agitado através do vidro na sua frente.

— Está com os Willians? — Gustavo foi direto ao ponto.

— Estou.

— Pode falar?

— O que houve?

— Estou na reserva em Susitna, e escuta essa. Acabei de descobrir que a estação de esqui foi construída em terras inuítes. — A linha chiava e a voz de Gustavo dava pequenos cortes, obrigando Lena a apertar o celular no ouvido para escutar melhor. — Na verdade, ela foi construída no exato lugar onde antigamente ficava a aldeia.

Estava difícil de entender.

— Pera aí. A ligação está péssima — ela interrompeu. — O que está querendo dizer?

Mais uma onda de chiados.

— Que houve uma escavação ilegal no local e vários objetos inuítes foram encontrados — Gustavo falou mais alto. — E que os mais raros foram parar numa coleção particular que pode estar no escritório de Clarence Willians.

Lena esticou o pescoço para averiguar o que acontecia no escritório: Clarence e o advogado conversavam olhando para fora.

— Entendi. Deixa comigo.

Enchendo os pulmões com o aroma doce de canela que fluía da lareira, ela voltou para dentro e, sem perder tempo, interpelou-os sobre a atual posse das terras e a história da escavação. O questionamento os pegou de surpresa.

Primeiro o advogado argumentou que não houve ilegalidades na obra, dizendo que todos os alvarás e todas as autorizações haviam sido emitidos pela prefeitura. Depois Clarence acrescentou que, embora artefatos inuítes tivessem mesmo sido encontrados em outro ponto das terras, ele os havia doado para museus.

— Então não guardou alguns para si? — Lena voltou a olhar em volta. — Em algum lugar deste escritório.

— O que está insinuando? — afrontou o advogado.

— Esse detalhe pode estar relacionado à morte.

— De que forma?

Clarence então se levantou e, sem dar ouvidos ao advogado, foi para perto da lareira, de onde pegou uma chave enfiada em um vão na fresta do mármore, usando-a para abrir uma estante de duas portas perto da escrivaninha.

Aproximando-se, Lena viu uma porção de peças antigas nas prateleiras. Desde objetos ritualísticos e peças de cerâmica até óculos de neve feitos com madeira e os mais variados tipos de ferramentas.

— Tem algum Tupilak? — indagou ela.

Clarence assentiu, erguendo o olhar para a prateleira de cima.

— Um, que deveria estar aqui e... — Correu os olhos pelo restante das prateleiras. — Não está.

Compreendendo o que havia acabado de descobrir, Lena abriu a pasta de couro que havia deixado no chão ao lado da poltrona e mostrou a cópia da fotografia do Tupilak que havia recebido da perícia.

— É o mesmo?

Clarence corou, apoiando as mãos na estante.

— É.

— Alguém mais sabia que a chave da prateleira estava ali?

— Só eu, ele — olhou para o advogado — e a Marjorie.

26

Uma neblina flutuava sobre a superfície escura do lago.

— Vou ligar pra Oli. — Corinne pegou o celular.

— Não vai, não. Ela deixou claro que não quer me ver — contrapôs Josh, tomando o aparelho das mãos dela. — E, se quer saber, eu cansei de tentar agradar. Chega. Não dá mais. Não tem mais clima.

Sentada na popa do barco, Corinne balançou o remo dentro da água, fazendo pequenas ondas alcançarem a margem. Embaixo do banco da proa, Fênix cochilava depois de ter passado um bom tempo duelando com uma libélula.

Havia uma inocência radiante no ar, mas também um resíduo macabro da noite anterior. As coisas estavam um pouco estranhas entre Oli e Josh, e não parecia certo continuar despejando chateação em cima dele. Ao esticar o pescoço para trás, Corinne vislumbrou um pássaro preto batendo asas sobre sua cabeça até desaparecer atrás de uma pedreira de arenito que dava para o vale seguinte.

— O que acha que vai acontecer agora? — Josh emendou.

— Com a Oli?

— Com a gente.

Diferente da confiança habitual, Josh parecia virado do avesso.

— Nada. A gente não fez nada. — Corinne mostrou-se indiferente, mascando o seu chiclete. — Ou foi você quem matou a Marjorie? Se foi, obrigada.

Sentada no banco da proa, as sobrancelhas de Vic se curvaram em descontentamento.

— Será que dá pra mudar de assunto? Sério, como é que vocês conseguem?! — ela exclamou. — Uma pessoa morreu. Estão tentando não demonstrar reação de propósito?

— Que reação deveríamos ter?

— A de alguém normal? — Vic acrescentou, mas um desvio de olhar demonstrou que tinha se arrependido.

Uma brisa balançou o barco, trazendo um resquício de perfume da terra molhada. Na superfície espelhada do lago, escura feito óleo, o reflexo invertido das árvores que se erguiam na margem próxima foi decorado por uma folha vermelha que boiou até perto do casco.

Corinne se inclinou para pegá-la.

— Quando crianças, nós vimos o parto de uma garota, Vic. Como um teatro onde éramos a plateia. Eu tinha seis ou sete anos, o Josh uns dez — ela contou, encarando a folha. — Ainda me lembro das cadeiras na cozinha, da mesa que ele usou e do olhar de desespero dela. Mary era o nome, a mãe da Ellen. Meu pai a encontrou na floresta meses depois. Disseram que tinha botões costurados no lugar dos olhos, tipo um espantalho humano. — Jogou a folha de volta na água. — Não tem como ser normal depois disso. Não dá, mesmo que se queira.

Vic mordiscou o lábio inferior.

— Vocês ainda se lembram dessas coisas?

— De algumas. Dos barulhos, principalmente. Pancadas e gritos. A noite sempre era a pior parte. Dividíamos o quarto com os menores. Tinha vezes que não dava para dormir. — Corinne olhou para Josh, certificando-se de que ele também lembrava. — A mãe dizia que tinha um monstro no porão. Que não era para ninguém descer, senão seríamos devorados, lembra disso?

Josh fez que sim.

— Uma vez ele me pediu ajuda para consertar a caixa. Precisava de alguém para segurar uma tábua no lugar. Aí gritou para que eu descesse — comentou ele. — Era sempre escuro lá embaixo, mas, quando entrei, vi uma garota desacordada embaixo de um cobertor. Hoje eu sei que era a Mary Albameyang. As pernas dela estavam para fora. Acho que ele deixou daquele jeito porque queria que eu a visse, como se estivesse me preparando. Tudo era um jogo para ele. — Acompanhou a folha vermelha indo embora. — Às vezes é como se eu ainda estivesse na cabana, com ele me observando, com todas elas me observando.

Vic abaixou a cabeça e todos ficaram em silêncio, embalados pelos estrídulos dos grilos e pelo coaxo de um sapo nos capins. Na margem oposta, as luzes distantes das casas onde famílias se reuniam para o jantar, em seus mundos completos e perfeitos, começavam a acender. Corinne viu o brilho delas, e a saudade da mãe se tornou tão insuportável que até imaginar era doloroso.

Imaginou-a sentada ao seu lado, os olhos tristes focados nela, tão real que bastava estender a mão para tocá-la.

Mas Claire não estava ali. Depois de alguns segundos, surgiu o barulho de um motor vindo da direção do trailer. Naquele vale silencioso, onde o rugido esporádico de um urso era o som mais alto, um carro podia ser ouvido de longe.

Não demorou para que o brilho dos faróis iluminasse a ramagem de juncos e um carro parasse antes do charco, ao lado do sofá que Josh mantinha perto do trailer. Era Gustavo, que parou no topo do declive. Ao ver que Corinne estava no lago, aproximou-se descendo a trilha.

— Josh? — gritou ele, subindo nas madeiras do cais. — Traga o barco para a margem. Preciso conversar com a minha filha.

Fênix acordou e levantou as orelhas.

— Some daqui! — Corinne gritou de volta.

Gustavo parecia impaciente.

— Não vou embora enquanto não conversarmos.

— E eu não vou sair enquanto não for embora.

— Temos um problema, então.

— Mais um?

Não houve resposta, o que a incomodou. Por mais que achasse que o pai tivesse um bom argumento para o que tinha feito no bar, a presença dele ali só a irritava.

— Josh?! Traga o barco — Gustavo repetiu. — Precisamos conversar sobre a Marjorie e o Tupilak que deixaram na sua porta.

Corinne precisou decidir rapidamente como prosseguir.

— Qual é o seu problema, cara? — Ela se equilibrou para ficar de pé, sentindo as ondulações. — Por que fez aquilo? Por que abriu a caixa naquela hora, com o lugar cheio de gente? Aquela merda estava lá parada o dia todo. Não podia esperar mais um pouco?

— Corinne, calma. — Vic pegou no braço dela. — É o seu pai.

Ela olhou para Vic.

— É, mas seria melhor se não fosse. — Sabia que tinha sido rude, mas estava cansada demais para se importar. Tornou a gritar: — Isso só mostra quais são suas prioridades! O trabalho primeiro. Sempre primeiro. Foi por isso que minha mãe morreu! Porque você sempre escolhe o trabalho. Some daqui! Só some daqui!

— Corinne, chega. — Vic apertou o braço dela com mais força.

Com as mãos tremendo, Corinne sentou.

No cais distante, Gustavo chegou perto da borda e ficou olhando para a água por um tempo, passando o indicador nos lábios, como se estivesse espalhando pomada. Depois chutou o ar, deu meia-volta e subiu a trilha.

Algo se agitou no lago alguns metros à frente.

— Você não devia ter dito essas coisas pra ele — disse Josh, com voz fria. — Mesmo que seja verdade, não devia. O fardo que ele carrega não é mais leve que o nosso.

27

Foi só quando Gustavo se aproximou da saída na rodovia que percebeu que as nuvens de tempestade tinham quase ido embora e, no lugar delas, um sol poente envergonhado clareava a face da montanha. O cansaço do dia gerava nele uma sensação de fadiga e, na beirada do asfalto, uma pegajosa mistura de lodo e neve refletia os outrora deteriorados tons amarronzados do outono.

Chegando na trilha que ia da rua até sua garagem, decidiu aproveitar os últimos minutos de luz para organizar o caos que estava o jardim, antes de ligar o computador e analisar o laudo do legista que confirmara sêmen no corpo de Marjorie.

Buscou sacos de lixo na casinha de ferramentas dos fundos, reposicionou os vasos caídos, replantou as plantas arrancadas e ensacou todas as decorações de Halloween que não tinham sido levadas pelo vento. Terminou quando o anoitecer já se assentava, trazendo consigo ainda mais frio.

Entrou pela garagem chutando os coturnos e foi direto para a cozinha, onde o silêncio ensurdecia. A casa tinha agora uma indescritível atmosfera de morte, um vazio que sempre dava as caras quando Corinne não estava.

Corinne era quem fazia mais barulho: o aparelho de som, as conversas no celular, o secador de cabelo. A falta dela na casa alterava a ilusão das coisas, do mesmo jeito que uma pessoa se acostuma com o barulho chato do ventilador, sentindo falta do zumbido nas noites de frio. Acionou o interruptor de luz, mas a lâmpada não acendeu. Na sala, aconteceu o mesmo.

Desfrutando dos últimos fachos de claridade, Gustavo encheu um copo com o uísque que havia ganhado de alguém de aniversário e sentou na poltrona, deixando que a escuridão o abraçasse.

Precisava de um descanso. De uma pausa. Será que era o único que achava ter feito a coisa certa ao não esperar para abrir a caixa? Sabia que aquele ódio de Corinne era resultado de como ele enxergava as prioridades — Gustavo, o investigador, sempre subjugava Gustavo, o pai, quando os dois personagens entravam em conflito.

No entanto, gostava de pensar que a dificuldade entre eles era mais simples: as personalidades diferentes, sua razão contra a emoção dela, ou a solidão que tanto cultuava contra a necessidade dela de estar sempre rodeada por pessoas.

"Foi por isso que minha mãe morreu!"

O grito ainda ecoava, um aviso de que, não importava o que fizesse, jamais seria o suficiente. Não que ele não tentasse, mas os lampejos da boa relação derretiam feito manteiga no sol na mesma velocidade em que apareciam. E o que sobrava era sempre um vazio, fantasiado ora de liberdade, ora de solidão, mas que na verdade não passava do mais puro e real sentido da vida — nos libertarmos de um cordão para trilhar um caminho sem liberdade e, no final, percebermos que voltamos ao início, quando finalmente somos apresentados ao que sempre fomos: nada.

Sentado no escuro, Gustavo estava voltado para dentro de si, esquecido do ambiente ao redor, e só foi trazido de volta quando a última gota do uísque desceu pela garganta.

Pegou o celular e procurou pelo número de Allegra. Fazia quase três meses que não conversavam. O último contato tinha sido uma mensagem de texto enviada por ela no aniversário dele, respondida com um "OBRIGADO, ENCRENQUEIRA", em caixa-alta e sem ponto-final.

Sentia falta da amizade dela, das palavras que serviam como rédeas para ele.

O telefone tocou duas vezes antes que Allegra atendesse.

— Gustavo, do fundo do coração, eu espero que seja algo muito importante para ter interrompido minhas férias.

Havia um barulho de desenho infantil no fundo.

— Férias em outubro? Quem diria — Gustavo zombou. — Com o que você tá trabalhando mesmo?

Allegra riu, como se tivesse ouvido algo muito engraçado.

— Benefícios da nova vida. Estamos contratando. Se tiver interesse, envia um currículo — ela zombou de volta. — Me conta, como estão as coisas?

— Bem, na medida do possível. Não tem assistido ao noticiário?

— Ando trabalhando em ideias novas para a empresa. Acabo ficando sem tempo. Mas estou sabendo da morte da Sônia. Até pensei em te ligar, mas imaginei que estaria ocupado e que me ligaria se precisasse. Como está a Corinne?

Gustavo colocou o celular no viva-voz e foi encher outro copo.

— Bem — respondeu, virando a boca para a poltrona onde deixara o aparelho. — Ela me falou sobre cursar teatro em Seattle.

— E?

— Parece que vocês duas conversaram a respeito.

— Um pouco. Ela me pareceu decidida. Começar algo novo longe dessa geladeira que vocês chamam de lar pode fazer bem para todos — Allegra respondeu. — Como foi a apresentação no Chacal?

Enquanto olhava a paisagem escura pela janela, a ideia de falar sobre os detalhes do que acontecera durante a apresentação da banda era uma das perspectivas menos atraentes.

— Um desastre — ele disse.

E depois contou tudo sobre a caixa e o que haviam encontrado dentro dela. Enquanto falava, o barulho do desenho animado do outro lado da linha foi diminuindo até desaparecer, e uma porta sendo fechada ecoou na ligação.

— Acham que é um copiador?

— Lena cogitou no início, mas a garota foi asfixiada. Estamos investigando se há ligação, mas está difícil de colocar as peças em ordem. Aquela história de que o Dimitri teve um irmão também voltou à tona. Uma merda sem fim — ele replicou, assumindo um silêncio pensativo. — Preciso te contar mais uma coisa.

— Manda.

— Pedi o DNA da Corinne.

Allegra permaneceu calada, esperando a explicação.

— Recebi outro bilhete igual ao antigo. A mesma frase — Gustavo revelou. — Preciso descobrir a verdade.

Allegra soltou um suspiro áspero.

A porta bateu outra vez.

— Sabe que pode contar com a gente. Estamos aqui para o que precisarem — disse ela. E cochichou com alguém. — O Matthew está te mandando um abraço.

— Se cuida, Prado — Matthew falou longe do fone.

— Vocês também. Vou te deixar voltar às férias.

— Não estou de férias.

— Eu sei.

Depois de desligar e sem que a ligação ou o segundo copo de uísque preenchessem o vazio, Gustavo calçou os coturnos e foi para o carro, no banco do passageiro estava o livro que tinha ganhado de Joziah James. No caminho de volta para a cidade, com todos os postes da rodovia apagados, cruzou com uma caminhonete da companhia elétrica e descobriu que a falta de energia não era exclusiva de sua casa. No asfalto, uma discreta neblina começava a dar as caras.

A maioria dos bares que Gustavo conhecia e frequentava estava fechada devido aos estragos, de modo que a única opção foi se enfurnar no Toca da Foca, um pub decrépito de dois andares e estrutura extravagante no mau sentido, onde um homem de olhos saltados se esforçava para desentupir o ralo da pia atrás do balcão com um desentupidor de borracha.

De uma grelha vinha o sibilar de bacon fritando, e um cheiro de limão espremido exalava. Na lousa atrás dela, um texto a giz anunciava que o prato da noite era picadinho de linguiça com ovos, bacon e cebola.

Sob o olhar atento do barman, que nem considerou interromper o serviço com que estava ocupado, Gustavo procurou por uma mesa vazia perto das janelas, embora quase todas estivessem vazias, e pescou os óculos de leitura do bolso, outro lembrete de que sua juventude estava indo embora.

Só havia mais dois fregueses no pub: dois homens de quarenta e tantos anos, cada um em sua mesa com chope na frente, ambos esperando por algo que não aconteceria. Uma barata apareceu mostrando as antenas em uma fresta na janela quando Gustavo abriu o livro que trouxera e leu a dedicatória que constava nele.

"Caro senhor Prado, conhecereis a verdade e a verdade vos libertará. J. J. James."

Na imagem de orelha, o excêntrico Joziah posava sério com uma camisa de gola roxa em frente a uma estante de livros. Pegou o celular e tirou uma foto dele. Depois abriu na página marcada por um marca-página também autografado e teve o olhar subitamente atraído para o título.

V. O SEGUNDO FILHO

Em uma província isolada, embaixo das sombras de uma igreja onde a fé pairava mais densa do que qualquer nuvem, ficava a vila católica em que Wilhelm vivia com Florina e Peter, um lugar no qual a fé era inquestionável e as tradições se entrelaçavam com a vida dos moradores. No entanto, diz-se que Wilhelm destoava dessa harmonia. Alto, largo e taciturno, o homem carregava uma aura que causava inquietação. E a tragédia que se abateu sobre sua vida apenas intensificou a desconfiança. A notícia da morte de Florina, sua esposa grávida, espalhou-se como fogo pelas vielas da vila. E o rumor de que Wilhelm, em um ato de desespero, assumira o papel de parteiro, acabou por lançar uma camada extra de mistério sobre a tragédia.

O fato é que pouco se sabe sobre o que aconteceu de verdade naquela noite, embora Wilhelm tenha sido julgado pela escolha.

Conduzido pelos líderes da vila e com a aprovação do vigário, o julgamento transformou sua vida em uma verdadeira batalha moral enquanto olhares acusatórios pesavam sobre ele naquela sala de tribunal improvisada dentro da igreja.

Para surpresa de muitos, ele foi absolvido.

No entanto, Wilhelm jamais esclareceu completamente o destino dos corpos da esposa e da segunda criança. Para os líderes, afirmou que os havia enterrado em um ponto desconhecido da floresta, uma confissão que, semanas depois, seria responsabilizada pela decadência das plantações. E assim conta-se que Wilhelm e Peter, envoltos no eterno véu da suspeita, abandonaram a vila e deixaram tudo para trás. E o silêncio que pairou sobre a partida deles foi como uma nota final desafinada em uma sinfonia de desconfianças.

O que se pode dizer com segurança sobre o ocorrido é que ninguém jamais pôs os olhos nos corpos de Florina e da criança, deixando a verdade enterrada tão fundo quanto os segredos do que aconteceu naquela noite.

Erguendo os óculos para a testa quando o barman com cheiro de desodorante se aproximou, Gustavo inclinou-se para o lado e sentiu o vidro gelado da janela contra o rosto.

— O que manda, chefe? — perguntou o barman.

A sensação de vazio o desconcertava, criando uma pedra de ansiedade no peito da qual ele queria se livrar.

— Uma água tônica — pediu Gustavo. — Com limão.

28

Os passos de Gabriela afundavam o solo e galhos açoitavam seu rosto. Envolvendo-a como uma cortina de lamentos, a chuva caía no meio das árvores, escorrendo igual tinta escura pelos troncos até formar um ensopado de lama e folhas mortas no chão.

— Por aí não, doce menina. — Ouviu uma voz. — Não vá por aí. A caixa vai te engolir se continuar.

Um galho se partiu atrás dela, talvez sob o peso de uma bota. De coração acelerado, prestes a explodir, Gabriela sabia que não podia parar de correr. Quem a perseguia estava perto. Tão perto que talvez a única coisa que os separasse fosse aquela minúscula fração de segundo abastecida por sua vontade de viver.

— Por que não para? Renda-se à caixa.

Tentou acelerar o passo, como se fosse possível, querendo deixar para trás as armadilhas do labirinto de sombras, mas estava exausta. *Não pare*, ralhou consigo mesma. Ninguém a tiraria dali senão suas próprias pernas. Concentrou-se na recompensa, na estradinha de terra que ziguezagueava a montanha. Ela tinha que estar por perto. Se continuasse correndo, em breve seus pés estariam tocando o cascalho e, com sorte, encontraria... O quê? Um carro? As chances de isso acontecer de noite eram menores do que mínimas.

Se ao menos tivesse escutado a mãe, abandonado Tiger e procurado ajuda, hoje teria uma vida diferente. Sem abrir as pernas para um bando de estranhos todos os dias, sem precisar chupar paus imundos em troca de um pouco de pó. Por que sempre foi tão cabeça-dura? De repente, sentiu saudades da infância, quando nada daquilo importava. Apenas brincar, saltar, correr... Correr?

Não pare.

Continuou. Os pulmões queimavam e os olhos já não viam direito por causa do açoite dos galhos. Começou a rezar para Deus, o Todo-Poderoso que tinha o poder de operar milagres, fazendo promessas de salvação e de que tudo seria diferente se conseguisse sair dali.

Não pare! Um carro vai aparecer!

Embarcaria nele e seria levada para a cidade, sã e salva.

Era isso. Bastava continuar.

De coragem renovada, Gabriela desviou de uma poça e saltou por um arbusto baixo de aspecto engraçado, como um lince na tundra, ganhando velocidade, distância e escorregando durante o pouso. Caiu de cara no lamaçal, rasgando a pele das pernas, dos joelhos, das mãos. O mundo girou quando a cabeça acertou algo duro no chão. *Ah, Deus.* Gemeu de dor, cuspindo a terra e a podridão das folhas que enchiam sua boca. Sentiu-se nauseada, mas não vomitou. Virou-se e olhou para a copa das árvores. Não viu estrelas. Gotículas de água escorriam lá no alto e acertavam seus olhos, embaralhando ainda mais as coisas. Lembrou-se das fezes das gaivotas caindo do céu em Goose Lake, quando nos finais de semana Tiger a levava junto com as crianças para pescar, antes de ele se tornar um filho da puta.

Era estranha a vida, e certamente também a morte.

Durante o que pareceu ser uma eternidade, Gabriela ficou imóvel, incapaz de fazer qualquer coisa senão se punir por ter permitido que aquilo acontecesse de novo. Sentindo o ardor de uma picada de inseto no braço, arrastou-se para perto de um tronco e se encolheu. Estava congelando até os ossos. Ruídos de gravetos sendo esmagados ali perto a assustaram. Levantou-se toda desajeitada, à beira da rendição, dando passos trôpegos para a frente até avistar uma construção no horizonte que se erguia como um farol depois da encosta. Desorientada, demorou longos minutos para percorrer o caminho nevado até lá, deslizando encosta abaixo e arrancando placas de musgo enquanto se esgueirava.

Logo na chegada viu um carneiro morto enroscado na cerca. Era um carneiro-de-dall, preso no arame farpado por um dos chifres. Ele devia ter tentado cruzar para o outro lado, ou abocanhado as folhagens que costeavam a cerca e ficado preso. Ou talvez alguém o tivesse assustado. Havia sangue coagulado entre a orelha e o chifre, obra da tentativa de se libertar, que só o fizera se enroscar ainda mais. Gabriela, espremendo-se por uma fresta no portão com buracos de ferrugem, viu um enorme poste com o refletor meio aceso iluminando a fachada de uma construção.

    O hotel abandonado onde Gabriela buscou abrigo estava imerso num silêncio funesto, interrompido pelo som das goteiras, o rangido dos encanamentos e o guinchar dos ratos. Avançando com cautela através do labirinto de corredores, diminuiu o passo quando o som de seu calçado tomou conta dos ouvidos. Apoiou-se na parede e descansou, achando que seria boa ideia tirá-los, mas a sensação de alívio foi embora no momento em que mais passos que não eram os dela chapinharam no cimento do piso. Um predador camuflado.

    Quem a perseguia estava mais perto do que nunca.

    Guiada pela esperança frágil de encontrar um quarto para se esconder, com o brilho de uma lanterna que ondulava para lá e para cá no corredor prestes a encontrá-la, um sussurro suave emergiu de uma porta semiaberta à sua direita.

    — Entre, rápido.

    Com o coração martelando o peito, Gabriela entrou no cômodo iluminado por uma lamparina a óleo e viu alguém de tocaia, vigilante e coberto de trapos, fechando a porta e apagando o fogo com um sopro.

    A escuridão voltava a reinar.

    — Fique calma. Estamos a salvo. — O sussurro era doce e carregava um peso sombrio. — Ninguém vai entrar. Não por enquanto.

    Gabriela tateou o escuro e foi para um canto.

    — Quem é você? — perguntou ela.

    — Eu sou a caixa, doce menina.

29
Riacho do Alce, Alasca
1º de novembro de 2004

Gustavo embarcou no carro em frente à cafeteria de Billy e não ligou o motor. Em vez disso, abriu no celular uma mensagem não lida que a mãe havia enviado minutos antes, respondendo que Corinne estava segura e que não a mandaria passar um tempo em Juneau. Depois pegou um maço de relatórios secundários com informações incompatíveis que se acumulavam na parte de trás da pasta, mas que podiam desvendar um caso se vistos pelo ângulo certo ou arrumados no padrão correto. Mal havia lido a primeira anotação no relatório quando sua atenção foi desviada para o retrovisor, por onde viu Oscar Ortega na calçada em frente a uma loja de tintas, de mãos dadas com a filha. Mesmo visto do espelho, o marido de Sônia estava em frangalhos. Tinha o rosto avermelhado, os cabelos despenteados e uma aparência de que fora enfiado à força dentro das roupas.

Gustavo largou a pasta no banco e abriu o vidro.

— Oscar? — chamou assim que ele chegou perto. — Tem um minuto? Preciso fazer umas perguntas.

Oscar demorou um instante para entender de onde veio o chamado. Ao encontrar, inclinou o corpo na janela.

— Parou pra me dizer que pegaram o assassino?

— Espero poder fazer isso logo. — Gustavo queria abrir a porta e desembarcar, mas Oscar estava tão próximo que seria impossível sem pedir para ele se afastar. — Como estão passando?

— O que acha? Eu estava até agora numa funerária escolhendo caixões e flores que nem sei o nome. Queria enterrá-los juntos, Sônia e o bebê — a voz de Oscar se desfez, e Gustavo viu os olhos dele se encherem de lágrimas —, mas minha sogra não achou boa a ideia. Então faremos do jeito dela.

Lírios. Escolha sempre os lírios.

Raios dourados atravessavam o para-brisa da viatura, criando padrões de luz e sombra que bailavam no painel com o movimento das nuvens. Na rua, um caminhão-baú passou ostentando um adesivo de para-choque: "Acredite em milagres, mas não dependa deles".

Meu Deus, agora ferrou.

— Ainda estão ficando na sua sogra?

Pegando a carteira do bolso, Oscar olhou para a placa colorida da cafeteria e entregou dois dólares para a filha, dizendo que ela fosse comprar alguma coisa.

— Pode ser refrigerante? — A vozinha dela era fina.

— Qualquer coisa, meu anjo.

A menina saiu saltitando.

Oscar guardou a carteira e abriu espaço, apoiando-se no capô.

— Vou procurar outro lugar para morar depois do funeral, Gustavo. Sair da cidade, provavelmente. Não tem mais nada pra gente aqui — disse ele com relutância triste. — Vou fazer umas reformas necessárias e colocar a casa à venda. Aceitar a primeira proposta que aparecer. Nunca mais quero entrar naquele lugar. Nunca mais quero nem passar perto daquele lugar.

Gustavo compreendia a situação. Conversar com Oscar era como falar consigo mesmo, sem esconder o sofrimento, cuja principal finalidade era encontrar um caminho menos doloroso até a luz. Olhou para o rosto dele, mas foi difícil decifrar a expressão. Uma coisa, porém, estava clara: Oscar não gostava de falar naquilo.

— Talvez seja a coisa certa — Gustavo aconselhou. — Eu mesmo deveria ter feito isso há muito tempo.

Oscar ficou em silêncio, acendeu um cigarro e deu uma tragada. Quando um carro freou bruscamente na rotatória ali perto e um buzinaço teve início, os dois viraram o rosto para bisbilhotar. Havia um homem na praça do outro lado da rua comendo pipoca, rindo e assistindo à algazarra. No parquinho cercado da área central, crianças gritavam e corriam como coelhos assustados.

A sinfonia urbana os envolvia.

— Preciso ir. Ainda tenho que resolver uns detalhes no cartório. — Oscar conferiu o relógio. — Queria me perguntar algo?

Gustavo tamborilou os dedos no volante.

— Queria. Estou tentando encaixar algumas peças. Você ou a Sônia tinham contato com os Willians?

— Clarence Willians?

Gustavo fez que sim.

— Depende do tipo de contato. Conhecemos a família. Somos companheiros de Rotary, mas eles não são de se misturar. Nem me lembro da última vez que os vi nas reuniões — Oscar respondeu, dando outra longa tragada. — Eu soube o que aconteceu com a filha deles. Outra tragédia. O pessoal está organizando uma vigília, por ela e pela Sônia. Será na sede do clube amanhã à noite, se quiser aparecer.

— Tentarei participar. Já tem data para o funeral?

— Estou organizando. Ainda nem liberaram os corpos para a funerária. Não imaginava que haveria tanta burocracia.

— É assim mesmo. Quer que eu faça algo?

— Não precisa. Amanhã devo conseguir.

Através da vidraça da cafeteria, atrás do tráfego de pedestres na calçada, Gustavo viu a filha de Oscar retornando com uma lata de refrigerante e um pedaço de torta. Era hora de dar o lance.

— Só mais uma coisa. Gostaria que pagasse as despesas do estrago na fachada do Josh & Jimmy's. Sei que você mandou alguém fazer aquilo — falou Gustavo com tenência, mas sem levantar a voz. — O Jimmy está passando por alguns apuros financeiros. E ele não tem nada a ver com o que está acontecendo.

Oscar acolheu a filha colocando o braço nas costas dela.

Gustavo pensou em algo mais que pudesse dizer para convencê-lo. Sabia que palavras não passavam de palavras. Sustentando o olhar por tanto tempo quanto foi possível, considerou por um momento que Oscar viraria as costas e iria embora.

— Diga ao Jimmy que vou pagar. E peça desculpas pra ele por mim — disse Oscar antes de seguir caminho. — Agi sem pensar.

Não foi uma resposta vigorosa, mas era um bom sinal.

Girando a chave, Gustavo dirigiu pela rua que serpenteava a lateral da praça até o estacionamento da delegacia. Logo na entrada, cruzou com um policial uniformizado que lhe ofereceu o cumprimento rabugento de alguém que havia passado as últimas duas noites em claro e cujo pesadelo estava longe de ter fim.

— Quer uma ótima notícia, Prado? — A voz carregada de ironia soou exausta. As olheiras dele ficavam maiores quando vistas de frente. — Incrível. É um problema atrás do outro.

Gustavo deu a ele o café que havia comprado para Poppy.

— Se não for homicídio, nem quero saber.

O policial virou o café quase em um gole só e fez cara feia, como se seu rosto tivesse envelhecido no intervalo de um segundo.

— Está afiado. Acabamos de receber um chamado da central pra deslocar uma unidade. Possível homicídio. Ainda não sabemos a localização exata, mas a Poppy está se inteirando dos detalhes.

Gustavo suspirou.

A coisa que mais precisavam era de outro homicídio.

Foi ao escritório, uma sala pequena com poucos equipamentos e uma janela, onde Poppy estava em pé ao lado do computador falando ao telefone com a central. A mesa na frente dela tinha sido esvaziada e sobre ela estava aberto um mapa da região repleto de Xs. Havia duas cadeiras na sala, mas estavam ocupadas com a parafernália tirada da mesa.

— Estrada do bosque — Poppy vocalizava o que ouvia. — Oitava saída.

— Sul ou norte? — Gustavo perguntou.

Poppy retransmitiu a pergunta para a pessoa do outro lado da linha. A lâmpada com cúpula no teto envolvia a cabeça dela com uma auréola cintilante.

— Norte.

Gustavo pegou uma caneta e marcou outro X no mapa.

— Copiado, central. Temos a localização. Já estamos nos deslocando. — Poppy desligou o telefone e se apoiou na mesa. — Encontraram dois corpos na montanha. Sem mais informações. Parece que a maré não vai virar a nosso favor. Quer que eu vá checar? É possível que não tenha a ver com o nosso caso.

Olhando pela janela para uma calha torta no telhado, Gustavo pensou na nova porção de peças que dificultariam ainda mais a visão no labirinto. Em casos de homicídio sempre havia muitas informações e telefonemas com dicas, pareceres ou hipóteses. Pessoas jurando ter visto o assassino ou alegando que eram o assassino. Mas desta vez era diferente. As vozes estavam caladas. Gustavo queria desesperadamente dar um passo à frente naquela investigação, mas antes tinha que descobrir para que lado ficava a frente.

30

— Vejo algo. — Gustavo reduziu o passo.

Acompanhado de Poppy e de outro policial, eles haviam andado vários minutos depois de deixarem a viatura para trás quando encontraram um pinheiro gigante caído na estrada. Além da linha das árvores, num pedaço de terra chicoteado, avistaram alguém sentado num tronco, segurando uma espingarda. Largos e delgados, os troncos dos pinheiros desapareciam no interior das copas, que lançavam sombras na frente da cabana.

— Quem está aí?! — gritou um homem com voz gutural. — Estou armado. Afastem-se.

Gustavo parou.

— Polícia! Abaixe a arma!

O homem de barba comprida se levantou, cuspiu e abaixou a espingarda. Ele estava vestindo jaqueta e calça de tecido camuflado, destoantes do par de botas de couro de crocodilo.

Sentindo o coração disparado feito uma lebre no peito, Gustavo apoiou as mãos nos joelhos assim que chegaram perto de uma cabana erguida com toras horizontais, sem pintura e com uma densa trepadeira envolvendo um cano que descia do telhado e estendia-se sob o beiral. Mesmo em um dia claro, o lugar inspirava uma atmosfera melancólica. Ao seu redor, a imensidão da floresta produzia sombras silenciosas, e de uma casinha de necessidades sem telhado, a uns quinze metros dela, abrolhava um cheiro azedo.

Com o nariz torcido, o policial olhou naquela direção.

— É merda, policial. Só cheiro de merda. Eu conferi — alertou o caçador.

— Os corpos estão na cabana. Ou o que sobrou deles.

Abraçando sua jaqueta, Gustavo foi para a lateral da cabana ao notar que havia outra casinha nos fundos — provavelmente, pelos fios e pelo galão de combustível, onde abrigava-se um gerador —, além de um carro estacionado tomado por folhas grudadas no para-brisa. Gustavo chegou mais perto, conferindo o interior dele e a placa. Os pneus haviam sido rasgados por um objeto afiado. Lembrou-se do alerta que havia recebido dias antes, sobre um caso de roubo de veículo envolvendo dois jovens de Anchorage. *Não pode ser.* Tentou manter a calma. Se contabilizasse todas as vezes que sua intuição o havia enganado, o correto seria parar de usá-la como método. Parou no início da floresta, tentando ver o que se escondia na sombra das árvores. Depois caminhou até uma rede de lona com água empoçada, amarrada entre dois pinheiros, e usou um graveto para analisar pequenos respingos de sangue seco impregnados no tronco, tão firmes que nem a tempestade os havia lavado. A grama batia na altura dos joelhos. Uma coruja aterrissou em um galho em cima da rede, inclinou a cabeça e olhou para Gustavo com tristeza. Ele inspirou e expirou, sentindo o ar frio penetrar seus pulmões. Doloroso. Cruel.

Voltou para a frente, onde Poppy fazia perguntas ao homem.

— Foi o senhor que alertou as autoridades?

O homem assentiu.

— Funciona celular aqui?

— Não sei, senhora. Não uso. Sou da velha guarda. Uma vez fuzileiro, sempre fuzileiro. Avisei minha esposa pelo rádio e ela ligou para a emergência. — Ele mostrou o rádio comunicador pendurado no cinto de utilidades. — Hoje acordei cedo para conferir os estragos da tempestade nas cabanas. Tem inúmeras na região. Usamos às vezes durante as caças, por isso tentamos mantê-las inteiras. Quando entrei nesta aqui, encontrei os corpos. Não está nada bonito. Acho que estão aí há um tempo.

— O senhor mora aqui perto?

— Do outro lado do bosque. Depois da estação de esqui. — Ele apontou. — Dois quilômetros. Pra lá.

Gustavo e Poppy olharam para onde ele estava apontando e, de relance, viram um coiote pequeno, com vastas áreas do corpo peladas, farejando no meio das agulhas dos pinheiros. Havia um grande número deles naquela parte da montanha, fazendo Gustavo e Poppy imaginarem o estrago que eles poderiam ter feito nos corpos.

— Como estava a porta quando chegou? — Gustavo indagou.

— Fechada, senhor — respondeu o caçador. — Nenhum bicho chegou perto, se é nisso que está pensando.

Pedindo ao policial que cuidasse da área externa, Gustavo fez sinal com a cabeça para que Poppy entrasse na cabana junto com ele. Embora a porta da frente estivesse aberta e algumas telhas faltassem, o cheiro de madeira podre misturado com a deterioração humana lá dentro era repugnante.

O interior não tinha mais do que trinta metros quadrados, e a planta baixa era idêntica à maioria das cabanas que conheciam, com um cômodo amplo e quartos separados. Havia garrafas na bancada da cozinha, resquícios de pó branco perto do sofá mofado e teias de aranha reinando soberanas nas paredes desbotadas. A claridade de fora iluminava bem. Para abrir a primeira porta, Gustavo precisou fazer força por causa de algo que ficou preso na fresta inferior. Era um saco de dormir, cuja presença perdeu totalmente a importância no momento em que viram uma filmadora apontada para um vidro falso, que permitia um vislumbre macabro do que os esperava no outro quarto.

— Meu Deus. — Poppy fez cara de nojo.

Gustavo limpou a mente e tentou respirar pela boca, preparando-se para mais uma visita aos mortos.

Sentia-se agitado, intimidado. E nauseado.

Uma nuvem de moscas zumbiu e alçou voo quando entraram no segundo quarto, com dois corpos em estado deplorável sobre um colchão sujo de sangue, com varejeiras gordas pousadas sobre a cachoeira de vermes. O início da decomposição devia ter sido retardado, pois sempre fazia frio na montanha. E, com as janelas escancaradas, a temperatura durante as noites ficaria facilmente abaixo de zero. Ainda assim, não estava nada bonito. Apesar do inchaço, era possível dizer que se tratava de dois homens, embora uma identificação precisa ficasse prejudicada pelos retalhos de pele que tomavam conta do que antes eram rostos.

Mas havia mais, e pior.

— Poppy — Gustavo chamou a parceira —, pegue o rádio do cara lá fora e vê se alguém responde na frequência de emergência. Se não conseguir, alguém vai ter que voltar à viatura. Precisamos de reforços... E de uma motosserra. Este lugar vai ficar movimentado. Temos que tirar aquele pinheiro da estrada antes que comecem a chegar.

Poppy obedeceu.

Depois de ela sair, Gustavo deixou os olhos percorrerem todo o quarto. Além do caos dos corpos, nada estava fora do lugar. Punindo-se por não ter ido ele mesmo, avançou um passo ao ver que o pênis e os testículos dos cadáveres haviam sido cortados e, ao notar que as mandíbulas estavam semiabertas e que uma massa esbranquiçada vazava delas, concluiu que os órgãos haviam sido enfiados dentro da boca. Gustavo recuou, sentindo o amargor da bile subindo pela garganta. Ao pé da cama, uma poça antiga de vômito parecia sopa de ervilha ressecada. O cheiro estava de matar. Saiu do quarto e fechou a porta, mas pouco adiantou. Retornou ao quarto com a filmadora e procurou pelo botão de ligar. Observou os corpos pelo vidro. Seria possível que uma mulher tivesse feito aquilo? Conhecia os relatos de homens que levavam mulheres para transar nas cabanas da montanha e filmavam para jogar as cenas em sites adultos. Crimes desse tipo estavam se tornando cada dia mais comuns. Havia atendido um caso parecido meses antes, quando uma prostituta de Riacho do Alce viu um vídeo dela na internet e mostrou ao cafetão, que espancou até perto da morte o adolescente responsável pela gravação.

Mexer com prostitutas nunca era boa ideia. Cafetões, de modo geral, não conhecem limites.

Apertou o botão e, para sua surpresa, o display da filmadora acendeu. Com o indicador mostrando que a bateria estava pela metade, Gustavo acessou o menu de gravações e notou que havia apenas dois arquivos datados na memória. Abriu o primeiro.

A imagem tremeu antes de começar a rodar.

Por quase três minutos, tudo que viu foi o quarto vazio, com um som distante de vozes indistintas. Depois um rapaz entrou só de cueca, fez um sinal de positivo para a câmera e saiu. Mais quarenta segundos e três pessoas entraram: o rapaz da cueca; outro jovem nu, que trançava as pernas e mal conseguia ficar de pé; e, por último, uma mulher de calcinha e sem sutiã, também cambaleante e com os cabelos escuros caídos no rosto. O primeiro rapaz abaixou a calcinha dela e a jogou na cama.

Gustavo sentiu o estômago revirar, não porque pôde identificar os jovens cujos corpos agora apodreciam no quarto ao lado, mas porque a mulher que fora jogada na cama usava uma familiar gargantilha com pingente de cruz. Pausou o vídeo, esforçando-se para entender o que tinha acontecido, mas sua mente se recusava a analisar os fatos de maneira organizada. Por que aquela cabana? Porque era de difícil acesso, só sendo possível chegar de carro pelo sul? Ao norte a montanha era íngreme demais, a leste ficavam os precipícios escarpados e, a oeste, apenas árvores e mais árvores. Uma armadilha perfeita. Virando o nariz para a porta como se o ar de lá fosse menos carregado, avistou Poppy chegando na soleira, estalando uma tábua no chão.

— Consegui contato pelo rádio. Estão enviando mais equipes — ela informou, e alçou um olhar curioso para o display. — Essa é a Gabriela Castillo? — A entonação foi de puro espanto.

Gustavo assentiu, voltando ao menu e abrindo o último arquivo.

A segunda gravação estava mais escura do que a primeira, e começou mostrando os corpos na cama, com um som de passos se distanciando e alguém aparecendo virado de costas para o espelho. Vestia roupas pesadas de inverno, e se ajoelhou ao lado de uma poça de vômito no chão antes de agarrar os testículos do primeiro rapaz e erguer uma faca, mostrando-a para a câmera.

Poppy virou o rosto.

— Quando isso foi gravado? — perguntou ela.

— Madrugada do dia 28. Horas antes do assassinato de Sônia Ortega.

Oitavo encontro

O restaurante tem três andares, com o segundo e o terceiro conectados por uma escada que se projeta para fora da construção, formando uma varanda. É madrugada, faz frio e as ruas estão vazias. Há desconhecidos sentados à mesa do nosso lado, mesmo o jantar tendo sido encerrado há muito tempo. Alguns cantam, enquanto outros enchem os copos e conversam. Garrafas, pratos vazios e guardanapos amassados estão por toda a parte. Pobres pessoas felizes, vivendo suas vidas infelizes na segurança de um gigantesco domo de vidro invisível.

Um brinde a eles. Aos tolos.

Em minha frente, Sônia pega a taça de vinho.

— Preciso te dizer uma coisa. Algo que há muito venho decidindo se devo dizer. — Ela usa um vestido vermelho brilhante, cuja cor se acentua no clarão da lua. — Às vezes sinto que somos a mesma pessoa. Eu e você. Sempre que me olho no espelho, eu te vejo do outro lado, me olhando de volta. É como se nossos reflexos se misturassem numa coisa só, e eu nem me reconhecesse mais.

A voz dela é radiante e suave, como o fluir das águas de um riacho. De todas as mulheres com quem me deitei nos últimos meses, não houve uma vez sequer que eu não estivesse pensando em Sônia.

— Conhecer a si mesmo nem sempre é o caminho para uma vida tranquila. — Curvo meu corpo para perto dela, sentindo seu doce perfume. — Conhece a história de Narciso?

Ela nega, me olha e sorri. A pele pedindo para ser tocada. Os olhos pedindo para serem olhados. Os lábios clamando por um beijo.

— Narciso era filho de Liríope e de Céfiso, o deus-rio, e desde pequeno carregava uma beleza divina, assim como a sua — começo a contar. — Certo dia, Liríope procurou um oráculo que profetizou que Narciso teria uma vida longa e feliz, desde que jamais conhecesse a si mesmo. Sempre que andava pelos bosques, as ninfas suspiravam de paixão, mesmo ele jamais correspondendo ao amor de ninguém. — Paro por um instante e penso na mesmíssima coisa que pensava todos os dias nos últimos tempos. — Eco era uma das ninfas apaixonadas por Narciso e, por ela ter ajudado Zeus a encobrir suas infidelidades, fora amaldiçoada por Hera, tornando-se incapaz de falar, exceto repetir as palavras dos outros. E dia após dia, Eco perseguia Narciso. "Me deixe em paz!", gritava ele. E Eco respondia: "Paz, paz, paz". Sem poder declarar o seu amor com palavras, o corpo de Eco desapareceu e dela restou apenas a voz, condenada a repetir para sempre as palavras dos outros. — Olho para cima, vendo nas estrelas o mesmo brilho que Sônia irradia. — Depois disso, a falta de modéstia de Narciso irritou alguns deuses, até que Ártemis decidiu que era hora de puni-lo. Certa manhã, durante uma de suas caminhadas pelo bosque, quando Narciso se abaixou para beber a água de um riacho, Ártemis fez com que ele se apaixonasse pelo rapaz que o encarava de volta na superfície da água.

Uma brisa balança os cabelos de Sônia.

— Seu próprio reflexo — ela diz.

Seguro na mão dela.

— Apaixonado, Narciso tentou abraçar o seu amado, mas a água escorria por seus dedos. — Beijo a mão dela, fitando os anéis. — No fim, não podendo jamais tocar seu grande amor, Narciso acabou com a própria vida enterrando uma adaga no coração.

Sônia larga a taça, pega a faca que sobrou na mesa e a encosta no meu peito.

— Devemos fazer o mesmo?

Avanço o corpo na direção da lâmina, que corta minha camisa e deixa um fio de sangue aparecer no tecido. As pessoas da mesa vizinha disfarçam, mas estão olhando. Agora meu rosto está tão próximo ao de Sônia que consigo sentir o calor exalando dela.

Ela não pisca. Nem recolhe a faca.

— Abandone o seu marido — sussurro. As batidas do coração que não me pertence cada vez mais fortes. — Abrace o seu destino. Sejamos o que fomos destinados a ser: reflexos.

31
Anchorage, Alasca
1º de novembro de 2004

Gustavo chegou na delegacia de Anchorage às cinco e dez da tarde. Depois de terem encerrado o trabalho na cabana, foram convocados para uma reunião estratégica, marcada às pressas. Incerto sobre o funcionamento daquilo, ele empurrou a porta e entrou, sendo levado em pensamento de volta ao passado por um milésimo de segundo, lembrando-se de Lakota Lee, da agitada Lena Turner e de Allegra Green, todos sentados ao redor da mesa no escritório do departamento de homicídios anos antes.

— Senta aí, Prado. — Edgar Causing apontou uma cadeira.

Gustavo sentou ao lado de Poppy e de uma mulher ruiva que trabalhava no departamento de roubos. Na frente deles estavam dois homens de Palmer: um desconhecido de bigode e costeletas mascando um palito, e Tony Tremper, o sobrinho de Ed Tremper e do antigo xerife de Palmer, que haviam terminado seus dias em dezembro de 1993 — Ed no porta-malas de um carro, assassinado por Dimitri Andreiko, e o xerife em uma cova no porão de uma cabana inuíte em Point MacKenzie, baleado por Adam Phelps. Sabendo que não era estimado por Tony, embora nunca tivesse entendido o motivo, Gustavo não o cumprimentou, e ele também não o cumprimentou.

Sobre a mesa, montes de arquivos se empilhavam.

— Para que todos saibam, ontem à noite a equipe de Palmer recebeu cópias dos relatórios de tudo o que temos até o momento. Espero que tenham passado a madrugada lendo. A julgar pelas olheiras, acredito que sim. — Edgar sentou na beirada da escrivaninha. — Então vamos aproveitar que mais cabeças se juntaram à causa e repassar alguns detalhes do caso.

As perguntas estão se empilhando. Temos que começar a caçar respostas. Lena, gostaria de começar?

Na parede lateral, um novo quadro havia sido instalado perto da TV e, ali, pela luz de um retroprojetor, estavam as fotografias de Sônia, Marjorie e dos dois rapazes mortos na cabana. Por ordem dos superiores, o departamento havia unificado a investigação dos três casos, pelo menos até que algo novo surgisse para desfazer a ideia de que havia conexão entre eles.

Lena se levantou, vestindo o mesmo terninho azul do dia anterior, e foi para perto do quadro. Ela respirou fundo antes de começar:

— Todos aqui se conhecem, então vamos logo ao que interessa. Seremos duas equipes agora. Equipe A, que vai continuar o que estava fazendo. E equipe B, que vai refazer os passos da A, procurando inconsistências e dando suporte — explicou ela. — O departamento de roubos está presente porque solucionamos um caso deles. Os corpos encontrados na cabana ontem de manhã eram dos jovens que roubaram o veículo no dia 27. — Colocando uma caneta entre os dentes, Lena retornou para a mesa, pegou um arquivo e o abriu. — Johnny Simons e Jim Kaly. Dezenove e vinte e dois anos. Mortos por facadas no pescoço. Simons não tinha ficha, mas Kaly tinha diversas passagens por posse de drogas e foi um menor infrator. Em 1999 assaltou e agrediu um idoso na saída de um banco. E foi acusado de estupro dois anos depois, mas o caso foi encerrado por falta de provas. Nenhum deles trabalhava, mas os dois gravavam vídeos com mulheres e postavam em sites pornôs estrangeiros. Era assim que ganhavam dinheiro. — Os olhos dela se dirigiram para o quadro. — A queixa do roubo do veículo foi prestada na noite do dia 27. E os Simons registraram o desaparecimento de Johnny na manhã do dia 29. No entanto, o que mais chama a atenção é que não há queixa do desaparecimento de Gabriela Castillo. Então vamos interrogá-la e descobrir se ela estava no local quando o crime aconteceu.

— Acha que foi ela que matou? — perguntou o de bidoge.

— Pouco provável.

Houve silêncio enquanto todos digeriam as informações.

Edgar tomou a palavra:

— Vale ressaltar que a presença dela na cabana ainda não foi divulgada à imprensa por causa da histeria que pode causar. Se isso vazar, os repórteres vão agir como moscas ao redor de um balde de bosta. — O tom beligerante de Edgar deixava a entender que estava planejando ir a público em grande estilo, sendo ele mesmo o mestre de cerimônias. — Espero que essa informação também não vaze sem o meu consentimento. Entenderam?

Gustavo queria perguntar o que ele quis dizer com "também", mas se deteve. Sabia que havia casos de vazamentos no departamento, vez ou outra, quando um policial se via em apuros para pagar as contas do mês. Os gestos de concordância ao redor da mesa variaram de entusiasmados a imperceptíveis. Para o público geral, Edgar não demonstrava sua indiferença com as mortes, mas internamente todos sabiam que adorava a exposição. E se isso vazasse, ele arderia no fogo da opinião pública.

Mostrando um sorriso torto, Lena bebeu água da garrafinha que estava perto do projetor e apertou um botão que, depois de um clique e um zumbido, mudou a projeção das fotografias das vítimas para um mapa de Riacho do Alce.

— Continuando... — ela retomou. — O terreno na montanha onde fica a cabana pertence aos Willians, mas depois que descobrimos que o Tupilak deixado na porta de Josh Rugger saiu do escritório de Clarence, provavelmente tirado de lá pela Marjorie, a família decidiu que só vai falar conosco por meio do advogado, que impediu nossa entrada no quarto e negou acesso aos itens pessoais dela. Ou seja, se encontraram algo, já devem ter apagado. Os Willians são conhecidos por evitar holofotes a qualquer preço.

— Nós também tivemos problemas com eles no passado, quando uns caras invadiram o escritório de uma das empresas deles — a ruiva do departamento de roubos mencionou. Tinha a voz surpreendentemente grave e um leve sotaque texano. — Conheço o advogado. É educado, parece se importar com tudo e com todos, mas é uma cobra peçonhenta, e faz o que for preciso para manter os patrões longe de problemas.

Folheando um relatório enquanto ouvia, Tony Tremper fez um movimento longo com a cabeça.

— A garota não tinha celular? — perguntou.

— Acreditamos que ela tenha levado junto quando saiu de casa — Gustavo respondeu. — Mas não estava na caixa junto ao corpo.

Tony acariciou o queixo com uma expressão confusa.

— Checaram as câmeras da mansão?

— Não tivemos acesso.

— E as do píer em frente ao bar?

— Estavam viradas para a praia.

— Ligações?

— Nada suspeito. Checamos com a companhia telefônica — Lena retomou a palavra. — Quando saí da mansão, conversei com um motorista por meio minuto. Ele me disse que a Marjorie não voltou pra casa da escola naquele dia. Em contato com as amigas dela, duas disseram que o dia tinha sido normal, mas outra achou que ela estava agitada.

— Agitada?

— Desatenta. Não prestava atenção na aula. No fim do dia, dispensou o motorista e disse que ia para casa sozinha. Não era a primeira vez que fazia isso, então ninguém estranhou.

Tony jogou o relatório na mesa.

— Vem cá, tem algum motivo para a ameaça que ela recebeu na escola não constar nos relatórios? — indagou.

Uma onda de calor subiu pelas pernas de Gustavo, e ele ficou vermelho como uma brasa até a testa. Tony não devia estar a mais de um metro de distância. Se esticasse bem o braço, Gustavo conseguiria acertá-lo.

— Vai à merda, Tony! — vociferou ele, disparando-lhe um olhar de advertência.

Tony soltou um riso seco.

— Vai você à merda.

— Pessoal! — Edgar chamou.

— É só uma pergunta, caralho.

— Tony, cala a boca! — Edgar socou a mesa.

A discussão esquentava mais do que o aquecedor.

O trânsito do lado de fora do prédio chegava ao segundo andar como um rugido constante, abafado pela janela fechada. Tony uma vez dissera que só havia uma coisa que as pessoas odiavam mais do que um investigador autopiedoso: um investigador imigrante autopiedoso. Todos sabiam que, se não fosse a morte dos tios, que nunca tinham sido julgados pelo crime de tráfico de drogas porque mortos não cumprem sentenças, Tony já estaria fora da polícia. Era atrevido e irritante, e algumas línguas afiadas até diziam — sem conseguir provar — que ele tinha assumido o esquema criminoso quando os tios morreram. Absurdamente, a mesma coisa que o protegia era o que poderia derrubá-lo. Gustavo pensou em trazer o assunto à tona, mas recuou ao ver Poppy enrubescida, encolhida na cadeira, com os ombros abaixados e fisionomia de quem não sabia direito como se comportar.

Lena apaziguou os ânimos.

— Não está no relatório porque a Corinne não é uma suspeita. — Ela apontou o mapa, contornando a situação. — Outro fato curioso que temos é a última ligação do celular de Sônia Ortega. Ela foi recebida por uma torre instalada na antiga estação de esqui. Aquela torre opera apenas o sinal de uma operadora canadense e, embora de baixo alcance, cobre o território da cabana, então existe a chance de que Sônia tenha estado lá horas antes de ser assassinada.

As sobrancelhas do agente bigodudo saltaram.

— É difícil imaginar que não haja conexão. As datas próximas, as coincidências de envolvidos e locais — ele esmiuçou. O palito dançava entre os lábios. — Vocês que conversaram com o escritor. O que acham da história do irmão? Alguma chance de ser verdade?

Gustavo ainda estava com muita vontade de desfazer com um soco o sorrisinho cínico que Tony mantinha. Mas, pensando bem, nada parecia mais desaconselhável.

— É uma agulha no palheiro. Eu li trechos do livro — disse Gustavo. — Não há qualquer informação além de uma boa história com alguns furos. Não estou dizendo que Joziah não possa estar certo, mas não temos nada. Absolutamente nada que dê suporte à teoria. — Desviou o olhar para Lena. — Gabriela Castillo ainda mora perto daquela igreja?

— Acho que sim.

— Confirme pra mim. Poppy e eu vamos procurá-la. — Gustavo ficou em pé. — Como está a liberação das gravações da loja onde foi comprado o celular que fez a ligação pra Sônia?

Lena e Edgar se entreolharam.

— Consegui falar com o diretor da empresa que controla todas as franquias — Edgar respondeu. — Vão nos liberar acesso às imagens na primeira hora da manhã.

32

Gustavo segurava o celular no ouvido com uma mão e o volante com a outra, olhando para a estrada sem realmente vê-la. Enquanto o barulho da chamada insistia, lembrou-se de Corinne aos oito anos, chorando com a cabeça embaixo do travesseiro e chiclete grudado nos cabelos, aborrecida demais para falar sobre as provocações que tinha sofrido na escola. "Eles disseram que a mamãe virou um fantasma. Que agora ela é uma assombração na floresta." Aquela tinha sido uma das coisas mais difíceis com que ele precisou lidar ao longo dos anos. A história a machucara tanto, que Corinne tinha se fechado, abraçando o silêncio por muitas semanas...

— Oi, aqui é a Corinne, deixe seu recado que eu entro em contato. Ou não. — Bipe.

E agora, o silêncio se tornava impenetrável outra vez.

Gustavo jogou o celular sobre o painel.

— Nada? — indagou Poppy no banco do passageiro.

— Nada.

— Por que não pede para a Lena ligar pra ela?

— A Lena não tem nada a ver com isso.

— Claro que tem, chefe. Tenho certeza que ela vai ficar feliz em ajudar. Como estão as coisas entre vocês?

Poppy não tinha perdido por completo a mania do chefe.

— Não estão. Não tivemos chance de falar sobre isso, mas termos saído juntos foi um erro. Eu percebi isso e ela também, provavelmente — Gustavo respondeu meio a contragosto.

Passando diante das janelas dos prédios populares sem aquecimento térmico, Gustavo freou no final de uma descida quando a igreja batista se tornou visível. Era um bairro problemático, com grades nas janelas e cadeados nas portas das lojas. A rua era igualmente descuidada, com asfalto irregular e canteiros centrais tomados por sacos de lixo e restos de móveis antigos. Escorados em uma parede suja, como se houvesse chovido fuligem nela, dois garotos com gorros de lã e jaquetas largas dividiam espaço com pichações, marcas de tiros no reboco parcialmente caído e fezes de cachorros no chão.

O prédio onde morava Gabriela Castillo ficava afastado da rua e tinha um estacionamento arborizado na frente, mergulhado na escuridão dos postes apagados. Balançando a viatura ao passar pelas raízes que quebravam a calçada, estacionaram próximo de uma caçamba de lixo ao lado da entrada da igreja. Com os instintos policiais em alerta, desceram, vendo os garotos se agitarem e enfiarem as mãos no bolso da jaqueta.

— Boa noite, senhores. — Gustavo parou na calçada. — Conhecem Gabriela Castillo? Sabem em que andar ela mora?

Recebeu apenas olhares vazios como resposta.

— Podem relaxar. A conversa é só com ela hoje. — Poppy parou ao lado. — A não ser que queiram que chamemos reforço.

Foi como mágica.

— Segundo, senhora. Primeira porta depois da escada.

Entraram pela portaria aberta, diminuindo o passo ao passarem por um garotinho miúdo que chutava uma bola de futebol contra a parede cheia de manchas arredondadas, sob o olhar atento de uma jovem que fumava um cigarro. Sem obstáculos, subiram uma porção de degraus até chegarem na porta indicada, que tinha uma guirlanda de Halloween pendurada. Havia duas pessoas discutindo lá dentro, mas não dava para entender sobre o quê, pois o choro de uma criança abafava a briga. No tapete em frente havia dois pares de calçados infantis e, ao lado, um par de tênis tamanho 44, que Gustavo imaginou pertencer ao companheiro de Gabriela. Apertou a campainha, e em algum lugar do apartamento uma sineta tocou, interrompendo a discussão. Demorou um pouco para que a porta fosse entreaberta e o rosto anêmico de uma mulher os fitasse com uma expressão inquieta.

— Senhora Castillo. — Gustavo mostrou a identificação, mesmo ela sabendo quem ele era. — Precisamos falar com sua filha. Chegamos numa hora ruim?

Mantendo somente uma fresta da porta aberta, a mulher olhou para trás. No apartamento, o berreiro da criança continuava.

— Se importam em voltar mais tarde? — disse ela.

— Está tudo bem aí dentro?

A mulher fez que sim, mas era evidente que não estava.

No instante seguinte, um homem alto e careca abriu toda a porta e, olhando para baixo, ofegante, pediu licença com um resmungo, recolheu os tênis e desceu as escadas descalço, um aparelho de DVD embaixo do braço.

— O DVD é dele? — indagou Poppy, ouvindo os passos apressados do homem escada abaixo.

A mulher sacudiu a cabeça.

— Quer que eu vá atrás?

— Deixa. Se for atrás, amanhã ele volta e vai ser pior. É assim que as coisas funcionam desde que ele chegou. — A mulher recuou um passo. — Entrem. Vou acalmar as crianças e logo falo com vocês.

O apartamento era pequeno, mal iluminado e tinha uma mobília que pendia entre a ostentação e a velharia. De costas para um papel de parede texturizado na sala de estar, haviam conseguido espremer um sofá alaranjado, e, no que restava de chão, peças de Lego, gibis amassados e alguns brinquedos tomavam conta de um tapete tão colorido que chegava a dar dor de cabeça. Na cozinha, bolotas de carne moída e de frango desfiado repousavam em bandejas. Tirando isso, o resto estava limpo e muito bem-arrumado, inconfundivelmente um apartamento feminino. Aquela era a segunda vez que Gustavo entrava ali, embora não se lembrasse de quando tinha sido a primeira. Tudo que sabia era que Gabriela havia convidado Lena, Allegra e ele para um jantar de agradecimento pela vida — termo que ela mesma tinha usado —, oito, nove ou dez anos antes. *Obrigado por nada.* Foi naquele mesmo dia que havia prometido para ela que nada de mau jamais aconteceria. Sentaram no sofá e esperaram que o choro parasse, algo que só aconteceu quando uma TV com desenho animado foi ligada no quarto.

A senhora Castillo se juntou a eles em seguida.

— Desculpem por isso — disse ela, com o mesmo rosto alarmado de quando abrira a porta. — Fazia dias que ele não aparecia. Eu já estava achando que ele tinha levado um tiro e morrido, mas parece que nem com reza vou me livrar dele.

— Quem é ele? — Poppy perguntou.
— Tiger. Namorado da Gabriela.
— Ele mora aqui?
— Vai e vem. É dono de um bar aqui no bairro, mora na parte de cima, mas às vezes aparece e leva alguma coisa. Na última vez foi a torradeira, agora levou o DVD. O filme de dinossauro que as crianças gostam estava dentro. Tudo por causa de coisas ruins. — Ela mostrou um porta-retratos com a foto de Tiger vestindo uniforme de basquete e com uma bebê no colo. — Ele mexe com drogas. E levou a Gabriela para o mesmo caminho. A vida dela continua toda torta.

Poppy fez um gesto de compreensão, sem mover os olhos, a incentivando a continuar. Todos conheciam a história de Gabriela Castillo, "a garota da caixa", da morte inevitável na sarjeta para os holofotes midiáticos e de volta à sarjeta outra vez.

— Todos sabem que nunca fui um exemplo de mãe, mas tentei levá-los para a igreja. Deus sabe o quanto tentei. Não consegui. Eu me converti ao poder de Deus há anos. Ele operou um milagre na minha vida, sei que faria coisas maravilhosas na vida deles também. Mas precisam querer. E não querem. — A mulher esfregou os olhos com as costas das mãos. — Deus queira que minha Gabriela esteja bem. Vocês a encontraram? É por isso que estão aqui?

— Sua filha está desaparecida?
— Desde quarta-feira passada, quando saiu para trabalhar depois do almoço e não voltou. Faz quase uma semana. Esses dias ela me disse que achava que estava sendo seguida.

Gustavo e Poppy trocaram olhares.
— Por quem?
— Não sei. Depois daquele dia ela não falou mais nada.
— A polícia foi alertada sobre o sumiço dela?
— Tiger me disse que sim, que estão investigando.

Ciente de que não havia registro da queixa de desaparecimento, Gustavo pegou no bolso do casaco a fotografia dos dois rapazes encontrados mortos na cabana.

— Reconhece? — perguntou ele, mostrando-a.
— Não, senhor. Nenhum dos dois. O que eles fizeram?
— Nada com o que se preocupar. — Gustavo ergueu-se e foi à janela. Na rua lá embaixo, os garotos falavam com alguém que, pelas roupas,

parecia ser Tiger, que entregou algo a eles e saiu correndo para o estacionamento do prédio. — Tiger é uma pessoa violenta? Alguma vez ele bateu na sua filha? — Virou-se.

A pergunta pegou a senhora Castillo desprevenida.

— Não sei. — Ela demorou um pouco para responder. — A Gabriela não é do tipo que fala muito. Se tivesse apanhado, acho que não teria me contado.

Passos foram ouvidos no corredor, e alguém bateu na porta.

Gustavo e Poppy olharam para a mulher.

— É a minha vizinha — afirmou ela. — Combinamos de preparar as tortas para a reunião do conselho da igreja amanhã.

No exato momento em que a senhora Castillo ficou em pé para abrir a porta, os neurônios de Gustavo emitiram um obstinado sinal de alerta. Trocando olhares entre a porta e as bolotas de carne na cozinha, ele afrouxou o botão que mantinha o revólver no coldre e o segurou pelo cabo. A sensação não era boa. Algo de errado estava acontecendo. Ouviu um ruído metálico no ar e pressentiu o que era.

— Não abra! — gritou ele, mas o trinco já tinha sido virado.

Tarde demais.

Quando o barulho da pólvora explodindo, naquilo que veio a ser o primeiro disparo, chegou aos seus ouvidos, Gustavo se jogou por cima de Poppy e os dois caíram sobre as pecinhas de Lego no chão. Então o tempo parou, os cheiros ficaram marcantes e a visão mostrou um brilho diferente. Como um minúsculo salto temporal, um corte malfeito num rolo de filme. Gustavo tinha experimentado aquele fenômeno anos antes, quando a porcentagem de adrenalina no sangue fica tão alta que todos os sentidos se aguçam e o relógio anda mais devagar. Apoiando-se nos cotovelos, apontou o revólver para a porta, onde Tiger, com os olhos vermelhos e arregalados, continuava puxando o gatilho de uma pistola. Projéteis ricocheteavam no piso de cerâmica, farpas de madeira da mesinha de centro voavam na frente de seus olhos e pedaços da espuma do sofá perfurado flutuavam a cada novo estrondo.

Ao seu lado, Poppy não se movia.

Na sua frente, a senhora Castillo estava na metade do caminho de uma queda ao chão.

Gustavo puxou o gatilho e, de repente, o silêncio.

33

Havia árvores, galhos e troncos.
    E pedras. E lama também.
    E havia uma casa.
    E no céu, o firmamento noturno se resumia a uma faixa estreita entremeada aos galhos, enquanto o brilho das luzes que escapava pela janela lançava tons melancólicos na vegetação. Com seus pés silenciosos, a figura deslizou sorrateira para o meio dos arbustos quando um clarão amarelado de faróis apareceu no final da estrada, iluminando tudo antes que o carro desaparecesse outra vez depois da curva. Desenroscando dos arbustos a mochila que carregava nas costas, a figura andou mais um pouco, até que as árvores começaram a rarear e a casa apareceu por completo, envelhecida pelo abraço do tempo, com pintura gasta, a chaminé faltando tijolos e a cerca de madeira que dançava ao redor exibindo jardineiras suspensas com flores campestres murchas de frio.
    Esperou e observou.
    Era uma região remota, próxima da reserva florestal e com mais terrenos baldios do que ocupados, vendidos a preços razoáveis para aqueles que, atraídos pela calmaria das cidades interioranas, descobriam tardiamente que o preço dos imóveis não era tão baixo como pensavam e que só tinham condições de morar distantes do centro. Na última vez que a figura estivera ali, havia memorizado a disposição dos cômodos e decidido qual seria o melhor jeito de entrar. Saltou sem dificuldade pela cerca, tomando cuidado para não pisotear o canteiro e dando a volta em um balanço, imóvel pelo ar da noite, até chegar ao destino: a janela da cozinha.

Agarrou-se no peitoril e espiou.

A mulher grávida lá dentro tinha trinta anos e vestia uma camisola da Pantera Cor-de-Rosa que ia até a altura dos joelhos. Parada em frente ao refrigerador aberto, com os cabelos molhados e um copo de leite na mão, ela batia o pé, indecisa sobre o que escolheria para jantar. Pegou uma caixa de pizza, mas colocou de volta. Pegou uma lasanha, mas colocou de volta. Pegou um hambúrguer congelado, mas acabou voltando para a primeira opção. Tirou a pizza da caixa, levou-a ao micro-ondas, programou quatro minutos no timer e saiu da cozinha depois de deixar o copo de leite na mesa.

3min59s... 3min58s...

Enquanto os segundos diminuíam, a figura pegou a mochila e, do interior, tirou uma lima de ponta achatada, que ela mesma havia afiado, e enfiou-a na fresta da janela de guilhotina. Forçou e forçou, contendo o barulho excessivo até ouvir um estalo.

3min23s... 3min22s

Tirou um capuz da jaqueta e o vestiu, depois abriu a janela, esgueirou-se para dentro como um gato e a fechou.

3min03s... 3min02s...

O barulho da TV ligada na sala fez o coração da figura acelerar. Não deveria haver ninguém em casa — ninguém, além da mulher. Havia checado tudo, cronometrado cada passo da família nos últimos dias. Sabia exatamente quando chegavam, quando saíam, o que faziam e quando faziam. Mais cedo, no caminho até a casa, fizera um desvio para conferir se o marido estava mesmo trabalhando na padaria àquela hora. Havia inclusive entrado, conversado sobre o tempo com ele e pedido um salgado para viagem, que agora esfriava na mochila em suas costas. Não podia estar ficando louco... Mais louco. A ansiedade chegava a níveis difíceis de controlar. A perna direita tremia. Sentia-se tão tenso que achava estar a ponto de se partir em dois. Nunca tinha ficado daquele jeito dentro da casa de estranhos. Atravessou a cozinha devagar, indo para a divisória da sala e esticando o pescoço.

Vazia.

Tentou relaxar, mas não conseguiu.

O que está acontecendo comigo?

2min49s... 2min48s...

O som de um secador de cabelo sendo ligado no quarto foi o incentivo que faltava. Buscou abrigo na lateral da geladeira e tornou a abrir a mochila, pegando de dentro dela a garrafa de detergente com clorofórmio e o pano de prato bordado que havia comprado de um vendedor ambulante.

Então esperou.

1 segundo... Bipe... Bipe...

E esperou.

Sentindo o aroma de creme capilar misturado ao cheiro de pizza quando o secador no quarto foi desligado, a figura sentiu o sangue pulsar com tanta força na lateral da cabeça que a visão embaçou. *Respire.* Não podia se dar ao luxo de errar. Tinha que se ater aos detalhes. A todos eles. E precisava dizer a frase. A frase era essencial. Depois do que pareceram horas, escutou os passos da mulher voltando para a cozinha e ajustando mais trinta segundos no micro-ondas. De trás da geladeira, a figura se preparou. Era chegada a hora de recuperar o fragmento de vida que perdera, com mais nada entre eles, nada para impedir. Embebeu o pano no clorofórmio e não hesitou.

* * *

Abigail viu um braço se mover em sua direção e tentou se afastar, mas não houve tempo. O copo de leite foi ao chão quando alguém a agarrou pelas costas, encaixando o queixo em seu ombro e esbarrando na mesa enquanto pressionava um pano com cheiro químico no seu nariz. Tentando se libertar, ela chutou e esperneou, tirando os pés do chão para empurrar o móvel do micro-ondas com toda a força das pernas. Não havia sobrado muita. A barriga grande atrapalhava os movimentos, e havia mais de dois meses, desde a metade do sexto mês, que ela tinha parado de frequentar as aulas de pilates por ordem médica. Caiu de costas no chão, em cima da outra pessoa, e o que estava difícil de fazer em pé tornou-se impossível de fazer caída. Tentou não respirar, precisava proteger o bebê, mas o instinto de sobrevivência dos pulmões sem ar a fizeram tragar oxigênio de maneira involuntária. Ao fazer isso, sua mente anuviou e, em seguida, tudo escureceu.

— Durma bem, doce menina.

Quando voltou a abrir os olhos, de algum jeito Abigail sabia que não tinha ficado desacordada muito tempo. Sua cabeça doía, os músculos não obedeciam e o produto químico havia deixado um gosto estranho no fundo da garganta. Estava na sala agora, o volume da TV mais alto do que antes e a cortina fechada. Ao seu lado, uma repugnante figura de macacão escuro e capuz mexia em uma mochila. Em meio à confusão e ao medo, tudo que Abigail queria era se arrastar para longe dela, mas nada podia fazer senão observar, aprisionada na masmorra de seu corpo paralisado. Piscou para clarear a visão, contemplando o forro recém-pintado, os anjinhos de cerâmica enfeitando o armário e os porta-retratos dela e do marido felizes pendurados em formato de cachoeira na parede. Tudo estava tão desfocado. Tentou chamar por socorro, mas só saíram balbucios.

— Tenha calma, Abby — disse a figura com voz distorcida, encarando-a lá do alto com olhar zombeteiro. — Nós já vamos para casa.

Uma lágrima acumulou, formando um laguinho salgado no canto do olho de Abigail, porque ela sabia que aquele era só o começo do pesadelo. E ela chorou. Chorou porque já a tinham estuprado antes, havia três anos, quando um homem a arrastara para uma garagem abandonada em Pittsburgh e fizera coisas horrendas com ela. Se fechasse os olhos, podia sentir o cheiro azedo das roupas dele, ver o cabelo castanho colado na testa suada. Seu corpo ainda carregava marcas dos cortes profundos que tinha sofrido, do rosto ferido e terrivelmente inchado, e das agressões que a deixaram dias na terapia intensiva. Uma memória agonizante, que nem o tempo foi capaz de apagar. Esse tinha sido o motivo para ela e o marido terem abandonado a Pensilvânia e procurado refúgio no distante Alasca: recomeçar.

E tudo estava indo tão bem... A padaria sobrando dinheiro, a casinha dos sonhos, a bebê.

O desespero entranhou-se em sua alma quando a figura juntou seus pulsos e os prendeu com fita adesiva. Os olhos suplicaram para que ela não a levasse. Abigail até tentou virar o rosto no momento seguinte, mas outro pedaço de fita foi colado em sua boca, fazendo com que ficasse difícil respirar. Então a figura se afastou e conferiu o movimento da estrada escura na frente da casa pela fresta da cortina. Depois girou nos calcanhares e rumou para a cozinha, destrancando a porta da lavanderia nos fundos.

— Vou te levantar agora. — A figura agarrou-a pela camisola e passou o braço dela em volta do pescoço.

Abigail foi levantada e o mundo inteiro girou. Arrastando os pés no piso amadeirado, desceram a escada de dois degraus dos fundos e acessaram o gramado, iluminado por um retângulo de luz, passando pelos sacos de adubo que ela usaria para cultivar um jardim quando a bebê nascesse, afastando-se na direção das árvores e deixando para trás a casinha... A casinha que era sua fortaleza.

34
Anchorage, Alasca
1º de novembro de 2004

Se a vida fosse um filme, Gustavo teria sido baleado, ficado inconsciente e acordado em um hospital, com pessoas vestidas de branco ao redor dele. Não era. Desejando abafar os sons, ele segurou a cabeça e a apertou com toda a força. O barulho o estava enlouquecendo. A área fervilhava de sentimentos contraditórios. Nas escadas do prédio, policiais e peritos iam e vinham, subindo e descendo sem pausas. Pelas janelas, as luzes azuis e vermelhas das viaturas na rua pareciam enfeites de Natal fora de época. E no corredor, a porta do apartamento 23 era a única que continuava aberta.

— Você me disse para sair do corredor, policial. E eu não estou mais no corredor, estou? — ralhou uma mulher baixinha com silhueta de rolha, escorada no batente com os braços cruzados. — O que acontece daqui para dentro... — Ela desenhou uma linha invisível no chão com o pé. — Não é problema seu.

Tony Tremper cresceu para cima dela.

— Senhora, entra e fecha a porcaria da porta antes que eu te jogue pra dentro e feche ela pra você — ele esbravejou.

A mulher descruzou os braços e obedeceu.

Ouvindo a encrenca, Gustavo observou o cadáver de Tiger sendo colocado num saco preto por um agente muito jovem que trabalhava com a perícia — sabia que estava ficando mais velho quando via que os agentes estavam ficando mais novos. Tiger tinha sido baleado um centímetro acima da sobrancelha esquerda, abrindo um buraco de onde havia escorrido o sangue que agora encharcava o tapete.

— Bela pontaria, Prado. Devagar a gente limpa toda a cidade. — Tony parou ao lado de Gustavo. Era muita arrogância. — Me fez lembrar do ladrão de joias que você acertou em Palmer em 1986.

Gustavo respirou fundo, sem energia para aquele tipo de conversa. Muitas vezes desejava ter mais manejo social, igual à maioria das pessoas. Mas não tinha, nunca tivera. Em vez de responder, não tirou os olhos do buraco com a espessura de um dedo, por onde a bala de seu revólver havia entrado para acabar com a vida de Tiger.

— Por que está aqui, Tony? — Ele se virou assim que os paramédicos chegaram com uma maca. — Procedimento-padrão? O Edgar te mandou vir buscar minha arma e meu distintivo?

Tony balançou a cabeça.

— Nós temos nossos problemas, mas não sou desse tipo. — Ele alongou a resposta. — Ter que conversar com um psicólogo depois de matar alguém é besteira. Ainda mais se o alguém for um merda igual a esse. — Cutucou o saco preto com o bico do sapato, os olhos firmes, as sobrancelhas profundamente contraídas em um V que combinava muito com ele. — Descobriram por que o desgraçado abriu fogo?

Era o velho jogo da hipocrisia dando as caras outra vez.

Gustavo queria dizer várias coisas, mas não se dignou a responder. A verdade pura e simples era que não precisava e não queria. Desde que havia encontrado Marjorie Willians dentro da caixa, ele despertava todas as manhãs com a terrível sensação de que tudo que fazia era errado. Deixou Tony falando sozinho, então desceu as escadas e foi para a frente do prédio, onde meia dúzia de viaturas estava estacionada, todas apontadas em diferentes direções, como dardos atirados por um bêbado. Olhou para o céu azul-escuro, o tipo de céu que precede uma noite fria. Por alguns segundos, ficou hipnotizado pelo show de luzes que refletia nele, a cabeça virada para trás, a tensão se dissipando. Então, abruptamente, embarcou na viatura perto da caçamba de lixo e ligou o rádio, dirigindo pelo bairro de mercearias acanhadas e açougues onde as carnes ainda eram expostas nas vitrines, ouvindo o radialista entrevistar dois músicos locais que debatiam com ferocidade qual banda era melhor: Green Day ou Nickelback.

Dez minutos mais tarde, livre do trânsito caótico de Anchorage, avistou a fachada envidraçada do Hospital Regional do Alasca, cujo fundo do terreno agora dava para uma gigantesca fileira de prédios. Passou pela guarita de segurança e acessou o estacionamento subterrâneo, mostrando o distintivo para um oficial que controlava o fluxo com um detector de metais. O oficial fez sinal para que avançasse, com um aceno de cabeça. Na recepção, o cheiro de desinfetante que pairava no ar o fez remoer o quanto odiava aquele lugar.

Por Deus, como odiava aquele lugar.

Poppy estava no quarto 302, deitada em uma cama com grades laterais ajustáveis; uma pequena porção do cabelo estava raspada, onde um curativo protegia a sutura que tinha sido feita no couro cabeludo. Uma cortina verde pendia do trilho no teto, formando algo como uma tenda ao redor dela.

— Chefe? — Poppy ficou surpresa ao vê-lo.

Gustavo se aproximou, aliviado ao encontrá-la bem, o distintivo pesando no bolso, lembrando-o de suas responsabilidades. Sentia-se, em parte, responsável pelo tiroteio, culpado por seu sensor de perigo não ter sido ativado cinco segundos antes.

— Como está se sentindo? — ele perguntou.

— Ótima. Minha primeira cicatriz de tiro. Vou fazer sucesso agora — ela brincou, encostando com cuidado onde a bala tinha acertado de raspão. Todas as manhãs, ao se olhar no espelho, Poppy veria aquele risco tênue deixado pelo projétil e se lembraria de Tiger. — Só preciso que me ajude a convencer o médico a me liberar. Estou aqui há duas horas e querem que eu fique mais tempo em observação por causa de um arranhão.

Sentada no sofá do lado, Holly esfregou o rosto.

— Amor, você vai ficar aqui. Assunto encerrado. Eu volto para Riacho do Alce e passo a noite com a sua mãe, se esse for o problema. Ela está bem, vai ficar bem, mas você vai ficar aqui até que o médico diga o contrário. — Holly fez um gesto para uma cadeira próxima, convidando Gustavo a se sentar.

Gustavo arrastou a cadeira até a beira da cama e se sentou.

— Eu gostaria de ficar do seu lado nesta história, parceira — esclareceu ele. — Mas não sei se o meu voto conta.

Poppy engoliu em seco, angustiada, apertando os olhos como se todo seu rosto fosse ruir para dentro de si mesmo.

— Obrigada por salvar minha vida, chefe — agradeceu ela. — Se você não tivesse me jogado no chão, talvez eu não estivesse aqui.

Gustavo vasculhou a mente em busca de alguma palavra de conforto, mas não achou nada que prestasse.

— Ninguém abandona ninguém, lembra?

No corredor, passos apressados ecoaram, e uma enfermeira de touca e uniforme espiou dentro do quarto. Ela esticou os cantos da boca, formando uma expressão que, de longe, parecia um sorriso, e tomou nota em uma prancheta antes de seguir caminho

— Descobriram algo no apartamento? — Poppy apoiou os cotovelos no colchão e sentou escorada na cabeceira.

— Ainda não, mas falei por telefone com a mulher que a senhora Castillo disse que trabalha no bar. Ela não sabia que a Gabriela estava desaparecida e não notou nada de estranho nos últimos dias. Não creio que o Tiger seja o responsável pelo que aconteceu na cabana. Ele não deve ter prestado queixa do desaparecimento porque a vida ficou mais cômoda sem a Gabriela por perto. Esse é o meu palpite.

— O meu também — Poppy concordou. — Como está a senhora Castillo?

Pela janela, uma neblina densa se deitava sobre a cidade.

— Deslocou o ombro na queda. Talvez um braço quebrado. Precisou de atendimento, mas não foi nada grave. As crianças vão ficar com uma vizinha da igreja esta noite. Não se preocupe com elas. — O estômago de Gustavo roncou. Estava desde o meio-dia sem comer. Ergueu o olhar para Poppy. A não ser que os médicos pudessem diagnosticar algo que ameaçasse a vida dela, eles não poderiam mantê-la no hospital contra vontade. — Está com fome, parceira?

— Faminta.

Gustavo checou a hora.

— Então troque de roupa e vamos dar o fora daqui — disse ele. — Já passou da hora de eu te apresentar ao melhor hambúrguer com fritas de Anchorage.

35
Anchorage, Alasca
2 de novembro de 2004

O humor de Gustavo não era dos melhores.

Ele deu dois tapas em cada lado do rosto e bocejou, uma tentativa inútil de se vacinar contra o sono. Tinha dormido umas três horas e acordado de madrugada com o celular tocando, somado a uma puta dor de cabeça. Quando atendeu, foi informado que uma mulher grávida chamada Abigail Chamberlain tinha desaparecido de casa em Riacho do Alce durante a noite e que outra equipe havia sido designada para atender ao chamado.

Agora era oficial.

O pesadelo estava de volta.

E uma noite inteira de sono parecia uma lembrança tão distante quanto as suas promessas de férias de verão em família no Brasil.

Quando a luz verde do semáforo se derramou na viatura, ele virou o volante para desviar de um homem que atravessava a faixa de pedestres e acelerou pela rua de mão dupla, querendo chegar logo à loja de conveniência para checar as gravações das câmeras de segurança. Ao seu lado, Poppy vestia um gorro que escondia a porção de cabelo raspado, e folheava o relatório inicial que a perícia havia redigido sobre a morte de Tiger.

— O cara escondia droga no quarto das crianças — revelou ela, incrédula, mostrando a fotografia de um pacote de cocaína anexada. — Encontraram isso dentro de uma boneca.

— Quanto pesou?

— Quase meio quilo.

— Filho da mãe. — Gustavo deu seta para entrar à esquerda. — Deve ter pensado que estávamos no apartamento por causa dele.

— Deve — Poppy concordou. — Atirou cinco vezes antes de ser baleado. Errou todas.

— Estava chapado. Tivemos sorte.

O vento noroeste deu um rasante, assobiando por meio dos becos por entre os prédios quando eles desembarcaram. A área comercial no centro de Anchorage era refinada se comparada aos bairros periféricos. As ruas eram limpas, os prédios, bem pintados, e os comércios mostravam vitalidade e brilho. Nas calçadas, as pessoas na correria matinal se arrastavam apressadas. E um gato de pelagem escura lambia os testículos e olhava para Gustavo e Poppy, dando as boas-vindas na frente da porta da loja.

A loja era pequena, do tipo que vendia de tudo um pouco, e a branquitude interna fazia um contraste violento com as paredes de mármore escuro do exterior. Com caixas de papelão empilhadas atrás do balcão, Gustavo observou que a gôndola dos celulares descartáveis ficava nos fundos, distante da falta de segurança da porta. Havia uns vinte celulares, todos da mesma marca, embalados em plástico duro e pendurados em ganchos de metal. Mais atrás, debruçado sobre um notebook com adesivo da NBA, um indiano de turbante e uniforme roxo, que usava óculos grossos de armação escura, acenou quando eles entraram.

— O senhor é o gerente? — Gustavo perguntou.

— Funcionário, senhor. São da polícia?

Gustavo mostrou a credencial.

Como se estivesse esperando a visita, o indiano fechou o notebook, abriu uma gaveta, tirou de lá um documento impresso e colocou no balcão, virando-o para que não precisassem lê-lo de ponta-cabeça.

— O que é isso?

— Não sei. Mas fiquem à vontade para ler. Meu chefe pediu que assinassem antes de liberar as gravações. Acredito que a ordem veio da empresa de segurança.

Gustavo correu os olhos pelo papel e, sem se importar com o conteúdo, pegou uma caneta e fez uma rubrica. O indiano então guardou a folha e vasculhou a gaveta, pegando uma caixinha com DVD.

— Aqui. As imagens que pediram — disse ele, entregando-a.

— Tá brincando? — Gustavo ergueu o olhar, pensando em toda a viagem que tinham feito para buscar um DVD.

O indiano enrugou a testa sem entender, esforçando-se para manter a calma, como se aquilo pudesse compensar o fato de ele não ter ideia do que responder. Acompanhando um ônibus do serviço de transporte público que parou na rua, Gustavo respirou, sentindo-se um pouco culpado. Mas só um pouco. Sabia que de nada adiantaria descontar sua noite maldormida no pobre coitado. No fim das contas, era só mais um, igual a tantos outros, que tinha deixado o país de origem e se mudado para a América em busca de um conto de fadas e, ao chegar, descoberto que nada ali era mágico, que eram raros os que se tornavam reis, e que o príncipe encantado quase sempre acabava uniformizado, trabalhando doze horas por dia em um emprego pouco salubre.

— Sabe me dizer se venderam muitos celulares descartáveis nos últimos dias? — Gustavo escorou-se no balcão, mascarando a raiva.

A tensão do indiano murchou nos ombros.

— Como sempre, senhor. Um por dia, às vezes mais, mas não todos os dias. Depende. Não é um produto que tem muita saída.

— O sistema de vendas mantém registradas essas saídas?

O indiano fez que sim.

— Imprime pra gente um relatório de todos os que foram vendidos nos últimos trinta dias. É possível?

— Claro. — O indiano voltou a abrir o notebook. — Mas não registramos o nome dos compradores. Tem problema?

— Só preciso de datas e horários.

— Isso temos. Dias atrás eu comentei com meu chefe que nosso sistema de vendas está defasado, que um cadastro de clientes aumentaria a conversão de vendas, mas ele só me disse que ia ver com a gerência. Não se importam com a opinião de ninguém e reclamam quando não batemos a meta. Aí fica difícil. — Encarando a tela, o indiano deu alguns cliques, e a impressora no canto do balcão puxou uma folha por um lado e a cuspiu pelo outro.

Não eram muitas as vendas listadas, embora a falta dos nomes deixasse claro que passariam um tempo naquilo. Gustavo passou o dedo indicador nas datas, linha por linha, vendo se alguma delas chamava a atenção. Havia duas vendas no dia 23, às onze da manhã e às três da tarde, que o fizeram se lembrar que Lena havia dito que o celular fora ativado cinco dias antes do crime, embora isso não significasse nada, pois poderia ter sido comprado antes e ativado depois. *Não importa.* Vinte e três. Era ali que começariam.

O indiano abriu um sorriso gengival e sem graça quando uma sombra surgiu na porta da loja e um cliente ensaiou entrar, mas interrompeu o passo e deu meia-volta ao ver a movimentação. Uma luz acinzentada vinha de fora. Talvez não fosse má ideia levar tudo para a delegacia e terminar o serviço lá. *Não mesmo. De jeito nenhum.* Não perderia mais um minuto sequer.

— Tem leitor de DVD? — Gustavo apontou o notebook.

Outro sim.

Pedindo licença, foi para trás do balcão e inseriu o disco, virando o notebook para que Poppy conseguisse enxergar também. Encontrou o arquivo do dia desejado e clicou duas vezes, fazendo a imagem do interior da loja aparecer. Arrastou a linha do tempo para perto das onze horas da manhã e esperou.

Na tela, os segundos avançavam.

Às vezes leva tempo para que as pessoas percebam que as coisas não andam bem. Que algo não está no prumo. Como quando você pisa em merda de cachorro na rua e só depois que entra em casa, tentando descobrir de onde diabos vem o cheiro, é que percebe que você mesmo trouxe aquilo para sua vida. Que a culpa é toda sua.

Às onze horas, sete minutos e treze segundos do vídeo, um carro escuro para na vaga em frente à loja, e a pessoa que desembarca subitamente entra no campo de visão da câmera, movendo-se com pressa na direção da gôndola dos celulares. Enquanto a imagem corria, Gustavo inclinou-se para a frente, a garganta seca, os olhos vidrados. Seus músculos tensionaram e o coração acelerou.

Não podia acreditar no que estava vendo.

36
Riacho do Alce, Alasca

— Josh — Gustavo falou ao telefone. — Quem comprou a porra do celular descartável foi o Josh.

No outro lado da linha, Lena emudeceu.

Parado em um cruzamento movimentado, um caminhão de lixo que dobrava a esquina passou tão colado à porta da viatura que Gustavo chegou a se encolher no banco.

— Já estamos em Riacho do Alce. Acabei de sair do mercado. O Jimmy disse que o Josh não apareceu pra trabalhar de novo e que não atende o telefone — revelou ele. — Pedi pra Poppy ir até o trailer, mas ela acabou de me avisar que não achou ninguém lá.

— Tentou ligar para a Corinne? — Lena perguntou.

— Ela não me atende.

— Quer que eu tente?

— Não. Estou a caminho da casa da Vic. É lá que ela está ficando desde o incidente no Chacal.

— Me mantenha informada.

Quando Gustavo chegou à casa dos Evans, pouco depois das duas da tarde, Eric, o irmão de Vic, estava no quintal da frente junto de três amigos bebendo cerveja e olhando o motor de um Pontiac Sunbird branco, ano 1991, velho conhecido do departamento de trânsito por participar de rachas pela cidade. No instante em que a viatura parou na rua, os garotos esconderam as garrafas dentro do carro, como se fizesse diferença. Com aquela idade, Gustavo também já havia experimentado suas primeiras cervejas — não na mesma quantidade, provavelmente. Isso porque Eric

Evans tinha dezessete anos e um histórico de internações por excesso de álcool e drogas, além de ter passado um mês internado em uma clínica psiquiátrica infantil por tentar afogar a irmã em uma piscina quando criança, mas isso também não fazia diferença. Gustavo desembarcou, aproximando-se pela trilha no gramado, imaginando que falar sobre a lata-velha ajudaria a quebrar o gelo.

— Problemas no motor? — Ele parou perto do grupo. — Anos atrás, meu pai tinha um desse. Era um Sunbird Sport Coupe 1980. Conhecem? Um belo carro.

Eric escorou-se no Pontiac. O cabelo curto era descolorido até um branco puro, e ele vestia um moletom de beisebol customizado, com luvas de mecânico, e segurava uma chave inglesa numa das mãos. *O retrato fiel do pai*, pensou Gustavo, lembrando-se do velho Evans, um serralheiro que se tornou mecânico depois de perder dois dedos num acidente com a serra.

— Gostou? Está à venda. — Eric deu um tapa na lataria, alçando um olhar de ódio intenso pelo mundo e por todos que viviam nele. — A lataria está boa, motor funcionando e pneus quase novos. Ontem de noite a Corinne me disse que queria ter uma máquina assim... enquanto eu dava um trato nela. Na Corinne, não no carro. Sabe se ela vai dormir aqui em casa hoje de novo? — A voz dele era provocadora.

Os amigos riram ao redor.

Gustavo sorriu e olhou para o gramado, sentindo a leve queimação da raiva subindo do estômago. As folhas de grama, altas e murchas, pareciam a franja de Elvis Presley, penteadas na direção oposta de onde vinha o vento. Estava acostumado com o comportamento de Eric e não queria deixar que isso interferisse. Décadas como policial e ainda não tinha aprendido que conversas não funcionavam com rebeldes sem causa. *Eu comi a sua mãe, moleque.* Poderia muito bem ter contado que havia transado com a mãe dele anos atrás — e deixado os amigos fanfarrões fazerem piada —, mas decidiu não responder. Algo melhor lhe veio à mente. Deixando os adolescentes para trás, pegou o celular e foi na direção da casa, pouco mais do que um sobrado, com dois cômodos embaixo e três quartos em cima. Parou na frente da porta, embaixo de uma árvore com suporte de aço em formato de bengala que sustentava um bebedouro de pássaros, e, antes de tocar a campainha, ligou para o departamento de trânsito.

— Mika, é o Gustavo. Quero que mande agora uma viatura e um guincho para o endereço que vou te passar em seguida. Encontrei o Pontiac que estava fazendo rachas. Recolham para o pátio. — Desligou, enviou o endereço por mensagem de texto e tocou a campainha.

Kat Evans abriu a porta.

— Gustavo? — Ela pareceu surpresa.

— Oi, Kat. A Corinne está?

Kat olhou para dentro, involuntariamente. Vestia jeans desbotado e uma blusa branca. Mesmo sem o entusiasmo nos olhos azuis, ela ainda era bonita. Pele clara sem marcas e cabeleira ruiva volumosa, na qual começavam a aparecer os primeiros fios prateados. Haviam saído juntos doze anos antes, durante uma bebedeira pós-desfile de Independência, meses depois de ela ter deixado o marido. Ficaram até tarde num pub, e acabaram no antigo apartamento dela, mas nenhum dos dois estava procurando mais do que conseguiu, de modo que decidiram pôr a culpa no álcool e jamais tocar no assunto ou contar sobre a aventura para ninguém. Nos anos seguintes, Kat não estimulou qualquer nova aproximação, o que foi uma pena.

— Ela e a Vic saíram logo depois do almoço — Kat respondeu.

— Sabe aonde foram?

— Na Oli, eu acho. Aconteceu alguma coisa?

Gustavo fez que não, sentindo-se desconfortável por ter que pedir aquilo, mas não tinha outra opção.

— Kat, preciso de um favor. Preciso que ligue pra Corinne e me passe o telefone quando ela atender. Acho que esse vai ser o único jeito de eu conseguir falar com ela.

— Ela está puta contigo. Todas estão.

— Eu sei. Fiz merda. Mas não dá pra voltar no tempo — ponderou ele, olhando para o alto. O céu estava claro, mas o ar era pesado e úmido. — Obrigado por deixar ela ficar aqui. As coisas não andam bem desde que abri aquela merda de caixa no Chacal. Saber que ela está com vocês, segura, me deixa mais tranquilo.

— Vocês fariam o mesmo. Corinne e a Vic são... amigas.

Gustavo permitiu que sua mente esvaziasse, deixando a consciência vagar, esperando chegar a uma resposta satisfatória.

— É. Estou sabendo. Me quebra esse galho?

A respiração de Kat se tornou funda e prolongada enquanto ela esquadrinhava os jovens conversando ao redor do Pontiac. Então olhou para Gustavo com as duas sobrancelhas arqueadas, numa encantadora expressão pensativa que parecia ser ao mesmo tempo divertida, calorosa, irritada e preocupada.

Será que esperava que ele dissesse mais alguma coisa?

O silêncio não o estava deixando mais à vontade.

— Entra — disse ela por fim, recuando um passo e abrindo espaço na porta. — Vou assumir essa bronca e ligar para ela, pelos velhos tempos. Mas você fica me devendo uma.

Gustavo entrou na sala, onde não havia muito para ver. Um sofá vinílico estava escorado na parede, com um cinzeiro transbordando de um lado e uma cadeira estofada do outro, adicionando um lugar extra na frente da TV presa por um suporte na parede. Na cozinha, só conseguiu enxergar parte de uma mesa de fórmica com cadeiras em volta. Enquanto Kat procurava o contato de Corinne na agenda do celular, Gustavo ficou em pé no meio da sala, olhando para uma revista de palavras cruzadas sobre a mesa de café cheia de marcas de cigarro. Tinha quase certeza que Kat não era fumante, já que nunca a tinha visto com um cigarro. E de todas as vezes que encontrou Vic, não se lembrava de ter sentido cheiro de fumaça, de modo que só restava culpar Eric pelo estrago na mesinha.

Kat o encarou antes de fazer a ligação.

Gustavo pegou o celular, olhando para o nome de Corinne no visor como se aquilo fosse uma invenção de outro planeta. No segundo toque, ele percebeu que segurava o aparelho com tanta força que os dedos estavam pálidos. Pôs o celular no ouvido.

Outro toque...

— Alô. — Corinne atendeu.

Havia barulho de música alta ao fundo.

— Corinne, onde você está?

— Sério? Pediu pra Kat me ligar?

— Onde você está? — Gustavo repetiu. — Não tenho tempo para discutir agora. Só me diga onde está.

— Na Oli.

— O Josh está com vocês?

— Não. Por que quer saber?

— Sabe onde posso encontrá-lo?

— Sei lá, cara. Não sou sua informante.

— Corinne, é importante.

Corinne bufou e pediu para que alguém abaixasse a música.

— No cemitério. Ele leva flores e passa o dia todo no túmulo da mãe no Dia dos Mortos. Hoje é Dia dos Mortos. Se lembrou de visitá-la? — ela perguntou, despejando rancor na entonação. — Não, né? Se tivesse lembrado saberia onde o Josh está. — E desligou.

Gustavo devolveu o celular a Kat.

Eu lembro dela todos os dias, Corinne.

Todos.

Os.

Dias.

37

O cemitério de Riacho do Alce ficava a três minutos do centro, em um terreno esverdeado que cobria metade do quarteirão. Logo na entrada, a torre da capela lançava sombras sobre quem chegava e, à esquerda, frondosas árvores enfileiradas demarcavam as vagas de estacionamento. Escorado no tronco de um carvalho, Gustavo observava as pessoas caminhando entre as lápides, concluindo que era isso que acontecia quando se ficava velho: passava-se cada vez mais tempo nos cemitérios. Fechou os olhos um instante, remoendo algum resíduo de memória de quando Claire estava viva, esperando que o momento de paz se contrapusesse às energias que sempre o empurravam para o passado, e, quando a luz dentro das pálpebras perdeu força por causa de uma nuvem que passou na frente do sol, abriu-os e avançou pela trilha que cortava o cemitério ao meio. Passou por lápides lascadas, com inscrições apagadas pelo tempo. Nas mais antigas, raízes se sobressaíam ao concreto, deslocando-as e causando rachaduras. Era estranho, matutou, que pelo prazo de uma vida toda, as pessoas tentassem delimitar o seu lugar no mundo, deixando marcas pelas quais seriam lembradas. Mas, ao fim de tudo, mesmo aquilo tinha prazo de validade. Algumas marcas duravam mais, outras nem tanto. Mas todas estavam à mercê do tempo. E o tempo é implacável, varre tudo o que toca, extirpa o velho para abrir lugar ao novo. Nada pode com ele.

Josh estava sentado ao lado do túmulo de Claire quando Gustavo chegou. Ao redor dele, a grama, parte verde, parte amendoada, fortificava o tom de pesar, embora as flores plantadas meses antes estivessem florescidas, adornadas pelo vaso de azaleias que Javier e Lúcia Rivera enviavam todos os anos naquela data e pelas rosas árticas que Gustavo mesmo havia trazido bem cedo naquela manhã. Pegou o celular do bolso, enviou um "Estou com ele" por mensagem de texto para Lena e Poppy e também se sentou.

Por meio minuto, nenhum dos dois se moveu, então Josh apoiou as mãos na grama bem aparada para se levantar.

— Fica aí. — Gustavo o impediu. — Precisamos conversar.

Josh limpou os olhos com a manga do moletom, envolto na quietude fúnebre, só interrompida pelo zumbido dos insetos e por um homem que cantava um salmo em algum lugar distante.

— Descobriram? — Josh indagou.

Sem entender direito sobre o que Josh estava falando — ele não tinha como saber que o celular descartável era uma pista —, Gustavo fez um curioso sim com a cabeça.

— A Corinne sabe? — Josh emendou.

Sabe o quê?

— Ainda não. — Gustavo decidiu manter a postura.

— Bom. Eu mesmo quero contar.

Gustavo achou ter visto pena nos olhos dele.

Na distância, o cantor ergueu a voz com um fôlego fascinante, e finalizou o salmo entoando a última nota com um agudo vocal que teria deixado até Louis Armstrong admirado.

De repente a conversa tomou um rumo estranho:

— Lembra de quando picharam o túmulo dela? — Josh acariciou a lápide. — Lembra do que escreveram?

Gustavo lembrava, mas não fazia ideia de como Josh se lembrava daquilo. Na época tinha passado semanas procurando os responsáveis, sem sucesso. Era 24 de janeiro, poucos dias depois do enterro. A tinta que os vândalos tinham usado para fazer a pichação era tão forte que foi preciso repintar duas vezes. Se removessem as mãos de tinta sobrepostas ao longo dos anos, ainda encontrariam os resquícios avermelhados da frase "Vaca de Palha".

— Pessoas são cruéis. Julgam pelo que veem e ouvem, não pelo que conhecem de verdade. Vaca de Palha. Como se ela fosse culpada por algo. — Josh balançou a cabeça como um cachorro molhado se sacudindo e respirou fundo duas vezes. — Nós nunca conversamos sobre isso, mas saiba que ela... Ela batalhou por muito tempo. Tempo demais. Usou todas as forças que tinha antes de se entregar. Poucas pessoas aguentariam aquilo para proteger a família. Uma família que ninguém queria ter feito parte. — Ele fungou. — A Claire foi a mulher mais guerreira que conheci. E eu agradeço todos os dias por termos compartilhado daquele pesadelo. As coisas teriam sido piores sem ela por perto. Muito piores.

Gustavo olhou para o retângulo de concreto que recobria a terra onde estava Claire, sete palmos distante do ar que não podia mais respirar, do gramado que não podia mais ver nem sentir. Sentiu as lágrimas encherem seus olhos, e não soube o que fazer. Fechou o rosto para esconder a súbita tensão que lhe embrulhou o estômago.

— Não aja como se eu não pudesse usar o nome dela. — Josh respirou o ar úmido. — Ela foi a coisa mais próxima de uma mãe que eu já tive. E eu também a perdi. Você acha que a sua vida é difícil porque a perdeu? Eu tenho avós que não se importam se estou vivo ou morto. Tenho cinco irmãos, e as famílias de quatro deles não me deixam chegar perto porque acham que sou um monstro, igual ao homem que nos criou. Você teve uma vida. Tem a Corinne. Eu não tenho nada.

Gustavo sorriu. Não um sorriso de felicidade, mas porque percebeu pela milésima vez como a vida podia ser irônica e como a emoção criava a própria lógica.

— Eu tenho a Corinne? — indagou ele. — Não é a mim que ela procura quando está encrencada. Não é comigo que ela conversa sobre quase tudo. Ela é minha filha, Josh, e eu a amo, mas sinto que ela é mais sua do que minha. Estou há dez anos tentando fazer com que ela se importe comigo o tanto que se importa contigo, e não estou nem perto de conseguir — desabafou, imerso nas profundezas de suas falhas, subitamente arrependido por ter sido tão sincero. Sua visão ficou turva; ele percebeu, preocupado, que as lágrimas estavam a ponto de escorrer mais uma vez. — Acredite em mim. É você que tem a Corinne, não eu.

O desabafo repentino conduziu-os a um silêncio desorientador e cheio de possibilidades. Seria a imaginação de Gustavo pregando peças ou toda a tensão tinha se esvaído de seu corpo? *Shazam!* Como mágica, sentiu-se aliviado, quase flácido, e a sensação de bem-estar se manteve. Ficou um tempo olhando para Josh, remoendo a lembrança da primeira vez que o tinha visto depois do caso Homem de Palha.

Em 1995, durante vários meses, Gustavo manteve o costume de passar na frente das casas das famílias depois do expediente — uma necessidade de verificar se as coisas estavam bem. Não parava, só observava enquanto o carro deslizava pelo asfalto.

Em um desses dias, no bairro dos Rugger, encontrou o pequeno Josh abaixado ao lado de um filhote de cachorro dentro de uma caixa. Não parou de primeira, não queria que ele o reconhecesse, mas acabou dando ré. Juntos levaram o filhote ao veterinário da cidade, que constatou hipotermia e desnutrição severa nele, por ter passado dias abandonado na caixa. O veterinário sugeriu eutanásia — uma injeção que faria a dor parar —, mas Josh não concordou, dizendo que aquele filhote poderia ser o filho de Deus, pois sua avó havia contado que Jesus vivia entre os homens na presença da criatura mais humilde, talvez mesmo na pele de um vira-lata pestilento e morto de fome. Ficaram de mãos atadas. Curaram o cachorro e, tempos depois, Gustavo descobriu que Josh tinha dado a ele o nome de Fênix, a ave de fogo que ressurge das cinzas. Josh jamais se lembrou, talvez pela empolgação infantil, de quem foi o homem que parou para ajudá-lo a salvar o filhote naquele dia. E Gustavo nunca revelou que tinha sido ele.

— Você não está aqui para ver a Claire, não é? — Josh rompeu o silêncio. — Já fez isso hoje, mais cedo de manhã. Deixou as rosas. Elas são suas. Todos os anos há um vaso fresco de rosas árticas no dia 2. Sei que é você que as deixa. Faça logo o que veio fazer.

— Ainda não — Gustavo respondeu. — Antes, que tal me contar por que comprou um celular descartável dias antes da morte da Sônia?

Josh franziu o cenho, os olhos inquietos se movendo, na impressão de querer focalizar uma paisagem particular, como uma criança pega roubando frutas na propriedade do vizinho.

— Celular descartável?

Era hora de abrir o jogo.

— A última ligação que a Sônia recebeu foi feita por um celular descartável. Descobrimos que foi comprado numa loja de conveniência em Anchorage. Vimos você nas câmeras.

— Foi isso que descobriram?

— Tem algo mais?

Josh suspirou e se acomodou no gramado, como se estivesse se preparando para ficar ali mais um tempo.

— Foi a Marjorie que me pediu pra comprar.

— Marjorie Willians?

— É. Nós saímos juntos naquele final de semana. Eu não queria que a Oli e a Corinne descobrissem, então a levei para fora da cidade. Passamos a noite num hotel em Anchorage — contou ele em voz baixa, observando as pessoas paradas nos túmulos. — De manhã, antes de voltar, eu comentei que talvez não devêssemos mais nos ver, então ela pediu pra parar numa loja e me deu dinheiro, dizendo que precisava de um celular barato, pra fazer só uma ligação.

— Te disse por quê?

— Não lembro direito. Acho que tinha esquecido o dela em casa e precisava falar com a mãe.

— Não achou estranho?

— Sei lá. Ricos são estranhos. — Josh emitiu um som com a garganta, o equivalente a um dar de ombros. — Quando precisam de algo, vão lá e compram. Eu só entrei na loja, comprei e fomos embora.

Gustavo coçou a cabeça.

Aquilo sim era novo. E inesperado.

— Vocês se encontraram de novo depois disso?

— No outra dia ela me procurou, mas eu sabia que se saíssemos juntos aquilo iria se prolongar. E eu não queria magoar ninguém. Foi quando terminei tudo de uma vez.

— Como ela reagiu?

— Do jeito que eu esperava. Gritou, fez um escândalo. Quebrou a janela do trailer quando saiu. Ela era assim, mudava da água para o vinho muito rápido, mas eu me sentia atraído por ela.

Gustavo assentiu, o semblante perplexo, lembrando-se da janela tapada com fita adesiva quando visitaram o trailer dias antes. Pensou se deveria revelar que Marjorie havia deixado o Tupilak na porta do trailer, mas decidiu que não. Ou Josh era um exímio mentiroso, meticuloso nos detalhes, ou não estava mentindo.

— Na sexta passada ela me ligou de novo dizendo que precisava me ver, que tinha algo importante pra me contar. Eu tentei dispensá-la, e achei que tinha conseguido. Naquele dia eu saí mais cedo do mercado, as vendas tinham sido péssimas e o Jimmy disse que a culpa era minha. Então eu dei o fora, puto com ele, puto com o mundo. Quando cheguei no trailer, comecei a beber. A Marjorie apareceu lá um tempo depois, quando a aula terminou. No fim, a gente acabou ficando junto. E isso deve ter caído nos ouvidos da Oli.

— Você e a Oli brigaram?

— Não nos falamos desde sábado à tarde. Lá no Chacal ela nem me olhava, virava o rosto. Só pode ter sido isso. Porra, como eu sou trouxa! — Josh balançou a cabeça efusivamente, querendo se livrar de algo incômodo dentro dela. — É difícil admitir sabendo o tipo de pessoa que a Marjorie era, o que fazia com a Corinne, mas ela sabia como me provocar e às vezes eu não resistia.

— Entendo. — Gustavo assentiu, mostrando que compreendia a situação. — Ela te disse qual era o assunto importante?

— Não. Acho que era só desculpa pra me ver.

— Hum — Gustavo resmungou. — É provável que ela tenha desaparecido na madrugada de sábado. Sabe o que isso significa?

— Que eu posso ter sido a última pessoa que a viu?

— E que agora você é o principal suspeito.

A expressão de Josh endureceu.

— Sei o que parece, mas eu não teria contado isso se fosse culpado — ele argumentou. — E eu a trouxe de volta para a cidade naquela noite mesmo. Queria deixá-la no portão da casa dela, mas ela achou melhor desembarcar antes pra que ninguém da família nos visse juntos. Eles não gostam de mim. E eu também não queria que me vissem com ela. Pareceu boa ideia.

— Você se lembra de onde a deixou e que horas?

— Uma quadra antes. Era quase meia-noite.

Gustavo pegou o bloco de notas do bolso, ouvindo os passos de pessoas na trilha. Era melhor começar a anotar antes que esquecesse metade das informações. É estranho quanto se pode esquecer em poucas horas.

— Tinha mais alguém na rua quando a deixou? — perguntou Gustavo.

— Acho que não. Eu teria notado. É um bairro seguro. Não havia razão para achar que algo ia acontecer.

A três sepulturas de distância, uma mulher de preto parou segurando um buquê e colocou as flores na lápide com cuidado, dando um toque de cor ao mármore ocre.

— Nesses encontros, a Marjorie nunca falou nada sobre a Sônia? — Gustavo retomou, observando Josh sacudir a cabeça como se quisesse afirmar a impossibilidade de se lembrar de qualquer coisa relevante. — Deve haver um motivo para ela ter ligado para a Sônia com aquele telefone descartável, não acha?

— Não sei — Josh respondeu. — Nem sei se elas se conheciam.

Enquanto Gustavo examinava os neurônios em busca de mais perguntas, seu celular vibrou no bolso, um zumbido discreto que se misturou ao murmúrio dos insetos.

Levantou e afastou-se para atender.

— Alô.

— Gustavo, temos o resultado do sêmen encontrado na Marjorie. — Lena soava afoita, ofegante, como se estivesse subindo escadas. — É dele. É do Josh. O Edgar pediu um mandado de prisão preventiva que acabou de ser expedido. Você ainda está no cemitério? Uma viatura deve chegar aí em poucos minutos.

Gustavo sempre teve o hábito de questionar discrepâncias, mas ultimamente vinha notando algo diferente. Sua velha tendência de duvidar das coisas agora tendia à enganação, ludibriada por um sentimento que o deixava isolado, resistente a qualquer ideia que não fosse a dele mesmo. Pensou sobre aquele sentimento no resto do tempo em que ficou calado com o celular na orelha, olhando para Josh sentado, encolhido ao lado do túmulo daquela mulher que foi e nunca foi a mãe dele, e a conclusão a que chegou foi a mais embaraçosa possível: estava com medo. Medo de tomar a decisão errada.

Desligou sem responder e voltou ao túmulo.

— Josh, escuta com atenção. — Gustavo levantou-o pelo braço. — Acharam seu sêmen no corpo da Marjorie e um mandado de prisão foi emitido. Em alguns minutos policiais vão entrar por aquele portão para te prender. — Indicou a saída, vendo o medo estampado nos olhos de Josh. — Saia da cidade. Vá pra algum lugar. Se te prenderem agora, é possível que você fique preso muito tempo antes que consigamos provar o contrário.

Josh esfregou os olhos com as mãos trêmulas.

Quando falou, sua voz pareceu vir de um lugar diferente, um lugar menos resguardado dentro dele.

— Eu não tenho pra onde ir, Gustavo.

Pegando um molho de chaves do bolso, Gustavo sentiu o mesmo turbilhão de emoções de antes quando tirou uma chave da argola de alumínio e entregou para Josh.

— Vai lá pra casa — disse. — Não saia até eu chegar e não fale com ninguém. Nem com a Corinne.

— Tem certeza?

— Vai! Agora!

Assim que Josh sumiu na trilha, Gustavo respirou fundo, lamentando a decisão, mas era tarde demais. Relaxou pouco a pouco, sentindo-se tonto, com o vazio no estômago que se seguia a emoções muito intensas. Colocou a mão na lápide, esperando que Claire enviasse um sinal, por menor que fosse, de que ele havia feito a escolha certa. Procurou borboletas ou pássaros agindo estranho, mas não viu nada. Então começou a andar em direção à saída, sentindo-se mais leve do que quando tinha entrado.

Talvez fosse o sinal que estava procurando.

Parte três

38
Riacho do Alce, Alasca
2 de novembro de 2004

Gustavo passou o resto da tarde investigando a história de Josh. Todas as informações que pôde reunir estavam no porta-luvas, num CD que mostraria para Lena e Edgar na manhã seguinte. Depois de acomodá-lo no quarto de hóspedes, dirigiu para a sede campestre do Rotary no interior da cidade, sem vontade nenhuma, para participar da vigília em memória de Sônia e Marjorie. Além de alguns retardatários e de aves noturnas atordoadas pelos faróis, a estrada estava vazia. No trajeto de dois quilômetros até o clube, a temperatura baixou uns cinco graus, numa espécie de bruxaria maligna que escoltava seu estado mental.

A celebração tinha sido marcada para começar às sete da noite e, por volta das 7h40, quase todos os lugares no estacionamento, com placa avisando que as vagas eram reservadas a membros, estavam ocupados. Passando pelo cume da colina, o pé direito de Gustavo pisou automaticamente no freio no momento em que ele viu a luz da guarita de acesso, cercada por uma natureza exuberante, e encontrou Jerry trabalhando como vigia, o antigo porteiro do prédio no centro onde ele tinha morado. Apertou o botão para abrir a janela do carro, sentindo o ar fresco da noite, e olhou para Jerry.

Jerry estava estranho. O bigode fazia falta.

— Gustavo, meu amigo, está uma confusão aqui hoje, mas acho que tem uma vaga lá na ponta se conseguir manobrar em pouco espaço. — Ele indicou e deu uma conferida na estrada. Depois de confirmar que não estavam interrompendo a passagem, emendou: — Como está a família? Vi a Corinne na rua esses dias. Como ela cresceu. Com que idade está?

— Dezessete. Logo vai para a faculdade. — Gustavo mirou o retrovisor. Na última vez que tinham conversado, a primeira em tanto tempo que ele nem se lembrava mais, Jerry havia dito que estava fazendo serviços noturnos como vigia porque a loja de roupas que ele e a esposa tinham aberto não estava indo bem como no começo, que os problemas prejudicavam seu casamento e que eles só não tinham se separado por causa das crianças. Gustavo chegou a cogitar, mas decidiu não perguntar sobre o desfecho.
— Vem cá, por que tirou o bigode? Nem parece mais você com esse rosto liso. Se eu não te conhecesse, diria que tem dez anos a menos do que antes.
— Coisa da minha mulher. Elas é que mandam, lembra?
Lembro.
Um brilho de faróis surgiu atrás deles.
Gustavo engatou a marcha.
— Se cuida, Gustavo. — Jerry fez sinal para que ele avançasse. — E diz pro picareta do seu pai que ainda estou esperando aquela pescaria no golfo que ele nos prometeu.
— Direi.
Gustavo estacionou num espaço apertado, com os pneus dianteiros quase dentro de uma valeta que fora cavada para escoar até um lago a água que escorria pela encosta do morro. Sem apego àquele círculo social, onde as principais fontes de diálogo eram investimentos financeiros, próteses de silicone e a beleza que tinha ficado a nova piscina de alguém, ele ia a menos da metade dos eventos para que era convidado apenas porque ser excluído do meio em que circulavam as pessoas mais importantes de Riacho do Alce seria pior do que falar sobre peitos e política monetária internacional.

Escorou-se no capô do carro e observou a movimentação, vendo homens de terno na beira do lago coberto de névoa que separava o campo de golfe da área de recreação infantil, enquanto a maioria das pessoas se aglomerava no interior do pavilhão, à mercê do frio que entrava pelos janelões abertos. De onde estava, Gustavo reconheceu diversos rostos na multidão. Desde colegas de escola de Marjorie até pacientes de Sônia, com os quais ele havia cruzado na sala de espera do consultório algumas vezes. Atrás de um palco enfeitado com coroas de flores, onde logo o cerimonialista proferiria palavras inúteis de conforto aos familiares e amigos, duas fotografias grandes de Sônia e Marjorie dividiam espaço com uma porção igualmente grande de velas. Perto delas, se esforçando para parecer bem, a senhora Florence Willians estava sentada na primeira fila, sem o marido, enquanto Oscar Ortega estava em pé a alguns metros dela, segurando a filha pela mão.

Depois que o microfone e as caixas de som foram testados pelo cerimonialista, todos os que estavam nos arredores entraram, menos Gustavo, que achou melhor ficar onde estava, prestando suas homenagens sozinho e evitando qualquer tipo de confusão. Era uma noite escura, e de algum lugar distante vinha o barulho de uma motosserra.

Às sete e vinte da noite, quando uma apresentação de slides com fotos e vídeos de Marjorie começou a ser projetada ao som de "Complicated", da Avril Lavigne, uma movimentação incomum chamou a atenção de Gustavo para a porta dos fundos, pela qual o advogado dos Willians saiu acompanhado de um homem corpulento de chapéu, ambos caminhando apressados para o meio das árvores, onde o brilho das lâmpadas mal alcançava. Em meio à neblina acinzentada, o advogado gesticulava, ao passo que o outro fazia movimentos de concordância com a cabeça. Meio minuto depois, Clarence também apareceu vestindo um casaco escuro que ia até os joelhos. A julgar pela curvatura dos ombros, os últimos dias o haviam exaurido física e emocionalmente. Acendendo um cigarro, Clarence esquadrinhou os arredores, conferindo se estava sozinho, e seguiu na direção dos outros dois.

Gustavo sentiu uma lenta onda de inquietação.

Em qualquer investigação criminal sempre havia um espectro de informações que poderiam ou não estar conectadas. Em um dos lados desse espectro ficavam os dados irrelevantes que nenhum policial sensato perderia tempo investigando, e, no outro, os fatos cruciais para a resolução do crime. No meio disso, na área indefinida do que valia e do que não valia a pena investigar, havia momentos como aquele.

Aproveitando a pouca iluminação e com a mente tomada por questões inquietantes que começavam quase todas com "E se...", Gustavo zigueza-gueou por entre os carros estacionados e foi obrigado a parar no meio do caminho para dar informações a um casal de idosos que chegava atrasado à cerimônia.

— Pode nos dizer onde fica a entrada, meu jovem? — indagou a senhora, toda atrapalhada. — Acho que estamos no lugar errado.

— Pelo outro lado, senhora. Na porta grande.

— Ah, claro. Obrigada.

Quando os idosos sumiram atrás da parede, Gustavo avançou e se escondeu na lateral de uma caminhonete, ouvindo a discussão fervorosa que vinha de um ponto a quinze metros dentro da mata, mas sem entender o que diziam.

Precisava chegar mais perto, mas não queria que o vissem.

Enquanto deslizava para um ponto mais próximo, ouviu os ânimos se exaltarem e viu Clarence prensar o homem de chapéu contra uma árvore, apontando o dedo para o rosto dele antes de jogar o cigarro no chão e retornar ao pavilhão. Abandonando a cobertura, Gustavo avançou mais um pouco, pisando macio e desviando dos galhos caídos até encontrar abrigo atrás de um tronco.

Aguçou os ouvidos.

O barulho da motosserra atrapalhava, mas não a ponto de impedir que ouvisse as últimas palavras da discussão antes que o advogado também desse meia-volta e fosse atrás de Clarence.

— Está brincando com fogo, senhor — disse o advogado. — Fique longe dessa família, ou vai terminar como a sua amantezinha.

Encolhido atrás do tronco, Gustavo esticou o pescoço para espiar, piscando confuso antes de conseguir focar a vista e sentindo o coração acelerar. Uma. Duas. Três batidas.

O homem de chapéu era Joziah James.

Décimo sétimo encontro

Dirijo rápido. Não tão rápido a ponto de chamar a atenção, mas rápido o bastante para chegar ao destino antes do anoitecer.
    Sônia olha pela janela, por onde entra um sol ofuscado que lhe marca a silhueta, imóvel e tranquila como uma foto em sépia. Com os ombros inclinados, ela se vira, puxando a barra da camisa preta amassada nas mangas. Há uma atmosfera diferente, mais focada do que nos encontros anteriores. Faz vinte minutos que a busquei no nosso ponto de encontro secreto. Para a secretária, ela disse que se ausentaria por cerca de uma hora para resolver assuntos particulares. Para o marido... Bem, não faço ideia do que ela disse para o marido, se é que disse alguma coisa. O relacionamento deles se desgasta mais e mais a cada dia, como uma parede erodindo.
    Meu triunfo.
    Nunca é tarde para aprender com os erros dos outros.
    Desligo o motor a uns cinco metros da garagem que mantenho alugada há quase uma década — é uma dessas garagens enfileiradas, longe da cidade, onde pessoas com coisas demais descartam o que julgam não ter mais importância.
    Não é o meu caso. Longe disso.
    As coisas que mais me importam estão aqui.
    Meu espaço fica no final da propriedade, na divisa do terreno, distante do barulho e da sujeira da estrada. Fui eu que escolhi o local. E ele é perfeito. Gosto dele porque aqui não preciso encarar os sinais de atividade humana toda vez que entro. Latas de cerveja, restos de piqueniques e camisinhas usadas são comuns por essas bandas.

— Vamos entrar. — Pego a chave do cadeado que mantém a porta da garagem fechada. — Tem algo que quero muito que veja.

Sônia suspira. Não parece empolgada. Alguma coisa grande está para acontecer, consigo sentir. E sei que farei parte disso. Depois de todo esse tempo, conheço todas as expressões de seu rosto, todos os ângulos e gestos de seu corpo.

— O que foi? — pergunto.

Ela disfarça, suspira outra vez e me lança um daqueles olhares penetrantes que me faz sentir transparente. E mais uma vez eu demonstro a impressionante capacidade de ler a mente dela, de desvendar seus pensamentos antes mesmo que ela os verbalize.

— Conversei com meu marido ontem à noite — diz ela. — Não há lugar no mundo que quero estar senão ao seu lado, você sabe disso, então tomei a decisão de pedir o divórcio. Vou me separar dele.

Preciso de um instante para entender que o que ela disse não é brincadeira. Na minha cabeça, roteirizei este momento tantas vezes que conseguia vê-lo com clareza sempre que fechava os olhos. Revisitando-o agora, percebo finalmente que não há nada que chegue aos pés do esplendor de presenciar a cena ao vivo.

Um sorriso bobo se espalha por meus lábios.

Abraço-a, uma demonstração adequada de apreço.

Sônia é minha agora. Agora e para sempre.

39

A noite não tinha vento, mas não parecia nada pacífica.

Gustavo estava no escritório de casa, olhando para o círculo azul que havia desenhado em uma folha de caderno enquanto ouvia a gravação da conversa que ele e Poppy tinham tido com Joziah James no último sábado. Em sua mão direita, mais enrugada do que poderia imaginar se não estivesse olhando para ela, segurava uma caneta que usava para reforçar, pela vigésima vez, a pintura no interior do círculo.

O som da caneta roçando o papel era relaxante, mas logo a folha furou por causa do excesso de fricção. Gustavo se recostou na cadeira, impressionado ao perceber que todo o material que tinham coletado nos últimos dias não conseguia fornecer sequer um vislumbre coerente do caso.

Guardou o gravador na gaveta e mexeu no mouse do computador para que o descanso de tela desse lugar ao navegador, onde digitou Joziah James no buscador e conferiu os resultados. Eram poucos: o número de telefone do consultório, um vídeo curto com um trecho de uma palestra que Joziah tinha dado sobre Sigmund Freud em 2002, o perfil dele em um site de relacionamento e antigos anúncios de livrarias dizendo que o livro *A mente do monstro: dissecando o Homem de Palha* estava fora de estoque.

Nenhuma novidade. Levantou-se e foi para a sala, onde Corinne e Josh estavam assistindo ao noticiário em volume baixo.

Era mesmo uma tarefa impossível manter aqueles dois afastados.

— Cara, é sério. Que merda! Você tem que parar de pensar com a cabeça de baixo — Corinne falou.

Gustavo interrompeu o passo para espiar do corredor ao perceber que eles conversavam.

— Eu sei. Fiz merda — Josh respondeu. — Desculpa.

— Não é comigo que tem que se desculpar — Corinne advertiu. — Foi por isso que você e a Oli brigaram?

Josh não respondeu. Não era preciso.

Quando os dois silenciaram, Gustavo pigarreou.

— Precisando de algo? — Ele parou na porta.

Em vez de responder, uma ruga se formou entre as sobrancelhas de Corinne. No passado, sempre que aquela ruga aparecia, Gustavo costumava passar o dedo indicador por ela. Não esperava que a filha voltasse a tagarelar tão cedo, mas o fato de estar de volta em casa, mesmo que não por sua causa, era um bom começo.

— Estamos bem. — Josh colocou a TV no mudo e se ajeitou no sofá. — Gustavo, eu... — Ele hesitou. Parecia desconfortável, erguendo e baixando o olhar. — Eu ainda não te agradeci por me deixar ficar aqui e por acreditar em mim. Então obrigado. Eu não esperava que você fosse fazer aquilo no cemitério e... Obrigado. Mesmo.

Gustavo sentiu um vazio incômodo no estômago, como se a gravidade o puxasse para a terra.

— Josh, você é, claramente, uma das pessoas mais importantes do mundo pra Corinne. Na semana passada, quando contei que íamos ao trailer pegar seu depoimento, ela me disse: "Não foi ele que fez aquilo, mas faça o que achar que tem que fazer". E, bem... Eu só fiz o que achei que tinha que fazer. — Respirou fundo. Precisava mudar de assunto. — Está com fome? Se estiver, tem comida na primeira porta do armário. Fique à vontade. A Corinne sempre guarda umas coisas lá. Faz estoque. Como se o mundo fosse acabar amanhã.

Corinne olhou para a TV sem realmente ver o que acontecia na tela.

— Talvez acabe. Nunca se sabe — disse Josh.

— É. Nunca se sabe.

Aquelas palavras ficaram na mente de Gustavo durante o silêncio que se seguiu, com ele sentindo uma dor na cabeça: o início de uma enxaqueca por causa da falta de sono. O barulho da TV fazia falta.

— Estou investigando umas coisas — voltou a falar. — Lembra do psicólogo que a Sônia te indicou?

— O J. J. James?

— Sabe dizer se a Marjorie o conhecia?

A expressão de Josh passou por uma série de franzidos.

— Não que eu saiba. Ela conhecia muita gente, a maioria de fora do meu círculo. Nós não frequentávamos o mesmo mundo — ele respondeu.

— Descobriu algo?

— Talvez. Nunca se sabe.

Quando voltou ao escritório com um copo de água gelada, Gustavo ficou um tempo olhando pela janela, para o céu tão escuro que parecia uma lona suja estendida sobre a paisagem além da linha dos morros. No jardim, folhas voavam ao som de leves vassouradas, estalando na janela. Ao deixar a vigília, a ideia de se fechar no escritório para trabalhar sozinho no caso o havia atraído, mas agora sua mente estava agitada com perguntas que faziam pouco sentido e não levavam a lugar nenhum. Ligou as caixas de som do computador e colocou para rodar as músicas de um CD que havia ganhado de brinde na compra de uma revista de jardinagem. *Nada mau.* Então fechou as cortinas e pegou a pasta com os arquivos do caso, folheando uma série de fotografias tiradas na casa dos Ortega. As fotos incluíam tomadas interiores e exteriores, closes das trancas e imagens de como tinham sido encontrados os cômodos e o porão. Havia também anotações com o que tinha sido apurado pela investigação sobre os últimos dias de Sônia. Gustavo procurou os registros telefônicos do celular dela, alguns já sublinhados e grampeados junto ao relatório da perícia, indicando que o número de registros não era o mesmo da memória do celular e com a observação de que pessoas apagavam mensagens e ligações por diversos motivos. Decidiu focar neles — no espectro irrelevante que nenhum policial perderia tempo investigando.

Primeiro conferiu as ligações e mensagens recebidas e enviadas a Joziah, não encontrando registros na companhia telefônica. Concluiu que, se a história de que eram amantes fosse verdadeira, eles tinham o cuidado de se corresponder de outra forma. Depois passou alguns minutos separando em colunas todos os registros que apareciam na companhia telefônica e não estavam na memória do celular, notando que havia um número anormal de coisas apagadas entre os dias 24 e 28 — o dia em que Sônia fora assassinada —, e que vinham quase todas de dois números estranhos que não apareciam em nenhuma outra data. Um alerta amarelo acendeu. Anotou-os e telefonou para o perito que havia redigido o relatório, pedindo que ele checasse se as linhas estavam no nome de alguém.

— Copiado — o perito consentiu. — Farei a pesquisa e envio o resultado para o departamento amanhã.

Gustavo não queria esperar. Não podia. Sabia que ia passar outra noite em claro pensando naquilo se não conseguisse os dados.

— Dá pra ser agora? — insistiu.

A linha emudeceu.

Ouviam-se cochichos de uma mulher reclamando.

— Agora estou assistindo a um filme, Gustavo — o perito respondeu. — Meus filhos estão me esperando voltar para o sofá. Me dá essa folga. Amanhã faço a checagem, na primeira hora.

Gustavo encolheu os joelhos até que batessem na parte inferior da escrivaninha e ficou dez minutos olhando para a tela depois de desligar. Nesse meio-tempo, deu um impulso com o pé e fez a cadeira girar.

Três voltas. Nunca havia conseguido fazê-la girar mais de três vezes. Durante o último giro, cogitou ligar para Lena, imaginando que ela teria na manga um plano B, mas desistiu ao perceber que, cedo ou tarde, o assunto Josh viria à tona e ele teria que mentir para ela outra vez sobre o paradeiro dele.

Aliás, por que tinha mentido na primeira vez mesmo? *Merda!* Estava em apuros. Sem mais opções, pegou o celular e fez algo que não deveria fazer, contrariando o protocolo policial: telefonou para um dos números no relatório, mas a chamada não foi completada. Na segunda tentativa, depois de uns cinco toques, alguém atendeu.

— Quem fala?

Era uma voz masculina, rouca e resfriada.

— Polícia. — Gustavo se levantou e começou a andar pelo escritório. Precisava fazer o homem falar mais para tentar reconhecer a voz. — Esse celular é seu? — indagou.

— Agora é.

— Agora é?

— Achado não é roubado, xerife. Não é isso que dizem? — Dava para ouvir o eco da voz ao fundo enquanto o homem falava. — Eu achei os celulares. Agora eles são meus. A não ser que sejam seus, aí temos um problema. Nada que alguns dólares não resolvam.

Os celulares? Havia mais de um?

Sem reconhecer a voz, Gustavo decidiu fazer um teatro.

— São meus. Encontrou todos? — blefou.

— Os três. Quinze dólares. É pegar ou largar. — O homem pigarreou.
— Não quero confusão e muito menos saber o motivo de ter jogado eles aqui. Cada um cuida da própria vida, é o que eu sempre digo. Me dê cinco dólares cada e serão seus de novo. Sem perguntas.

Gustavo sentiu que algo estava para se encaixar. Não a solução, longe disso, mas algo tinha se movido em direção ao lugar certo. Alguém havia descartado celulares na estação de esqui. Se o diabo estivesse disposto a um jogo, Gustavo apostaria a alma que eram três celulares descartáveis e que o número de todos eles estaria na lista de chamadas recebidas e apagadas por Sônia.

— Onde posso te encontrar? — perguntou.
— Na antiga estação de esqui. É aqui que pode me encontrar.
— Pode me dizer o que está fazendo aí?
— É onde eu moro, xerife. Um bom lugar para se abrigar, especialmente no frio. Não tenho pra onde ir, sabe? Sou só um pobre-diabo tentando sobreviver.
— Vive aí há muito tempo?
— Faz uns bons meses — revelou, meio entorpecido. Estava bebendo, fazia pausas entre cada gole. — Você é mesmo da polícia?
— Sou.

Ficaram os dois alguns momentos calados.
— Estão pagando recompensa por informações? — indagou o homem.
— Tenho interesse.
— Por que quer saber?
— Porque este lugar anda bem movimentado nos últimos dias, detetive. Tenho informações que valem pelo menos uns trocados... Cada. À noite, quando o vento corta mais fundo, vejo figuras se movendo entre as árvores. Fantasmas, talvez.
— Está dizendo que a estação está assombrada?

Gustavo foi surpreendido por um riso curto e sem humor.
— Assombrada? Não sei dizer. Mas algo está acontecendo aqui. Seria uma boa vocês virem dar uma olhada.

Parando de zanzar de um lado para o outro, Gustavo conferiu que horas eram no computador.
— Agora é uma hora ruim?
— As sombras ficam mais escuras quando é noite, xerife. Venha amanhã, durante o dia. Eu não vou a lugar nenhum.

No mesmo instante, uma sombra surgiu na janela e chaves tilintaram lá fora. Abriu uma fresta na cortina para espiar e viu Corinne em frente à porta. Ela estava de volta.

— Alguns trocados por cada informação?
— É pegar ou largar.
— Quanto dinheiro devo levar?
— Bastante, xerife. Traga bastante.

40
Anchorage, Alasca
3 de novembro de 2004

A sala tinha cheiro de café.

Era de manhã e a cidade estava uma penumbra quando Gustavo mostrou as assinaturas de Josh e Marjorie na cópia do caderno de hóspedes que o gerente do hotel havia enviado por e-mail. Estava com os olhos vermelhos e cansados, de quem só tinha dormido algumas horas.

— Check-in às oito e quinze da noite de sexta. Check-out às dez e cinquenta e oito da manhã de sábado — revelou ele. — Nove minutos mais tarde o celular descartável foi comprado na loja de conveniência. Os horários batem. — Ao seu lado, Lena usava uma jaqueta de piloto verde-oliva; Poppy, o uniforme da polícia; e Edgar, uma camisa social engomada. — Passei a tarde de ontem fazendo ligações, tentando confirmar a história de que ele trouxe a Marjorie para a cidade e a deixou uma quadra longe de casa. Descobri que os moradores do bairro dos Willians criaram uma associação e pagam uma empresa privada para fazer rondas. Como eu esperava, a empresa relatou que o oficial que trabalhava naquela noite não viu nada, e sugeriu que checássemos as câmeras de vigilância da vizinhança. Bati em algumas portas; alguns moradores não têm câmeras instaladas e a maioria preferiu não se envolver. Foi então que cheguei nesse cara. — Apontou o computador, onde estava aberto o site de um corretor de imóveis. — Ele não se dá com o Clarence, brigaram por causa de uns terrenos. Ele me contou que o advogado dos Willians conversou com alguns vizinhos nos últimos dias, pedindo que ninguém falasse com a polícia ou com a imprensa sobre a Marjorie, por respeito à família. Depois me mostrou as imagens da câmera da frente da casa dele, que fica a uma quadra da dos Willians. Deem uma olhada. — Gustavo minimizou a janela com o site do corretor e abriu um arquivo no CD. Um vídeo apareceu na tela. — Esse é o carro do Josh parando na rua às onze e cinquenta e três da noite. E essa é a Marjorie desembarcando. — Esperou mais dez segundos. — Esse é o Josh virando na direção de onde veio. E essa é a Marjorie entrando no portão de casa.

Edgar quase caiu da cadeira, com seu aparentemente caríssimo perfume cítrico sabotando o cheiro de café na sala. Seu pomo-de-adão moveu-se para cima e para baixo, como um alienígena embaixo da pele tentando se libertar para destruir o mundo.

— Então ela voltou pra casa naquela noite?

— É o que parece. Isso explica o sêmen do Josh no corpo. Mas calma que tem mais. — Gustavo avançou o vídeo até meia-noite e vinte e um da madrugada. — A Marjorie saiu de novo, com uma bolsa e andando a pé pela calçada, desaparecendo do alcance da câmera. — Pausou o vídeo. — Agora precisamos descobrir onde ela foi e por que ligou para a Sônia com o celular descartável.

— A parte mais difícil. Nenhuma delas está aqui para ser interrogada — assinalou Edgar. — Estou matutando aqui. Domingo eu li nos relatórios do caso que alguns anos atrás o FBI investigou Oscar Ortega por um possível envolvimento com cartéis. Somado a isso, encontramos drogas no quarto do companheiro da Gabriela Castillo. Será que existe a chance de os Willians estarem envolvidos com esses caras?

Gustavo olhou para Poppy, que apoiava o queixo em uma das mãos. Era difícil imaginar que uma família tradicional como os Willians se envolveria com o tráfico. Ainda mais se levassem em conta que, se havia algo no mundo que eles não precisavam, era de dinheiro.

— Acho que a Marjorie fez alguma coisa — palpitou Poppy. — O advogado descobriu e estão tentando encobrir.

A observação levou a um silêncio.

Com os músculos tensionados, cansado demais para manter em segredo por mais tempo o que tinha ouvido na vigília da noite anterior, Gustavo voltou a falar:

— Estive na vigília organizada pelo Rotary em memória de Sônia e Marjorie ontem. As duas famílias são membros do clube — contou. — No meio da celebração, algo estranho aconteceu. Três pessoas saíram do pavilhão e se reuniram no meio das árvores que cercam o lugar. Eram Clarence, o advogado e Joziah James. Estavam discutindo como se já se conhecessem. Clarence chegou a perder o controle em certo momento, apontando o dedo e segurando o Joziah pelo colarinho. No final, o advogado ainda ameaçou Joziah, dizendo para que ele deixasse a família em paz se não quisesse acabar como a amante.

Os olhos de Edgar se estreitaram, com um resquício de confusão que cedia espaço a algo diferente. O queixo dele estava caído, parecendo uma fenda numa estátua de madeira.

— Amante? Se referia a Sônia?

— Não sei. — Gustavo tirou algo do bolso e colocou na mesa para que todos pudessem ver. Eram os registros da companhia telefônica do celular de Sônia, comparados com as ligações e mensagens que haviam sido encontradas na memória do aparelho, divididos em duas colunas. — Ontem à noite passei um tempo concentrado nisso, pensando na anotação do perito de que havia mensagens e ligações recebidas que foram apagadas da memória do celular. A princípio, nada fora do comum. Todos aqui fazemos isso. Porém, vejam isso. — Mostrou a coluna com os dados que havia coletado. — Do dia 24 até o dia da morte da Sônia, uma quantidade anormal de coisas foi apagada, quase todas vindo de dois números. — Colocou outra folha na mesa. — Então eu liguei para o perito que redigiu o relatório e hoje cedo consegui as respostas. Os dois números também são de celulares descartáveis, ativados antes do crime, usados para contatar a Sônia. Ontem à noite liguei para um deles e alguém atendeu.

— Quem? — Edgar era o mais curioso.

Gustavo inclinou-se sobre a mesa.

— Um mendigo, provavelmente. Disse que encontrou três celulares na estação de esqui — respondeu ele. — Aposto que um deles é o que a Marjorie usou pra ligar pra Sônia na noite antes do crime. O cara pediu dinheiro pra devolvê-los. Disse que tem informações, que a estação está movimentada nos últimos dias.

Lena passou o nó do dedo indicador embaixo dos olhos. Os cabelos dela, repartidos e penteados para trás, cobriam as orelhas. Se tinha alguma dúvida, não a compartilhava.

— Checou onde os aparelhos foram comprados? — indagou ela.

— Estão trabalhando nisso.

— Ok. Vamos esperar. Temos muito trabalho a fazer — disse ela. — Mas antes precisamos encontrar o Josh. A polícia revirou a cidade inteira ontem. Nem sinal dele.

Gustavo soltou um longo suspiro.

— Ele está na minha casa.

Todos olharam para ele. Incrédulos.

— Como é? — Edgar colocou as mãos no rosto.

— Nós íamos prender o garoto sem ele ter feito nada, Edgar. A vida dele virou um inferno desde que mataram a Sônia. As vendas do mercado onde ele trabalha caíram pela metade. Tem até uma porra de empresa de jogos clandestinos em Point MacKenzie fazendo apostas se ele é ou não o assassino — Gustavo espinafrou. — Consegue imaginar o que aconteceria se noticiassem que ele foi detido? Não importa se depois descobríssemos que era inocente, pra alguns ele sempre seria o culpado e ponto-final.

A expressão de Edgar mudou num instante. Primeiro ele olhou para o teto, com uma sobrancelha arqueada. Depois abaixou os olhos, o que era um milagre, indicando que compreendia.

— Prado, você... Merda! Você tem razão. — Edgar respirou fundo e ficou de pé. — Vou subir e pedir que revoguem o mandado de prisão. Mas, Prado, pelo amor de Deus, nunca mais tome decisões sem consultar o departamento. Estou cansado de te dar avisos. E eu juro que este vai ser o último.

Gustavo assentiu para Edgar, que não retribuiu o gesto, fazendo apenas um curto aceno com a cabeça e saindo da sala. Gustavo nunca tinha visto Edgar agir daquele jeito, como se tivesse uma sabedoria que preferia esconder. Quando voltou a olhar para a frente, viu Lena o encarando com uma expressão cinzenta e desapontada.

— Por que mentiu pra gente? — questionou ela. — Pro Edgar, entendo. Mas pra gente? O que acha que íamos fazer?

— Não sei. Desculpa. Eu não deveria ter escondido isso. Não de vocês duas, pelo menos.

O silêncio que se seguiu foi mortal.

— Notícias da grávida desaparecida? — Gustavo o quebrou com a primeira coisa que veio à mente.

Lena balançou a cabeça em negativa.

— O Tony interrogou o marido e os vizinhos. Ninguém viu nada. Ela estava sozinha quando a casa foi invadida. A levaram pelos fundos — contou. — A perícia encontrou pegadas no jardim atrás da casa que iam para o bosque. Não parecia haver nenhum material estranho nos arredores. Aquele é um bairro novo, próximo da reserva florestal. O local perfeito para um crime. Uma vez no meio daquelas árvores, ninguém vê mais nada. Qualquer um vira um fantasma. — O relato foi interrompido por um celular vibrando na escrivaninha.

Lena pegou o aparelho e observou a mensagem que aparecia no visor, fazendo a expressão de desapontamento sumir e dar lugar a um par de olhos arregalados, vidrados de surpresa.

Gustavo e Poppy se entreolharam.

— O que foi?

— É a Florence Willians — disse ela. — Ela quer me encontrar na hora do almoço. É sobre a Marjorie.

41

— Socorro!

Gabriela abriu os olhos e viu a chama da lamparina bruxuleando no teto. Não tinha dormido bem; ficara presa durante horas num ciclo interminável de preocupações. E seus braços continuavam doloridos depois de ter passado horas tentando afrouxar, na janela do quarto, as barras de ferro que recobriam aquela e todas as outras janelas. Como combustível, a imensidão de gelo e as árvores que enxergava no lado de fora da cabana. E a visão das árvores sempre lhe trazia à mente o cheiro delas. O cheiro da liberdade. Queria cercar-se daquilo. Certa vez, tinha ouvido de um vizinho que trabalhava com fundição que estruturas de ferro eram feitas para aguentar o peso numa direção específica, e que a arte para as entortar consistia em fazer o máximo de força na direção oposta, a que oferecia menor resistência, o que vinha se mostrando uma grande mentira.

Aprisionada havia vários dias, quanto mais se esforçava para fugir, mais seu cérebro enviava aos músculos sinais de que não conseguiria. Imaginando agora seus punhos magros agarrados nas viçosas barras, tudo que conseguia pensar era que lutar contra o ferro era difícil, mas duelar contra a própria mente — insistindo a todo momento para que desistisse — era ainda pior. Pelo menos não estava mais sonolenta, e o excesso de suor que encharcava suas roupas em meio às repentinas ondas de frio e de calor se fazia cada vez menos presente. O balde com vômito velho que tinha colocado perto da porta para se livrar do cheiro a lembrava disso — que o pior tinha passado, que as náuseas, os tremores, o pulso acelerado e a maldita dor de barriga tinham ficado para trás. Agora só precisava controlar a ansiedade... E a imensa vontade de encostar o cano de um revólver na orelha e estourar os miolos.

Levada para uma cabana no meio da floresta depois de ter sido capturada na estação de esqui, Gabriela tinha provado nos últimos dias o pior que a vida podia oferecer, contorcendo-se de dor, arranhando as paredes até que as unhas quebrassem, implorando por um pouco de cocaína. Nos raros momentos em que a abstinência dava trégua, ela tinha explorado os cômodos e, quando os lapsos de memória diminuíram, confirmado o seu pior temor: já tinha estado numa cabana igual àquela dez anos antes. Lembrou-se da mesa na cozinha, do rádio sobre a geladeira e do alçapão que levava ao porão. E das conservas de fruta cristalizada nas estantes. E do tapete estendido na sala onde um garotinho loiro havia disparado contra ela aquele olhar de lobo que ainda lhe causava arrepios.

— Socorro! — Outra vez o grito.

Levantou-se da cama, os pés suados tocando as tábuas do piso. Esperou mais um minuto antes de abrir a porta e espiar o corredor.

— Olá? — Gabriela chamou, baixo demais para que quem estivesse longe ouvisse. — Tem alguém aí?

Precisava fazer melhor.

Encheu os pulmões, tomando fôlego.

Péssima ideia, assinalou seu cérebro. *Poupe energia para entortar o ferro. O ferro que não pode ser entortado.*

Gabriela balançou a cabeça com afinco, igual a um mergulhador de volta à superfície.

— Tem alguém aí?! — Ela aumentou a voz.

Silêncio.

Só o som dos grilos e coiotes no mundo escuro lá de fora.

Eu avisei.

Esticou-se para pegar a lamparina e abandonou a segurança do quarto, vulnerável e exposta, avançando na ponta dos pés pelo corredor, franzindo o rosto a cada rangido das tábuas. Estava tremendo. Sua visão acostumara-se à falta de luz. No meio do caminho, levou um susto ao ver o próprio reflexo no espelho pendurado do lado direito. O lusco-fusco dava à estampa de sua camiseta um aspecto malévolo. Sentiu uma ferroada quando uma gota de suor escorreu pela testa e entrou no olho. Enxugou-o com o braço. Seguiu arrastando os pés e cruzou a sala, parando antes de chegar na cozinha. Nunca havia gostado de filmes de terror — Tiger era quem passava horas assistindo, se divertindo com o horror e a tortura —, mas sabia que seguir um barulho durante a noite não era a opção mais inteligente.

Talvez seu cérebro estivesse certo desta vez.

Contudo, aquilo não era apenas um barulho. Era um pedido de socorro. Criou coragem e ergueu a lamparina, lançando na cozinha em frente um brilho amarelado turvo. Nada. Apenas partículas de poeira rodopiando no ar e uma mosca solitária flutuando sobre a mesa.

Isso era bom. E ruim.

Bom porque talvez aquilo não passasse de um pesadelo. E ruim porque, com o resto da cabana vazia, o chamado devia ter vindo do porão, e ninguém podia entrar lá. Pelo menos era o que dizia a primeira regra da lista: "NINGUÉM ENTRA NO PORÃO". Fitou a folha de regras, impressa com letras grandes, plastificada e colada na parede perto da pia. Havia outras iguais na sala, na cômoda do quarto e... no alçapão do porão — que não estava ali horas antes, na última vez que Gabriela tinha ido até a cozinha. Ao abrir o alçapão, foi golpeada por uma massa de calor. Parou de novo, observando os degraus. Apenas o som de sua respiração preenchia o vazio. Pôs o pé no primeiro degrau. *Mas... Sempre o "mas". Mas se alguém pediu socorro, por que não respondeu quando perguntou se tinha alguém?* Engoliu em seco. *E se... Sempre o "e se". E se isso for um teste? E se quando descer eles estiverem lá embaixo, esperando?* Colocou as mãos na cabeça, apertando-a.

Não! Chega!

Sem "mas"! Sem "e se"!

Se dez anos antes alguém tivesse atendido aos seus pedidos de socorro, as coisas seriam diferentes e sua vida não teria virado aquele inferno. Reuniu a coragem necessária e desceu as escadas, os degraus rangendo. Passou pelos mantimentos e viu que a caixa de distribuição de energia ficava no armarinho debaixo da primeira prateleira. Ligou e desligou os disjuntores várias vezes antes de perceber que a fiação ainda não tinha sido instalada. *A cabana ainda está em construção.* Avançou e destrancou a última porta, sentindo as pernas amolecerem quando a lamparina clareou o porão e ela viu a caixa. Uma onda de náusea lhe subiu pela garganta. Segurou o vômito. Era como estar de volta ao passado, só que do outro lado do cadeado.

Claire Rivera. O cérebro de novo.

O quê?

Agora você é a Claire Rivera.
Era como assistir a uma atriz interpretando uma personagem de filme e ser essa personagem ao mesmo tempo.
Torceu para que seu final fosse diferente.
— Quem está aí? — uma voz tímida surgiu do interior da caixa.
Gabriela largou a lamparina no chão e se agachou ao lado. O lugar fedia a umidade, cera e madeira nova.
— Me chamo Gabriela. Qual seu nome?
A resposta demorou a vir.
— Abigail.
— Abigail. Ok. Ok. — Gabriela forçou o cadeado, outro pedaço de ferro que não podia ser entortado. — Você está bem?
— Tá muito quente aqui. Estou preocupada com a bebê.
— Você está grávida?
— Estou.
— Quantos meses?
Abigail hesitou por um momento antes de responder.
— Trinta e cinco semanas.
Droga! Droga!
O choro atravessou a madeira.
Cada ruído parecia mais intenso devido à acústica.
— Fique calma, Abigail. Mantenha a calma, ok? — Gabriela repetia as palavras, disfarçando o próprio nervosismo. — Estou aqui agora. Você não está mais sozinha. Está com sede?
— Sim.
— Veja se tem garrafas plásticas aí dentro.
Ouviu o barulho de Abigail tateando.
— Tem algumas. O que é isso?
— Água.
— Como sabe?
— Eu sei. Pode beber.
O calor ali embaixo era opressivo, como se estivessem em uma dimensão paralela ao mundo real lá de cima.
Ouviu o barulho da tampa sendo aberta e de Abigail bebendo.
— Não tudo de uma vez — Gabriela aconselhou.
Abigail parou.
— Por quê?

Outro instante de silêncio. Era melhor não responder. Não tinha certeza se Abigail havia entendido o que estava acontecendo.

— Sabe onde estamos? — Abigail perguntou.

— Numa cabana. Nas montanhas, eu acho.

— Consegue me tirar daqui?

Gabriela esquadrinhou os arredores, procurando qualquer coisa que pudesse usar para abrir o cadeado. Nada.

— Vou ter que subir — disse ela, pondo a mão na caixa. — Talvez eu encontre algo lá em cima para abrir essa coisa.

— Não demore, por favor.

— Não vou. Só fica calma.

— Tá bom.

Um estalo no andar de cima fez o coração de Gabriela dar solavancos. Ela andou lentamente para perto da porta, ouvindo mais passos. Voltou depressa para perto da caixa, pediu que Abigail ficasse calada, encolheu-se e apagou a lamparina, mergulhando o porão na absoluta escuridão.

Lá em cima, chaves tilintaram ao serem jogadas na mesa. Uma porta se abriu. Outra se fechou. Passos para lá. Passos para cá. Cada vez mais altos. Cada vez mais próximos. O desespero só tomou conta de verdade quando os degraus começaram a ranger.

Créc. Créc.

Sentiu o ar deslocar-se, levando a suas narinas um cheiro adocicado de colônia.

Créc. Créc.

Alguém parou no vão da porta, apontando o feixe de luz de uma lanterna bem na direção de onde ela estava.

Então Gabriela fez algo que não fazia havia anos.

Ela começou a rezar.

42
Anchorage, Alasca
3 de novembro de 2004

Antes de procurarem a cafeteria onde tinham marcado de se encontrar com a senhora Willians, Lena e Poppy pararam em uma banca de jornais e compraram um exemplar do *Anchorage Daily News* daquele dia, que trazia na capa uma fotografia antiga de Gabriela Castillo em cima da frase "Outra vez?" e dedicava outras três páginas a esmiuçar informações confidenciais sobre o caso.

Se o departamento de polícia fosse uma represa, faltaria cimento na cidade para tapar todos os vazamentos.

Jogando o jornal na primeira lixeira, as duas caminharam por uma rua secundária repleta de canteiros de obras, do tipo em que não se deve demorar durante a noite, até encontrarem a fachada discreta da charmosa cafeteria indicada por Florence, não muito longe do centro, mas longe o bastante para que não topassem com o lugar lotado por causa da hora do almoço.

Lá dentro, meia dúzia de pessoas ocupavam quatro das oito mesas, conversando discretamente. Quando Poppy disse que estavam ali para encontrar a senhora Willians, um barista muito simpático de avental as levou até uma mesa reservada no jardim dos fundos, onde a decoração era diferente, de madeira escura e aço polido.

— Ah, a querida Florence. Ótima cliente. E um amor de pessoa. — O barista deu a entender que conhecia todos os clientes assíduos pelo nome. — Deixem-me apresentar o nosso cardápio. Neste lado, as especialidades culinárias. No outro, uma seleção de grãos originários de diversas partes do mundo. Querem um minuto para escolher?

Lena olhou para Poppy.

— Um cappuccino — Poppy pediu.

— Dois cappuccinos, então. — Lena devolveu o cardápio.

O barista estranhou, mas não demorou a sorrir.

— Claro, um instante.

Faltava pouco para o meio-dia, e o brilho do sol aquecia o canteiro de flores fora do halo de sombra do toldo. Na árvore no fim do terreno, um suave gorjear de pássaros se misturava ao ruído da cidade, e na parede oposta, que também era um muro, havia réplicas de quadros famosos que Lena já tinha visto outras vezes em outros lugares.

— Será que ela vai aparecer? — Poppy olhou o relógio.

— Espero que sim. Tenho a impressão de que não nos procuraria se não fosse importante. — Lena se esqueceu dos quadros e se concentrou na distante janela na frente da cafeteria. — Como está sua mãe?

Poppy inspirou, segurou o ar e o soltou em etapas.

— Melhor. Tem os dias bons e os dias ruins. Os últimos dias foram bons — ela respondeu. — A Holly está tentando me convencer a mudar para cá, dizendo que aqui em Anchorage os serviços de saúde são melhores, mas não tenho certeza. Acho que minha mãe morreria se abrisse a janela e visse prédios em vez de árvores.

— Nada como o ar das montanhas — Lena comentou. — Meus pais são iguais. Compraram um chalé perto do lago quando meu pai se aposentou. Criam galinhas e até plantam verduras. No último fim de semana, eles me disseram que, se soubessem como o ar da montanha fazia bem, teriam se mudado antes.

— É. Acho que as coisas vão ficar como estão. Se a Holly reclamar, vou dizer que foi ideia sua e do ar das montanhas.

— Eu assumo essa. — Lena riu.

Silenciaram quando o barista voltou com as xícaras.

Estavam quase no final do segundo cappuccino quando um táxi parou na frente da cafeteria, ao meio-dia e dezesseis. Duas mulheres desembarcaram, conversaram um instante com o barista logo na entrada e, em seguida, foram conduzidas por ele ao jardim. Florence foi quem chegou primeiro, com um vestido preto casual que combinava pouco com o que conheciam dela, maquiagem leve e o cabelo preso em um rabo de cavalo impressionante. Logo atrás vinha uma garota, com não mais de dezoito anos, com passos receosos e roupas de marca. Sentaram-se à mesa, e

Florence dispensou o barista dizendo que não queriam nada e que precisavam de alguns minutos sozinhas.

Ele obedeceu.

— Antes de começar... — Florence desviou o olhar para Poppy. — Perdoe a pergunta, mas quem é você?

— Agente Poppy Jennings. — Poppy estendeu a mão, um tanto desajeitada. — Polícia de Riacho do Alce.

Florence juntou os lábios no que pareceu uma concordância.

— Poppy faz parte da nossa equipe — Lena acrescentou, imaginando que não era hora de perguntar quem era a garota que a acompanhava, sabendo que ela estava ali por um motivo, e que esse motivo, cedo ou tarde, seria revelado. — Ela está aqui para ajudar, senhora.

— Florence. Me chame de Florence.

— Certo. Formalidades dispensadas. Acho que nenhuma de nós aguenta mais isso. Por que nos procurou, Florence?

A mulher se recostou na cadeira.

— Porque quero ajudar a encontrar e fazer com que pague caro a pessoa que matou minha filha e destruiu nossa família — respondeu ela. — Foi por isso que a procurei.

— É isso que todos queremos — Lena assinalou. — Alguma ideia de como fazer isso acontecer?

— Talvez o que eu vá lhes contar ajude.

— Estamos ouvindo.

Florence suspirou.

Um perfume intenso de café de qualidade flutuava no ar.

— É sobre o capacho do Clarence — ela começou. — Ele encontrou algo no notebook da Marjorie, por isso não autorizou que a polícia entrasse no quarto nem tivesse acesso aos itens pessoais dela.

— O advogado?

— Gríma, Língua de Cobra, era como a Marjorie o chamava. Ele não sabe que estou aqui falando com vocês. Se soubesse, convenceria o Clarence a não me deixar vir. Então espero que entendam a minha desconfortável posição. Foi por isso que fiz aquelas exigências antes de vir: nada de gravadores, nada de divulgar a fonte das informações. Espero que cumpram o que prometeram.

— Vamos cumprir.

Florence levantou o olhar com uma expressão resignada.

— Vocês precisam entender como as coisas funcionam naquela casa. Tudo passa por ele. É ele que controla o que deve ser dito pelos empregados, quando vai ser dito, em que evento iremos, qual vai ser o discurso — disse ela em tom mais brando. — Como o Clarence vive fora de casa, meu marido entregou a ele o controle de nossas vidas, menos a da Marjorie. A Marjorie ninguém conseguia controlar.

Tudo passa por ele.

Por um instante Lena cogitou que Florence pudesse estar ali a mando do tal advogado. Estudou-a longamente, vendo a dor de mãe em seu olhar, ouvindo o tremor na voz. A teoria de conspiração logo saiu de sua cabeça.

— Ontem descobrimos que sua filha voltou para casa naquela noite, por volta da meia-noite. Minutos depois, ela saiu de novo. Sabe algo a respeito?

— Passei aquele dia todo no quarto. Eu não estava me sentindo bem. Talvez fosse meu corpo avisando que algo ruim aconteceria. Eu tomo remédios... — Florence interrompeu a frase e corrigiu a postura, mudando de assunto. — Os empregados são dispensados às seis. Depois desse horário apenas a governanta fica na casa, e se recolhe para o quarto às dez. Se ela tivesse visto algo, teria me dito.

— A mansão tem seguranças?

— Só a vigilância do bairro e as câmeras.

— Tem acesso a elas?

— Não. É tudo com ele.

Enquanto falavam, Lena não deixou de notar o olhar melancólico da garota em Florence, os olhos escuros captando cada nuance da conversa. Os lábios dela se entreabriram ligeiramente, mostrando inquietação e a necessidade de falar. Quando Lena ia perguntar se ela queria acrescentar algo, foi interrompida por Poppy.

— Faz ideia do motivo de ele estar agindo assim? Atrapalhando as investigações, eu diria — Poppy fez uma das perguntas que estava na lista de Lena. — Ele não tem interesse que capturemos o assassino da sua filha?

Florence levantou o olhar, resignada.

— Claro que tem, detetive. Todos temos. Eu e meu marido mais do que ninguém — respondeu ela. — Vocês não fazem ideia de como é estar na nossa pele, andando em cacos de vidro o dia todo. Ele acha que o nome da família está em risco, e nada é mais importante que o nome da família. Nada! Ele fez questão de deixar isso claro quando pediu que ninguém falasse com a polícia. Semana passada, depois que você saiu — olhou para Lena —, ele reuniu todos no escritório e disse que resolveria tudo. O Clarence confia nele, porque quando ele diz que vai resolver, resolve. Mas desta vez é diferente.

— Por causa do notebook da Marjorie?

Florence fez que sim.

Uma abelha pousou no canto da mesa.

— E o que foi que ele encontrou?

— Espero que vocês descubram. — Florence desviou o olhar para a garota. — Conte a elas o que me contou ontem.

A expressão melancólica da garota mudou da água para o vinho. A mão dela estava pousada sobre a mesa, muito perto da abelha.

— Sabem o que é um chat? — perguntou ela.

Lena olhou para Poppy e ambas fizeram que sim na mesma hora, embora o sim de Poppy não tivesse sido tão firme.

— O pessoal da escola participa de um. Para se divertir, sabe? Não é nada especial. Na maioria do tempo a gente só fica falando...

— Merda? — Poppy completou.

— Isso. Só fica falando merda, mas é divertido. E tem uma porção de grupos. Qualquer um pode criar o seu e falar sobre o que quiser. É uma terra sem lei. Um tempo atrás a Marjorie entrou nuns grupos estranhos, dizendo que era para zoar. Coisas *dark*, com pseudônimos, ninguém sabe o nome de verdade de ninguém. Bastante gente maluca falando sobre coisas malucas.

— Do tipo?

— De todo o tipo. Eu não sei com quem ela falava exatamente. No começo era só brincadeira mesmo, a gente ria horrores dos estranhões que acessavam aquilo, mas depois de um tempo ela não queria mais mostrar sobre o que falavam. Disse que tinha parado de acessar, mas eu sabia que era mentira.

— Sabe se ela encontrou com alguém desse chat?

— Se encontrou, não me contou.

— Lembra qual pseudônimo ela usava?

— Tupilak.

Lena correu as mãos pelos cabelos num gesto de espanto. Aquilo tinha que ter algum significado, a última peça para confirmar que Marjorie tinha mesmo pendurado o Tupilak na porta de Josh.

Precisavam de mais.

— Você é a colega que disse que ela estava estranha na escola naquele dia, não é? — perguntou Lena.

— Sim. Ela olhava pela janela o tempo todo durante a aula. Parecia com medo. Quando a aula terminou, disse que queria ficar sozinha. Nós sempre saímos juntas, mas não naquele dia.

— Ela foi ao trailer do Josh Rugger depois da aula.

A informação não pareceu tê-la pegado desprevenida.

— É. Ela contou que estavam se vendo de novo, que tinham passado um fim de semana juntos em Anchorage, mas que ele a dispensou no outro dia. Ela estava P da vida, disse que ia destruir a vida dele. Acabou sobrando até pra Corinne.

— Como?

— O cartaz no armário — respondeu ela sem hesitar. — A Marjorie colou pra atingir o Josh. Os dois se dão muito bem, a Corinne e o Josh. Mas isso não é novidade. São, sei lá como chama isso, irmãos, pouco importa. Se dão bem.

— É. Pouco importa — Lena ratificou. — Como foi o fim do primeiro relacionamento deles?

A garota olhou para Florence, com o rosto mudando de cor.

— Tá tudo bem. Não se preocupe comigo. Diga o que precisa ser dito — Florence assinalou. Espectadora involuntária de um drama desconhecido. — Eu só quero que isso termine e peguem logo quem fez aquilo com ela.

A garota sacudiu a cabeça e se recompôs.

— A Marjorie nunca superou o Josh — contou ela. — Vivia atrás dele, infernizando todo mundo que chegava perto. E eu acho que o Josh também nunca conseguiu pôr um fim de verdade no que havia entre eles. — Calou-se e fechou os olhos, ficando assim por um tempo. — Na noite do desaparecimento, a Marjorie mandou mensagem me pedindo pra contar pra Oli que ela e o Josh estavam saindo de novo, como se eu tivesse descoberto.

Aquilo era novidade.

— Ainda tem essas mensagens?

A garota pegou o celular, abriu a mensagem e mostrou para Lena. Após verificar o conteúdo, Lena conferiu também a hora que tinha sido recebida. Onze e cinquenta e oito da noite. Poucos minutos depois de Marjorie ter saído do carro de Josh, de acordo com a gravação das câmeras.

— Eu estava dormindo quando recebi, só vi no outro dia. Respondi à tarde. De noite fiquei sabendo que a Oli terminou com o Josh — a garota prosseguiu. — A Marjorie era assim. Tentava destruir qualquer coisa que achava que estava entre eles. E a gente ajudava.

Lena levantou uma sobrancelha.

— Alguma vez ela falou sobre Sônia Ortega? — indagou.

— Não. Não que eu lembre.

— Ok. Lembra algo mais que tenha acontecido?

A garota pensou por um segundo.

— Na quarta passada aconteceu algo estranho, quando eu dormi na casa dela.

A data aguçou os sentidos de Lena.

— Nós fomos dormir tarde, estávamos vendo um filme — a garota revelou. — Quase no final, a Marjorie desceu para buscar refrigerante e pouco depois eu ouvi um celular tocando dentro da cômoda. Não era o dela. O dela estava ao lado da cama. Como eu estava preocupada com o negócio do chat, abri a gaveta e atendi. Era um homem, perguntando com quem estava falando. Eu não respondi; perguntei com quem ele queria falar, mas a Marjorie chegou bem na hora, gritando e me mandando desligar.

Lena e Poppy se entreolharam.

— Era um celular descartável?

— Sei lá. Parecia.

— Reconheceu quem estava ligando?

— Não.

— E a Marjorie não comentou nada a respeito?

— Ficou brava comigo. Falou pra eu não me meter.

O zumbido suave da abelha embalava a melodia do jardim.

— Acha que o homem da ligação pode ter algo a ver com a morte?

— Acho. — A garota mordeu o lábio inferior. — A Marjorie quase não dormiu depois daquilo. Dava pra ver que estava com medo.

— Acha que ela descobriu algo e estava com medo?

A garota fez que não.

— Acho que ela fez algo e estava com medo que descobrissem.

43
Anchorage, Alasca
3 de novembro de 2004

Alguém com muito tempo, dinheiro e mau gosto havia gastado muito tempo, dinheiro e mau gosto naquele jardim nos fundos da casa. Parecia que o designer, ou arquiteto, ou sabe-se lá quem diabos planejara aquilo, tinha tentado misturar a tradição dos jardins estadunidenses com um bafejo do mármore da antiguidade europeia. E o resultado foi terrível. Para Gustavo, pior do que terrível. O jardim excêntrico de um homem excêntrico. Afundando os pés no gramado, ele e Tony Tremper avançaram em meio aos arbustos ornamentais que simulavam um minilabirinto, desviando de um anjo de mármore que cuspia água em uma fonte, até chegarem ao canteiro perto do muro, onde Joziah James estava de joelhos plantando girassóis, com luvas de trabalho, macacão azul-escuro, e fones nas orelhas, assobiando uma música que Gustavo não conhecia. Pararam próximos dele, esperando que as duas novas sombras que cresceram no canteiro o alertassem, mas não foi o que aconteceu.

— Ei! — Tony chutou a perna de Joziah.

Joziah se virou, olhos surpresos, levando um segundo para entender o que estava acontecendo. Tirou os fones.

— Ah, perdão, senhores. Não os ouvi chegando. — Guardou os fones no bolso. — O que estão fazendo aqui?

— Precisamos conversar. Tem um minuto?

O peito de Joziah inflou e murchou embaixo do macacão, seguido por um semblante intencional de aborrecimento. Ele olhou para o portãozinho de madeira no quintal da frente que os policiais haviam deixado aberto e coçou a testa.

— Claro. Por que não? — Levantou-se, apoiando as mãos na terra. — Estou sempre disposto a ajudar. — Sorriu, indo na direção das cadeiras que cercavam uma mesa de ferro perto da fonte. Serviu um copo de água da jarra em cima da mesa e se sentou. — Sejam breves, por favor. Uma vez que as covas são abertas, é preciso acrescentar as sementes depressa antes que a terra fique muito seca, senão as flores crescem sem força. Do que precisam?

Gustavo olhou para Tony, incerto sobre como aquilo iria funcionar. Joziah era um figurão enrolador. Tony, por sua vez, contava com a delicadeza de uma retroescavadeira. Junte os dois para um bate-papo e a receita do desastre está no forno. Por que mesmo Lena havia pedido que Tony o acompanhasse? Ela vinha agindo estranho desde a mentira sobre o paradeiro de Josh. Gustavo puxou uma cadeira e também se sentou.

Os girassóis do canteiro estavam apontados para o sol.

— Te vi na vigília ontem — disse Gustavo.

— Ah, é? Não vi nenhum dos senhores lá. — Joziah tirou as luvas devagar, puxando-as pelos dedos, e Gustavo observou que na mão esquerda dele ainda estava o mesmo curativo da última vez. — Aqueles membros do Rotary sabem como comover as pessoas, não sabem? Foi uma linda celebração. Muito linda. Quando o Oscar subiu ao púlpito com a filha para falar sobre o amor que sentia pela Sônia, eu quase fui às lágrimas.

Gustavo concordou, pensando em reconhecimento de padrões e em como a raça humana tinha se moldado em cima deles.

— O corte está sarando? — perguntou.

— Melhorando aos poucos. — Joziah soprou o curativo.

— Como foi mesmo que se feriu?

Joziah abriu um sorriso frio, percebendo a armação.

— Limpando as calhas — respondeu. — Eu não me feri cortando gargantas com facas afiadas, senhores. Apenas limpando as calhas. — Apontou para elas, com um brilho de ironia no olhar. — Obtiveram algum avanço na investigação desde que nos falamos? Eram ótimas as informações que passei, não eram? Da mais alta qualidade.

Sentado na cadeira ao lado, Tony cruzou os braços, possivelmente tendo entendido o que Gustavo quisera dizer quando explicou, antes de entrarem, que Joziah era extravagante.

— Se refere ao irmão?

— Evidente. Ele está por aí. Basta descobrir quem é.

— Estamos investigando — Gustavo respondeu.

— Entendo. Deve ser difícil a profissão de vocês. Sempre correndo atrás do próprio rabo. Sem ofensa. Não me entendam mal. O que quero dizer é que estão sempre correndo atrás de algo que está na frente. — Joziah bebeu água com delicadeza e acariciou o copo. — Voltaram à casa da Sônia para procurar o boneco de que falei na última vez?

Tony se curvou sobre a mesa.

— Boneco? — indagou ele.

— O de palha.

Tony fitou Gustavo, que se limitou a abrir os braços.

Latidos vieram de dentro da casa.

— O boneco de palha que a Sônia me mostrou um dia desses — Joziah insistiu. — Não falei sobre isso com o senhor e a sua outra colega policial? Poppy, estou certo? Gostei muito dela. Mande meus cumprimentos. Tenho a nítida impressão que falei.

Gustavo não fazia ideia do que ele estava falando.

Desembucha de uma vez.

— Não falou — disse Gustavo.

Joziah deu uma olhada no jardim, e de novo suspirou.

— Bem, continuo achando que falei. Lá vou eu outra vez. — Serviu mais água. — Há alguns meses, não lembro exatamente quando, eu e a Sônia estávamos conversando sobre a minha obra e os artigos científicos dela, momento em que ela me mostrou o que disse ser um exemplar genuíno de um dos bonecos de palha confeccionados pelo próprio Dimitri Andreiko. Confesso que duvidei no início, mas ela acabou me convencendo que era real. Quando perguntei como tinha conseguido a peça, ela foi evasiva, mesmo sendo de nosso conhecimento que um saco repleto daquelas coisas fora roubado do galpão de evidências da polícia, junto de outros itens do caso.

— Está dizendo que ela teve algo a ver com a invasão?

— De modo algum. Sônia era uma pessoa maravilhosa, como eu mesmo falei, embora obcecada pelo caso antigo. Não acho que ela tenha invadido coisa alguma, mas que ela não teve acesso a quem invadiu para conseguir esse suvenir, isso não posso garantir.

Gustavo acenou, sentindo uma comichão na nuca. Será que, se levassem Joziah para um interrogatório formal na delegacia, ele pararia com aquele drama meloso a cada frase? Duvidava. Na primeira vez que tinham se visto, concluíra que Joziah era um clássico enrolador. Porém, agora o diagnóstico havia sido reavaliado para um exibicionista crônico, com leves toques de narcisismo. Apesar disso, uma nova visita à casa vazia dos Ortega não faria mal algum.

Tony se virou para Joziah.

— Ela nunca mais falou a respeito?

— Sobre o boneco? Nem uma única palavra.

— E sobre qualquer outra coisa?

Joziah ergueu os olhos com uma expressão de interrogação.

— Não. Falávamos de trabalho na maior parte do tempo. Lazer também, de vez em quando. E de família.

— Você é casado?

— Graças a Deus, não. — Joziah fez o sinal da cruz. — Até tentei uma vez, mas não triunfei. Acho que algumas pessoas nasceram para desfrutar da total liberdade de viver sem amarras. Admitir que algo não deu certo não é uma tragédia. Tragédia é morrer lentamente insistindo em algo que não te faz feliz.

Gustavo camuflou uma careta embaixo da expressão educada. Decidiu que era hora de avançar ao tópico que os tinha levado até ali. Imaginar como trariam o assunto à tona sem que Joziah ficasse arredio havia ocupado boa parte da viagem desde a delegacia.

— Ontem, quando cheguei ao clube, não pude deixar de notar que o senhor estava conversando com Clarence Willians. Vi vocês entrando no bosque enquanto estacionava o carro — Gustavo assoalhou. — Vocês se conhecem?

— Conheço a esposa dele. Foi ela que me pôs em contato com o todo--poderoso Clarence Willians.

A jocosidade no timbre de "todo-poderoso" chamou a atenção.

— Posso perguntar sobre o que conversaram?

— Posso perguntar por que quer saber?

— Fazer perguntas é parte importante do nosso trabalho, além de cheirar o próprio rabo. — Gustavo pigarreou.

Joziah achou graça.

— Eu voltei a escrever, senhores. Tive uma visão de que um novo livro poderia alavancar as vendas do antigo. Uma nova edição, quem sabe. *A mente do monstro* é uma obra completa demais para que fique no limbo literário — tagarelou ele. — Procurei os Willians para conversar sobre o que aconteceu com a filha, queria escrever a respeito, mas Clarence e o advogadozinho não estavam muito abertos ao diálogo. Uma pena. Uma verdadeira lástima. Eu só queria entender o que eles achavam sobre o crime, por causa da caixa onde a filha dele foi deixada. Digo, é bastante óbvio que tem ligação.

Talvez o cínico Joziah James tivesse razão.

— Os Willians são osso duro de roer. — Gustavo assentiu, depois saltou para a última peça do quebra-cabeça. — Só mais uma coisa: por que o advogado te ameaçou dizendo que, se não parasse, o senhor terminaria como a sua amante? Ele estava se referindo à Sônia?

A pergunta pareceu perturbar Joziah.

— Os senhores têm um mandado? — ele indagou.

Tony tamborilou os dedos na mesa.

Gustavo fez que não.

— Foi o que imaginei — disse Joziah. — Vou voltar ao trabalho agora, antes que as covas sequem. Aproveitem o ar fresco, senhores. — Calçou as luvas e voltou ao canteiro.

Décimo sétimo encontro

Empurro para o alto a porta em rolo da garagem que mantenho alugada, revelando o que há no interior. Sônia arregala os olhos.

— O que é isso? — ela pergunta.

— Exatamente o que parece.

Acendo a luz e abaixo a porta.

Sônia observa, aproximando-se dos objetos.

— Uma pequena fortuna — digo. — Foi o quanto paguei a um policial em 1997 para ficar com essas coisas.

— Não teme que ele o denuncie?

— Não. Dei um jeito nisso.

Sônia pega um dos bonecos de palha dentro do saco repleto deles. Depois o troca pelo livro e acaricia a capa de couro desgastado. Ela o folheia, apreciando as figuras de animais até chegar aos desenhos de corpos humanos com anotações feitas à mão por ele, por Dimitri.

O Livro de Palha. É assim que o chamam.

Meu Livro de Palha. É assim que eu chamo.

Sônia põe o livro na bancada e vislumbra os porta-retratos: o de Mary, o de Claire, o de Elsa... O de todas as mulheres mortas.

— Como conseguiu essas coisas? — Ela me olha de novo.

Vou até o armário e mostro minha roupa de trabalho.

— Não foi difícil — respondo. — É incrível como é fácil entrar na casa das pessoas. Basta querer. Tocar a campainha. Se apresentar como prestador de serviço. Encanador, no meu caso. Entendo um pouco sobre instalações hidráulicas. É divertido.

Sônia sorri. E como barcos sem âncora ficamos vagando pela garagem por um tempo, algo que nunca me canso de fazer. O meu pequeno paraíso. Tudo que um dia foi escrito sobre o Homem de Palha está pendurado nessas paredes, desde a primeira matéria no jornal local, sobre o atropelamento de Elsa Rugger no bosque de pinheiros, até um recorte do famoso *New York Times,* trazendo na capa a imagem da árvore onde tudo terminou. Conheço o caso desde sempre, acompanhei todo o desfecho pela mídia. Durante anos, Dimitri Andreiko foi assunto recorrente em minha vida. Sou um simpatizante secreto. Certa vez ouvi alguém dizer que ele deveria estar apodrecendo na cadeia, que só cometeu suicídio porque não passava de um covarde. Covarde. Mal sabem eles. Covarde. Mal sabem eles que não há ato de maior bravura do que tirar a própria vida. Covardes! Recuo um passo e admiro todo o esplendor de minha obra. E esse é só o começo. Um dia escreverão matérias sobre mim também.

— Não pode deixar essas coisas aqui. São valiosas demais, perigosas demais. Essas garagens não são seguras — Sônia alerta, apontando com as mãos em várias direções. — Mais algumas semanas e vou me livrar do meu marido. Ele vai sair de casa. Tenho um lugar perfeito no porão onde podemos colocá-las. Será o nosso santuário.

Minha vez de sorrir.

O nosso pequeno santuário.

— Quero que veja algo, um plano que tenho. Talvez demore um tempo para que eu consiga colocá-lo em prática, mas... — Pego um desenho que guardei perto do livro. — Veja.

— O que é isso?

— Planos para o futuro. Eu mesmo a desenhei — respondo. — É a planta de uma cabana. Uma cabana idêntica à dele. Os quartos, a cozinha, o porão. — Mostro todas as anotações que fiz. — Estive lá várias vezes antes que a prefeitura autorizasse a demolição.

— Gostaria de ter podido fazer isso.

— Eu sei.

Sônia segura minha mão. Somos um agora.

— Construir uma cabana — ela murmura.

— Essa é a ideia.

— E depois vai sequestrar mulheres grávidas, trancá-las na caixa e encher o lugar de crianças? — brinca.

Olho para ela.

— Me ajudaria com isso? — indago.
Sônia não acha graça. Pensa que estou brincando. Mas não estou.
— Você seria mesmo capaz? — ela pergunta.
— Vinte segundos. — Olho para o meu relógio de pulso. — Diga o nome de cinco assassinos em série.
Sônia enruga a testa, sem entender.
— Quinze segundos.
— Jack, Dahmer — ela começa. — Bundy, Gacy e Holmes.
Bato palmas.
— Dois minutos. — Olho para o relógio de novo. — Diga o nome de um único policial que ajudou a capturar qualquer um desses cinco.
Sônia olha para o chão. Acho que a fiz entender.
— Ninguém se importa — diz ela.
— Ninguém se importa — repito. — Em cinquenta anos haverá filmes sobre Dimitri Andreiko e as pessoas ainda falarão a respeito dele. Mas antes disso, muito antes, ninguém saberá quem foi Lena Turner, Allegra Green ou Gustavo Prado. O nome deles vai desaparecer, e tudo que vai restar é Dimitri Andreiko. E quando a noite chegar, a longa noite, a única coisa que vai sobrar do que somos e fomos serão nossas histórias, acenando para o futuro. Histórias são a única garantia de que um dia nossos nomes dançarão juntos outra vez.
Sônia me abraça.
Apenas uma narcisista poderia amar tamanho narcisismo.
— Eu adoraria te ajudar — ela cochicha em meu ouvido.

44
Riacho do Alce, Alasca
3 de novembro de 2004

O trajeto de vinte e dois quilômetros passou como um borrão pelos campos outonais. O sol se escondia atrás da crista branca da montanha quando Gustavo parou a viatura no fim da estrada. Em meio às fileiras de árvores, a mancha de concreto que era a estação de esqui arruinava a beleza natural da paisagem.

— Seguiremos a pé daqui. — Ele desligou o motor.

Tony esquadrinhou a estrada de terra esburacada.

— Devíamos ter vindo de picape. Estou com uma merda de bolha no calcanhar me incomodando há dias — reclamou ele. — Tem certeza que o cara quer te encontrar aqui? Tá cheirando a armadilha.

— É. Eu sei disso. — Gustavo pegou uma lanterna no porta-luvas e abriu o zíper do casaco, facilitando o acesso ao revólver no coldre. — Vou na frente. Fique por perto. Melhor ficarmos atentos.

— Estou sempre atento.

Demoraram dez minutos para chegar no portão, guiados por uma cerca de arame onde um carneiro tinha ficado preso nas farpas e sido devorado por uma matilha. O escuro do fim de tarde crescia ao redor quando Tony balançou a corrente com cadeado no portão, colocado ali anos antes pela prefeitura, depois que o jornal local publicou uma reportagem com imagens de usuários de drogas estirados feito zumbis em colchões emporcalhados, com os braços crivados de buracos de agulha. Três semanas depois, a estrada de acesso fora desativada e diversas placas de "Fique longe. Propriedade privada", instaladas. Uma delas jazia à direita deles agora, quase cortada ao meio por uma linha de buracos de bala.

Espremeram-se sem dificuldade pelo vão e entraram.

O terreno da estação cobria quinze acres de terra e se estendia da beira da estrada até o sopé da montanha no outro lado, conectando os principais pontos por um teleférico em ruínas. Bem no alto, um mirante ao lado da rampa de esqui dava vista para o rio Eagle e a cidade de Riacho do Alce, que se esparramava na direção leste. Seis anos antes e aquele lugar estaria tomado por centenas de turistas, alugando pranchas e sapatos de neve para aproveitar o outono. Mas agora, apenas um silêncio sinistro repousava no terreno, como se todos os sons estivessem congelados.

Avançaram por uma trilha tomada de ervas daninhas até chegarem na frente de onde era o hotel, cuja torre parecia agora uma lança cravada no topo do morro. A porta de entrada estava escancarada, em frangalhos, com os vidros quebrados, excrementos de pássaros e lascas de madeira iluminadas pelo acanhado brilho de um refletor.

— Tem alguém aí? — Gustavo chamou, colocando a cabeça para dentro. — Polícia! Viemos falar sobre os celulares!

O silêncio na recepção abandonada só era interrompido pelo eco de uma goteira na profunda escuridão. Escura, fria e despovoada. Gustavo acendeu a lanterna e não entrou mais do que três passos, iluminando as escrivaninhas antigas e um colchão escurecido por causa da umidade. O mau cheiro, uma combinação de mofo, cimento em pó, mijo e madeira podre o fez prender a respiração.

— Péssima ideia entrar aí — precaveu Tony, pisando em cacos de vidro ao colocar um único pé para dentro. Sacou a arma. — Olá! Alguém? — chamou o mais alto que pôde.

Nada.

Afastaram-se do prédio e continuaram avançando pela trilha, passando por mais uma placa com o aviso de "Propriedade privada", subindo mais alguns metros. O frio começava a subir por trás do casaco, e a neve se infiltrava pelas costuras dos sapatos. Avistaram uma pequena fogueira que tresandava plástico queimado perto da cabine de controle do teleférico, quando Tony parou para ajeitar os sapatos. Havia alguém perto do fogo, observando-os com um binóculo, abanando a outra mão e assobiando para chamar a atenção.

Trocaram olhares.

— É o nosso cara — murmurou Gustavo.

Tony cruzou os braços, escondendo a arma dentro do casaco.

— Só pode ser — disse ele. — Vai na frente. Eu dou cobertura.

Gustavo conferiu a hora e viu que tinha acabado de passar das cinco da tarde. Começou a subir, escorregando onde a neve era mais firme e percebendo ao se aproximar que o mendigo tinha feito uso da cabine de controle para montar uma versão de baixo orçamento de um acampamento — com lonas plásticas substituindo o telhado destruído e uma barraca de náilon no interior, aquecida por um tambor chamuscado, que era de onde vinha o fogo. Tufos de grama cresciam das rachaduras no concreto. Ao lado da construção, protegida por um telhadinho improvisado com folhas de zinco recauchutadas, uma enorme pilha de tralhas fazia Gustavo acreditar que o mendigo era um desses acumuladores que recolhia e guardava coisas que pudessem ter valor. Por que ele não havia feito o abrigo dentro do hotel era a pergunta do momento, embora a vista privilegiada de toda área que tinha dali possivelmente fosse a resposta.

Quando chegaram perto do tambor, a cabeça do mendigo voltou-se para o brilho da lanterna e seus olhos a seguiram com um ligeiro atraso. Atrás de uma névoa de canseira, as pupilas dele se contraíram, revelando um homem de meia-idade e barba malfeita cuja mão direita tinha dois dedos faltando. Com um volumoso curativo no nariz, salpicado de sangue seco, logo que Gustavo e Tony se aproximaram ele apontou para dois cepos de madeira que serviam de bancos e se sentou em um assento de carro feito de poltrona.

Um vento gelado circulava, e com ele o cheiro de fumaça.

— Pensei que não iam aparecer. Mais quinze minutos e eu não os teria visto chegando — disse o mendigo. — Eu ia me recolher mais cedo hoje. Minha cabeça está estranha. Ando vendo coisas. Ou talvez seja só o frio. Com qual de vocês eu falei ontem?

— Comigo — respondeu Gustavo.

O mendigo mirou-o dos pés à cabeça.

— Esperto você em trazer reforço. No seu lugar eu também traria. Não dá pra confiar em ninguém nos dias de hoje, xerife — tagarelou ele. — Aquela porcaria de refletor sempre acende quando começa a escurecer. É quando eu sei que está chegando a hora de apagar o fogo. Não quero visitas. Não quero que ninguém saiba que estou aqui.

Observando as chamas dançantes que se erguiam em espiral do tambor, Gustavo desligou a lanterna e a enfiou no bolso do casaco antes de se sentar de frente para o homem.

— Está com os celulares?

— Trouxe o valor combinado?

Tony colocou um pé no cepo e apoiou o cotovelo no joelho.

— Sabe que não precisamos te pagar porra nenhuma, não sabe?

— É claro que sei. Quem não arrisca, não petisca. Tá vendo este curativo aqui? — Pôs o dedo no nariz e se levantou para entrar na cabine. — Vendi a chapa de um fogão a lenha para uma mulher que mora na montanha esses dias. A maldita traiçoeira não me pagou e o marido dela ainda me deu um soco quando fui cobrar — falou lá de dentro. — Como eu disse, não tá dando pra confiar. Todos estão sempre tentando levar vantagem. O que são quinze dólares? Para a polícia, quase nada. Para mim, uma semana de comida. O dinheiro de vocês vai encher a barriga de um pobre coitado sem sorte na vida.

Gustavo olhou pra Tony.

— Vai ficar seguindo cartilha agora? Sério? Dá logo a bosta do dinheiro pra ele calar a boca de uma vez. A central vai reembolsar depois, porra.

Tony pegou a carteira.

— Tá bom. Tá bom. Uma semana de comida. Já entendemos. Só traz logo os celulares pra cá. — O mendigo retornou e entregou os aparelhos.

Tony ergueu o olhar ao ver o estado em que se encontravam.

— Eu nunca disse que todos estavam funcionando — o mendigo alegou.

— Não disse, não é, xerife?

Gustavo fez que não.

— Onde foi que os encontrou? — perguntou.

— Na floresta. Antes de ontem. Atirados no tempo. Dois estão estragados, estufados por causa da chuva. Não sei como esse outro aí ainda funciona — respondeu o mendigo, voltando a se sentar. — Às vezes eu saio para checar e instalar armadilhas. Tenho que me virar se quiser comer todos os dias. Vocês ficariam abismados em descobrir todo o tipo de coisa que descartam na floresta. Uma vez encontrei uma boneca inflável perto da cabana onde os moleques levam as garotas.

— Trazem garotas para a floresta? — Gustavo blefou.

— Quase toda semana.

As pilhas de tralhas balançaram com uma rajada.

— Dois desses moleques foram mortos numa cabana aqui perto na semana passada. Noite de quarta. — Tony estendeu as mãos sobre o fogo. — Se lembra de ter visto algo?

— É possível. — O mendigo desviou o olhar para Gustavo. — O xerife me disse que pagariam por informações. Disse, não é, xerife?

Gustavo deu uma risadinha, perguntando-se quanto precisariam desembolsar para que o homem dissesse tudo que sabia.

Será que contaria em parcelas, igual a um cartão de crédito cuja conta fica mais cara a cada novo mês de atraso?

Não se preocupou. O departamento tinha verba para aquele tipo de situação, desde que o investigador em questão conseguisse informações relevantes.

— Eu disse, mas depende do tipo de informação — ele replicou. — Temos algum dinheiro. Conta o que sabe e eu decido se vale a pena. Quem garante que não é algo que já sabemos?

O mendigo alisou a barba.

— Não tenho certeza se foi semana passada, mas acho que sim. Vi três pessoas entrando aqui de noite. Uma estava fugindo — contou ele.

— Essa é uma boa informação?

— Parece ser. Continue.

— A que fugia, juro por Deus que se parecia com a garota Castillo, correndo, molhada, tão agitada que ficou um tempo tentando entrar no hotel pela porta menor, sem perceber que a porta grande estava aberta. Alguém entrou antes dela. Era como se estivessem brincando de pega-pega, mas sem que quisessem pegar de verdade.

Gustavo olhou fixamente para ele.

— Duas pessoas perseguiam a garota?

— Isso.

— Dois homens?

— Não. Uma mulher e um homem.

— Viu quem eram?

— Vi, xerife. Eu vejo tudo daqui de cima. — O mendigo colocou a mão embaixo do assento e mostrou o binóculo. — A mulher que perseguia a garota era a psicóloga grávida que apareceu no jornal. A que morreu. Juro pelos meus olhos que a terra há de comer.

Tony coçou a cabeça.

— Sônia Ortega?

— Não sei o nome.

— E o homem?

O mendigo encarou Tony.

Inclinando-se para pegar o celular, Gustavo mostrou a fotografia que tinha tirado da orelha do livro de Joziah James.

— Esse homem?

O mendigo deu uma olhada.

— Não, xerife. Diferente. Mais novo.

45

O vento ondulava as águas do lago, e os galhos das árvores na margem oposta dançavam febris, fazendo o clarão fosco da lua encoberta bruxulear na superfície espelhada.

Sentada na beira do cais, Corinne lançou um olhar para os juncos, imaginando que, caso se concentrasse, conseguiria ver a agitação dos sapos no meio deles. Deitado aos seus pés, Fênix ergueu as orelhas e apontou o focinho para trás quando Josh voltou com o lampião e as latas de cerveja que tinha ido pegar no trailer.

— Por que demorou tanto? — perguntou Corinne.
— Liguei pra Oli — respondeu ele.
— Corta essa.
— Verdade. Eu disse que queria conversar.
— E aí?
— Aí ela meio que desligou na minha cara. Ou talvez só tenha desligado abruptamente.

Corinne torceu o nariz. Aquilo fazia sentido. Se havia algo que Olivia Davis tinha de sobra, era orgulho. Se a conhecia bem — e jurava que sim —, sabia que Oli não correria atrás; Josh precisaria mendigar por algumas boas semanas antes que ela aceitasse ouvir o que ele tinha a dizer.

— Será que ela vai me perdoar? — Josh abriu uma cerveja.

O cais balançou quando ele se sentou.

— Todo mundo erra, Josh, mas nem todo mundo perdoa. O que você fez não foi legal. E a Oli é orgulhosa. Talvez seja a hora de aceitar que as coisas entre vocês acabaram — disse ela. — Na verdade, ontem eu e a Vic estávamos conversando sobre o quanto vocês têm pouco em comum. Como não foram feitos um para o outro.

Josh olhou para ela.

— Que foi? Se não quisesse ouvir, não devia ter pedido opinião — Corinne emendou. Fazia frio e ela sentia um ar incômodo na nuca. — Ao menos tá arrependido do que fez?

Fez-se um silêncio. Uma lasca de lua apareceu.

— Lembra quando me disse que não sentiu nada quando seu pai te contou sobre a Sônia? — Josh dirigiu um olhar sincero a Corinne, como se soubesse algo sobre ela que ela mesma não sabia. — Comigo também acontece: esse lance de não sentir as coisas. Nem culpa, nem arrependimento, nada. As sessões ajudaram, me fizeram entender o que aconteceu na cabana, mas o vazio segue igual. Nada preenche.

Corinne deu um soco no ombro dele.

— Somos estragados. E às vezes estragamos quem chega muito perto. Acostume-se com isso, maninho. É a nossa sina.

— É. As coisas devem melhorar se um dia eu colocar isso na cabeça. — Josh esticou as pernas para que Fênix usasse sua canela como travesseiro. — Como estão as coisas com a Vic? Falou pra ela?

Corinne suspirou.

— *Nah!* — resmungou ela. — Eu vou pra faculdade em alguns meses. E ela me disse que quer guardar dinheiro pra viajar e abrir um negócio. Eu gosto da Vic, mas tenho dezessete anos. Não é como se ela fosse o grande amor da minha vida.

— Não tem medo de se arrepender?

— Escolhas erradas às vezes nos levam ao rumo certo — filosofou ela.

— Li essa frase em algum lugar.

— Vai ficar com a Allegra em Seattle?

— A ideia é essa.

— Ela é legal. Me tratava bem na época em que estava aqui. Ela e a Lena.

— Eu sei.

O barulho da água sob os pés acalentava. As ondulações pareciam absorver as palavras, tornando o lago um confidente profundo e silencioso. Quando um grilo cantarolou sua melodia noturna, Josh colocou o braço atrás do pescoço de Corinne e a puxou para perto.

— Ainda não contei isso pra ninguém, mas o Jimmy quer comprar a minha parte do mercado.

Corinne baixou os olhos. Ela sabia que as coisas não estavam se ajustando entre Josh e Jimmy desde a morte de Sônia, mas não imaginou que a conclusão seria tão brusca.

— É uma grana boa. Acho que vou aceitar. Dá pra recomeçar a vida em outro lugar — Josh prosseguiu, acariciando os cabelos de Corinne. Seu celular tocou, mas ele não atendeu, nem sequer viu quem era. — Deveríamos ter feito igual a todos os outros: dado o fora há muito tempo. Quem a gente queria enganar ficando aqui?

— A gente era criança. Ficar não foi escolha nossa.

— É. E esse é o problema. Dez anos se passaram e parece que a gente continua não tendo muita escolha.

Sentindo as batidas na madeira do barco amarrado no final do cais, Corinne mirou o horizonte que se estendia de uma ponta à outra do lago, como se alguém tivesse pintado de preto o céu. Sentia-se segura ali, com a cabeça recostada no ombro de Josh, um lugar onde ninguém poderia machucá-la. Queria não ter que sair dali... Nunca.

46

O frio chegou com uma brusquidão peculiar.

— Três celulares. Comprados por Marjorie para fazer ligações e enviar mensagens à Sônia. — Gustavo colocou os aparelhos ao lado da folha com o relatório de ligações. — De acordo com o cara que vive na estação de esqui, Sônia esteve lá na noite antes de ser morta, perseguindo Gabriela Castillo junto de outro homem desconhecido. Marjorie, Gabriela, Sônia. É seguro dizer que tudo se conecta.

Tony soltou um pigarro.

— E dá pra confiar no que disse o mendigo? — ele refletiu. — Você viu o cara pedindo dinheiro pra abrir a boca. Ele pode ter inventado uma história interessante só pra descolar a grana.

Lena bebeu refrigerante e olhou para Poppy.

Um cheiro de batata frita recém-saída do óleo pairava no ar.

— Não acho que ele tenha feito isso. Sei que ele queria dinheiro, mas não parecia estar mentindo — Gustavo emendou. — Mas de uma coisa eu tenho certeza: Joziah James tinha razão quando disse que Sônia não era a pessoa que pensávamos ser.

A lanchonete estava quase vazia. Seis clientes. O quinto era um sujeito sozinho no balcão, comendo hambúrguer sem modos, enquanto o sexto bebia cerveja em pequenos goles perto da TV, que exibia a reprise de um jogo de basquete.

Atrás da TV, esquecida depois do Halloween, uma bruxa esquelética pendia com dois dentes brancos despontando da boca aberta. Quando um entregador de uniforme e capacete entrou e saiu com uma caixa térmica nas costas, Lena colocou o copo de refrigerante de lado e se inclinou para a frente.

— Então Sônia perseguiu a Gabriela durante a noite e, na manhã seguinte, foi encontrada morta em casa — contemporizou ela. — Sabemos o que aconteceu nesse meio-tempo?

Gustavo empurrou a folha para o meio da mesa.

— Uma ligação — disse ele, apontando. Na empolgação, foi capaz de sentir as grandes peças do quebra-cabeça se encaixando. — A Marjorie ligou para a Sônia naquela noite. A mesma ligação que foi recebida pela torre da estação. Algum tempo depois, a Sônia ligou de volta. — Apontou de novo.

— Não foi a Sônia — Poppy assinalou.

Gustavo e Tony olharam para ela.

— A amiga que conversou conosco na cafeteria dormiu na casa dos Willians naquela noite. Ela e a Marjorie estavam vendo um filme quando um celular escondido na gaveta tocou. Marjorie não estava no quarto, então a amiga atendeu — Poppy contou. — Quem ligou foi um homem, perguntando quem estava falando. Ela acha que Marjorie fez algo e estava com medo que descobrissem.

— Matado a Sônia? — Tony palpitou.

— Sem chance — Lena contrapôs.

Tinham agora voltado ao mesmo ponto. No mínimo, Tony deveria ter notado que Marjorie não tinha perfil assassino. Ou será que tinha? Isso explicaria algumas coisas.

De novo os pensamentos começaram a girar em círculos enquanto o cansaço transbordava. Gustavo fechou os olhos e evocou a imagem de Marjorie espremida dentro da caixa, com o olhar leitoso e a cabeça caída para trás. Esticou o braço e pegou um dos celulares.

— E se de algum jeito a Marjorie descobriu quem matou a Sônia e foi morta por isso? — Ele segurou um bocejo. — Os celulares foram achados na floresta antes de ontem, estufados. Então devem ter sido descartados antes da tempestade. E se naquela noite, depois do Josh deixá-la em casa, a Marjorie saiu para encontrar o assassino? Não parece uma hipótese mirabolante, parece? — Bocejou e esfregou os olhos. — Meu Deus. Preciso dormir.

Uma corrente de ar produziu um fino assobio ao passar por uma janela que precisava de vedação.

— Nenhuma hipótese é mirabolante. Se alguém tiver uma ideia, coloque para fora. A hora é agora — disse Lena. — E, sim, com certeza você precisa dormir. Todos precisamos.

Atrás do balcão, uma porta abriu e um garçom pequeno e roliço emergiu carregando uma bandeja com hambúrgueres e um café duplo para Gustavo. Para ele, a noite estava longe de acabar.

47

Gustavo enfiou a chave na porta da casa dos Ortega, mas o trinco não girou. A primeira reação que teve foi achar que estavam no lugar errado, embora isso não fizesse sentido. Olhou para cima e viu um adesivo da empresa Casa Segura colado na porta, em letras vermelhas. A fita de isolamento havia sido removida.

— Lena comentou sobre terem autorizado a troca da fechadura? — perguntou ele, olhando para trás.

Poppy se aproximou e tentou abrir ela mesma.

— Comigo não — respondeu. — Às vezes é a própria perícia que faz a troca, quando muitas pessoas têm acesso ao local, para não contaminar a cena. Não deve ser o caso. Teríamos sido avisados.

Procurando o nome de Oscar Ortega na lista de contatos do celular, Gustavo fez a ligação. A lua, que no fim daquela tarde era visível como uma luz acesa atrás de uma fina cortina de nuvens, agora estava escondida pelo peso do céu. Uma noite sem brilho — a face horrenda de um mundo nevoento, maligno como o gelo. Houve um longo silêncio na linha e, em seguida, uma gravação eletrônica informou que o número tinha sido desativado. Voltou para a lista de contatos e procurou o número do telefone fixo que havia salvado na última visita à fazenda da mãe de Sônia.

A senhora Moretti atendeu no terceiro toque e fez a pergunta que todo policial odeia quando Gustavo se apresentou:

— Pegaram quem fez aquilo com a minha filha?

As palavras eram educadas, mas o timbre não.

— Ainda não, senhora. Estamos perto.

A mulher fez um som de indiferença.

— Meu marido sempre dizia para não confiar na polícia. Se quer descobrir algo, descubra você mesmo, era o que ele dizia — vociferou ela. — Do que precisa? Por que ligou para cá?

Gustavo respirou fundo, andando até a janela para espiar o interior da casa, mas as cortinas estavam fechadas.

— Estou tentando falar com o Oscar. Ele trocou de número?

Um suspiro irritado.

— Trocou. Está cansado da insistência dos jornalistas. Eu mesma deveria ter deixado o telefone fora do gancho. Eles começaram a ligar aqui também. A situação está ficando cada vez pior.

— Sinto muito por isso. — Apesar da reação desconfortável, Gustavo manteve a delicadeza. — Pode chamar o Oscar?

— Ele não está, oficial. Hoje cedo finalmente liberaram o corpo da minha filha para a funerária. O Oscar saiu de manhã para organizar o funeral e ainda não voltou. Pediu para não passar o número novo para ninguém. Quer deixar recado?

— Não, mas talvez a senhora possa me ajudar. Ele te disse algo sobre ter trocado a fechadura da casa na cidade?

A irritação da senhora Moretti ultrapassou a reticência.

— Trocou a fechadura e instalou alarme. Ninguém quer vagabundos roubando as coisas que estão lá dentro — respondeu ela. — A casa vai ser reformada para que seja colocada à venda, embora eu duvide que alguém queira comprar depois do que aconteceu. Eu disse para o Oscar incendiar aquele lugar amaldiçoado, mas ele não vai fazer isso. Quem sabe um dia desses eu mesma faça.

Uma coruja distante ecoou um chamado noturno.

— A polícia foi avisada sobre isso? — Gustavo questionou. — É que precisamos entrar para investigar uma pista nova que surgiu.

A revelação abocanhou a atenção da senhora Moretti.

— Que pista? — indagou ela.

— Senhora, nós não podemos...

— Que pista? Me diga que pista e eu te digo como pode entrar sem ter que esperar o Oscar.

Gustavo franziu a testa e olhou para Poppy.

Uma migalha em troca de um pão.

— Um boneco — ele revelou, suprimindo os detalhes. — Estamos tentando achar um boneco que pertencia à Sônia.

— Que boneco? A Sônia não tinha bonecos.

— Senhora...

A senhora Moretti suspirou.

— Eu tenho a chave da porta dos fundos — disse ela. — O Oscar só trocou a fechadura da frente, a que a polícia tinha a chave. Venha buscar e devolva quando acabar. Devolva para mim. O Oscar não sabe que estou com ela e quero que continue assim.

— Posso saber o motivo?

— Desde o crime ele não quer que eu entre naquele lugar. Disse que não há nada lá que possa me fazer bem. Não o julgo. Talvez ele esteja certo — ela respondeu. — Encontrei a chave no bolso de uma calça que ele colocou para lavar uns dias atrás. Sei que é da porta dos fundos porque ele me perguntou se eu tinha encontrado. Eu tenho o direito de entrar lá quando quiser, para ajudar a minha filha a encontrar o caminho. A alma de ninguém que tem uma morte como aquela consegue seguir em frente sem ajuda.

— Compreendo, senhora — Gustavo ponderou. — E quando eu entrar na casa, o alarme não vai disparar?

— Vai, mas aí o problema é seu.

* * *

Ao darem a volta na casa depois de terem ido à fazenda, Gustavo viu uma área do quintal pisoteada no local onde tinha sido instalada a central de alarme, no alto, próxima ao beiral. Usando a chave que a senhora Moretti lhes havia entregado, com outro sermão sobre como queria que a devolvessem para ela e só para ela, tentaram abrir a porta, sem sucesso.

As veias no pescoço de Gustavo ficaram saltadas.

— Puta que o pariu! Tá de brincadeira? — ralhou ele. Era noite, fazia frio, haviam perdido quase meia hora na estrada indo e voltando da fazenda e a chave não abria coisa alguma. Esfregou o queixo. Podia chamar o chaveiro da polícia para abrir, mas por que faria isso? Quem tinha trocado a fechadura sem autorização não tinha sido ele. — Poppy, chega pra lá.

— Fez sinal para que Poppy recuasse, deu um passo para trás e enfiou a sola do sapato com força na altura do trinco, que se espatifou de primeira.

— Pronto! — Aquela era a segunda vez que arrombava uma porta naquela casa. Mais uma e poderia dizer que tinha se tornado um arrombador profissional.

A cozinha estava mortalmente silenciosa.

Em vez de entrar nela, Gustavo parou na soleira, onde estava um pedaço de metal do trinco, e esquadrinhou os arredores. Não para processar o local do crime — o pessoal da perícia já tinha feito isso —, mas para esperar qual seria a reação do alarme. Não viu sirenes, nem sensores. O fato de não ter disparado na abertura da porta era um bom sinal, mas não uma garantia. Talvez a instalação não estivesse completa. Ou talvez, porque era novo, tinham esquecido de acionar. Ou então o sistema só estava esperando algum corajoso dar o primeiro passo dentro da cozinha.

Entrou.

Antes não tivesse.

Um bipe frenético ressoou no escuro e, em segundos, as sirenes começaram a tocar.

— Merda! — ele praguejou. — Entre antes que os vizinhos nos vejam. Vamos tentar ser rápidos.

Com o barulho ensurdecedor lancetando os ouvidos, fecharam a porta. Quando acionaram o interruptor de luz e nada aconteceu, perceberam que o alarme estava sendo alimentado por baterias. Apenas o cheiro rançoso de algo estragado na lixeira pendia na escuridão.

Dividindo a busca por cômodos, os dois se moveram com a ajuda de lanternas, abrindo gavetas que já tinham sido abertas e vasculhando guarda-roupas que já tinham sido vasculhados. O método empregado por Poppy era o que mais intrigava Gustavo. Primeiro ela caminhava em círculos, analisando o teto e as paredes com calma. Depois abria os armários e procurava nas gavetas, manipulando tudo com o cuidado de uma artesã. Só faltava farejar o ar.

No andar de baixo, também não encontraram nada.

Através de uma janela lateral, Gustavo observou a movimentação dos vizinhos. Pensou em qual seria a sensação que aquela casa traria a alguém que não soubesse que ela tinha sido palco de um crime horrendo. Para ele, jamais seria a mesma.

Deu outra boa olhada.

A busca pelo boneco de palha era um tiro no escuro. E Gustavo sabia disso desde o momento em que tinha ouvido a história saindo da boca de

Joziah James. No entanto, devido ao atoleiro em que a investigação se encontrava, decidiram que o melhor seria pecar pelo excesso. Primeiro vasculhariam toda a casa e, se não encontrassem nada, fariam uma visita ao consultório no dia seguinte.

Sem consultá-lo, Poppy abriu uma porta embaixo das escadas.

— Quer fazer as honras? — indagou ela, acenando para que ele passasse.

— Garanto que lá embaixo o barulho da sirene é menor.

Gustavo usou a lanterna do celular para iluminar os degraus na descida. Sombras dançaram nas paredes. Sombras que nunca deixavam de causar arrepios. Não havia corrimão, e alguns degraus estavam salpicados com tinta seca. Quando restavam apenas alguns degraus, Gustavo redirecionou o facho de luz, revelando um porão de tamanho considerável, com lavanderia, sistema de aquecimento e aparelhos de ginástica enferrujados esquecidos ao lado de uma antiga bicicleta ergométrica. Acionou, só por costume, o interruptor ao lado da escada, mas nada aconteceu. Próxima da escada ficava uma bancada de trabalho repleta de parafusos e ferramentas penduradas em fileiras organizadas no quadro na parede. Sob seus pés, o piso era de uma cerâmica nobre que imitava pedras rústicas, e havia prateleiras para onde quer que se olhasse.

— Droga! Não tem como achar nada aqui. — Poppy movia a lanterna pelos entulhos. — É agulha no palheiro.

Gustavo concordou. O lugar estava caótico, parecendo mais um depósito de tralhas do que um porão. Tentou se lembrar das fotografias tiradas pela perícia no dia do crime, mas era difícil fazer qualquer comparação. Ainda assim, alguma coisa em algum lugar não lhe parecia certa, mesmo que ele não conseguisse dizer o quê. Era como estar diante de uma orquestra sinfônica com um músico desafinado. Dava para ouvir o erro, mas não de onde vinha. Recuou um passo para ter uma visão mais ampla. Atrás dele, Poppy empregava seu estranho método de busca, avançando em círculos, iluminando o teto e as paredes.

Andando para o fundo do porão, Gustavo viu equipamentos eletrônicos antigos dividindo espaço nas prateleiras com materiais de jardinagem e decorações natalinas antiquadas. Ao encontrar uma caixa de papelão onde estava escrito o nome do filho mais velho de Sônia, ele a abriu e viu uma porção de brinquedos velhos, mas bons o suficiente para que tivessem sido doados. Fechou-a e colocou de volta no lugar, concluindo que continuar naquilo seria apenas perda de tempo. Quantas horas de sono já tinham desperdiçado? Virou-se para dizer a Poppy que iriam embora e a viu percorrendo com a luz da lanterna o caminho da fiação elétrica, que brotava de uma caixa de disjuntores e se ramificava por tubos em outras direções.

— Algo errado?

— Não sei. — Poppy apontou a caixa de disjuntores, direcionando o facho de luz em um fio duplo que começava nela e ia até uma tomada na lavanderia. Voltou, seguindo um outro fio que começava na caixa e terminava na lâmpada no meio do porão. — Agora veja isso. — Voltou o facho para a caixa outra vez, acompanhando o terceiro fio, que terminava em algum ponto atrás do quadro de ferramentas.

Gustavo tentou entender o que ela estava querendo dizer.

— Qual o problema? — indagou.

Poppy iluminou a bancada e o quadro.

— Cadê a tomada? O fio termina em lugar nenhum.

Aproximando-se da parede, Gustavo passou a mão pela pintura — cinza, texturizada, macia feito veludo. Bateu com o dedo nela.

Nada.

Bateu de novo, mais perto do quadro.

Um som oco.

— Tem algo escondido aí atrás, chefe — disse Poppy.

— Tem — Gustavo assentiu. — Me ajuda a empurrar.

48

Foi como se alguém enterrasse uma faca nas costas de Gustavo. À sua frente, sob o brilho das lanternas, uma sala congelada no tempo, com as paredes de madeira envernizada totalmente cobertas por recortes de jornais, impressões e fotografias velhas — cada uma contendo um pedaço do quebra-cabeça macabro que um admirador do caso Homem de Palha havia montado ao longo dos anos.

Era uma agressão aos sentidos.

Adentrando a escuridão com sua lanterna trêmula, Gustavo estendeu a mão e tocou o rosto de Claire no porta-retratos sobre a caixa, um altar de memórias macabras ornado com flores mortas e bonequinhos de palha, onde a imagem de Dimitri Andreiko em tamanho maior dividia espaço com imagens de todas as suas vítimas. Na frente delas, alinhado como uma peça de museu para que parecesse um objeto sagrado, repousava o livro com capa de couro que havia desaparecido do galpão de evidências da polícia em 1997.

Com o barulho do alarme disparando no andar de cima, a visão de Gustavo embaçou por um segundo quando ele imaginou há quanto tempo aquele cômodo estava ali, oculto atrás da bancada e do quadro de ferramentas. Será que Sônia atendia Corinne pensando naquelas coisas? Sentiu um aperto no estômago.

Atrás dele, Poppy mal respirava.

— Chefe, dá uma olhada — chamou ela com a voz engasgada.

Gustavo se virou para o ponto que ela iluminava: um saco forrado com bonecos de palha. Procuravam um, encontraram dezenas. Aproximou-se do armário de metal onde o saco estava escorado. Era um armário escolar, daqueles com discos de combinação numérica. Lembrou-se de Rose, a secretária do consultório de Sônia, dizendo que não sabia onde eram guardados os prontuários dos pacientes antigos. Tentou abrir, mas não conseguiu. Então girou o disco aleatoriamente, esperando que alguma força divina o fizesse acertar a combinação, mas todos os deuses deviam estar ocupados.

— Poppy, fique de olho — ele alertou. — Volto já.

Poppy pegou a arma no coldre.

Desviando da bancada, Gustavo subiu as escadas e cruzou com pressa a sala barulhenta. Ao abrir a porta da frente, deu de cara com um homem na casa dos setenta anos segurando um taco de beisebol, que o mandou deitar no chão e disse que a polícia estava a caminho.

Gustavo abriu espaço.

— Eu sou a polícia, porra. Não tá vendo a viatura?

O homem abaixou o taco.

Gustavo andou até a viatura do outro lado da rua e voltou com o pé de cabra que mantinha no porta-malas. Atrás das cortinas das janelas vizinhas, olhares curiosos espiavam toda a movimentação.

— Ligou mesmo pra polícia?

— Sim, há uns bons minutos. Desde que mataram a Sônia a polícia faz rondas constantes aqui na rua, mas aí quando a gente chama, demoram para vir.

Com os olhos semicerrados, Gustavo observou a rua, acompanhando a comprida fileira de postes. Faróis apareceram no final dela, mas não se ouviam sirenes de viaturas nem se viam luzes da polícia ao longe.

— Quando eles chegarem, diga que há dois policiais no porão — disse ele ao homem. — Não entre na casa e não saia daqui.

Voltando aos degraus que levavam para o porão, Gustavo levou um susto e precisou emitir um exacerbado *"Wow! Wow!"* ao ver Poppy com a arma apontada para o topo da escada.

— Desculpa, chefe. — Ela parecia amedrontada. — Eu posso ter visto uma sombra lá em cima depois que você saiu.

Gustavo esquadrinhou a cozinha. Não havia ninguém.

— Tá com medo?

— Estou. Sei que não deveria.

— É bom que esteja com medo, Poppy. Policiais que não sentem medo ficam descuidados. E policiais descuidados costumam fazer merda. — Gustavo desceu as escadas, ofegante. — Agora preciso que fique atenta. Tem reforços chegando.

Os ombros de Poppy se moveram num suspiro profundo.

Enfiando a ponta do pé de cabra na fresta da porta do armário, não foi preciso empregar muita força para que o metal entortasse e a tranca cedesse. O triunfo inundou Gustavo quando a porta abriu. Ficou parado um instante, olhando o interior, esperando a respiração voltar ao normal. Enxergou uma caixa com ferramentas hidráulicas, um pacote de cintas plásticas e alguns rolos de fita adesiva reforçada. Mais acima, pendurado em um cabide, um macacão de trabalho com aparência antiga o fez voltar ao passado. "Um homem apareceu aqui noite passada procurando pelo senhor. Na próxima semana vem consertar o encanamento." Empurrou o cabide para o lado. Com expressão anuviada, direcionou a lanterna do celular para uma gaveta chaveada que encontrou mais embaixo. Tentou usar a chave da senhora Moretti, mas ela nem entrou no buraco. Recorreu outra vez ao pé de cabra.

Encontrou alguns papéis: folhas em branco, arquivos timbrados, documentos emitidos pela prefeitura e desenhos feitos à mão.

Poppy se aproximou.

— O que são essas coisas? — perguntou.

Gustavo entregou-lhe a resma.

Era muita informação para analisar em pouco tempo.

Enquanto os recortes de jornais sussurravam histórias de terror nas paredes, ele avançou até onde estavam penduradas antigas fotografias de todas as crianças nascidas na floresta: Josh andando de bicicleta no bosque, Rita e Ellen na saída da escola, Phillip em um consultório médico e Corinne tomando sorvete no parque.

Como alguém tão doentio tinha se conectado tanto com ele?

Soltou o ar dos pulmões. À direita, viu mais imagens de mulheres que, assim como as crianças, não sabiam que estavam sendo fotografadas. Aproximou o rosto. Nenhuma lhe parecia familiar... a não ser...

— Poppy, vem ver isso.

Poppy parou ao lado dele, mantendo a lanterna apontada para as fotografias. Cada vez que a luz se movia, sombras chispavam como espíritos tímidos por entre os recortes. Analisou uma por uma até que fixou a atenção na quarta da fileira.

— É a grávida que sumiu de casa antes de ontem?

Gustavo fez que sim com a cabeça.

— Abigail Chamberlain.

— Merda, chefe! — Os olhos de Poppy esbugalharam. — O que é este lugar?

— Um santuário, Poppy. Um templo de adoração.

Ao lado das mulheres, cercadas por mais recortes de jornais, viram fotos da cabana de Dimitri, várias delas, de frente, de fundos, de dentro, algumas repetidas, tiradas antes que a cabana fosse demolida pela prefeitura a pedido das famílias, para que não virasse um local de visitação.

De repente, outro estalo.

— Poppy, me diga que tá vendo? — Gustavo perguntou.

— Uma cabana — disse ela.

Gustavo não podia se deixar levar.

Queria que ela também visse, assim teria certeza.

— Olha de novo — ele insistiu. — A cabana onde Dimitri mantinha as crianças foi descoberta em 8 de janeiro de 1994, no dia da morte dele. E foi demolida em 27 de janeiro, dezenove dias depois. O que você tá vendo?

Poppy olhou de novo... E continuou olhando.

— São idênticas, chefe.

Merda, Poppy! Veja o cenário.

— São?

Poppy aproximou o rosto, quase colando o nariz no papel.

Uma sobrancelha se ergueu, mas depois abaixou.

Rugas surgiram na testa dela.

— São idênticas, ou pelo menos alguém tentou fazer com que fossem — ela repetiu. — Mas não são a mesma. Dezenove dias é pouco para que as árvores mudem de lugar.

Gustavo não estava ficando louco.

Poppy o encarou.

— Um copiador? — indagou ela. — Sônia estava envolvida?

— Estava, mas ela não tinha como mudar a fechadura e instalar alarme depois de morta. Isso foi coisa do Oscar — Gustavo refletiu. — Alguém está tentando recriar os crimes. E Abigail Chamberlain vai ser a primeira vítima se não agirmos depressa. — Concentrou-se, pensando no relato do mendigo de que Sônia e um homem haviam perseguido Gabriela pela estação de esqui. Fechou os olhos, obrigando a mente a trabalhar. Como aquilo se encaixava? *Merda!* Socou o armário, deixando a chave da senhora Moretti cair.

Poppy a recolheu e ficou um instante olhando para ela.

— Chefe? — chamou depois de alguns segundos calada. — Lembra da manhã que a Sônia morreu, quando eu falei sobre autopreservação e você disse que o assassino trancou a porta do banheiro para criar um tipo de distanciamento entre ele e a vítima? — ela relembrou. — Aquela chave nunca foi encontrada, não é?

Gustavo olhou para a chave, com o coração aos solavancos.

— Poppy — ele colocou a mão no ombro dela —, se essa porcaria girar no trinco daquele banheiro, eu juro que me aposento e te indico para chefe de polícia.

Subiram ao segundo andar.

O trinco da porta do banheiro do casal estava esfacelado, mas o miolo continuava inteiro.

Poppy enfiou a chave.

Às vezes, algumas coisas simplesmente estão predestinadas a acontecer.

49
Riacho do Alce, Alasca
28 de outubro de 2004, manhã do crime

São sete e onze da manhã e eu ainda não dormi.

Noite passada, antes que subíssemos a montanha para resgatar Gabriela Castillo da vida imunda que ela escolheu viver, por um descuido de pressa peguei o celular de Sônia na bancada em vez do meu. A ligação que recebi sem querer uma hora depois foi a causa de minha insônia. "Se não parar de vê-lo, vou contar ao seu marido quem é o verdadeiro pai dessa criança." Foi o que me disse alguém que tentava mascarar a voz. Ao retornar para casa depois de concluir a tarefa, usei meu celular de trabalho para ligar de volta e percebi que estava enganado ao pensar que ninguém atenderia — eu pelo menos não atenderia. Uma respiração reverberou na linha.

— Quem fala? — perguntei.

— Com quem quer falar? — uma garota replicou.

Um ruído de porta rompeu o silêncio.

— Merda, desliga esse telefone! — alguém guinchou.

Mais ruídos.

— Caralho, Marjorie! Que susto. Tá bom.

Desliguei.

Marjorie.

Não foi difícil ligar os pontos e descobrir que era a filha dos Willians. Uma dessas ironias da vida. Fiz negócios com a família. E Sônia e eu também discutimos algumas vezes por causa do namoradinho dela, sobre as ligações em horários inconvenientes e de como a proximidade entre Josh e Sônia me causa irritação.

Bebo o resto do conhaque, alimentando o monstro esfomeado que habita em mim. Acostumado ao sabor do veneno, encaro a garrafa que agora descansa na mesa. Sônia vinha mesmo agindo estranho nos últimos dias, nervosa em alguns momentos, colocando a culpa na gravidez sempre que eu perguntava a razão daquilo. Agora eu sei. Ontem à noite, quando toquei no assunto, ela se calou, pedindo que eu a deixasse em paz. Bati nela. Não pude controlar o monstro. Foi assim que parei no sofá.

Encho o copo e subo as escadas, controlando a ira ao observar as nossas fotos de família nos porta-retratos do aparador. *Reflexos*. É isso que somos... Ou era isso que pensei que éramos. Se a metade de um coração não bate sem a outra, como ela pôde fazer isso comigo? É verdade que para muitos foi uma surpresa quando formamos um casal. É claro que ninguém perguntava abertamente, mas havia julgamentos: como uma mulher bonita e independente como ela tinha acabado com alguém como eu?

O paciente que virou marido.

O marido que virou pai.

O pai que virou monstro.

"Se não parar de vê-lo, vou contar ao seu marido quem é o verdadeiro pai dessa criança."

Quem?

Entro no quarto e a vejo no banheiro, roupas de baixo, cabelos escuros balançando nas costas, o amor da minha vida. Quando ela me olha, vejo as marcas que o monstro deixou em seu rosto, e é como se a luz de um novo dia abrisse caminho em linha reta para um ponto sensível e escuro no fundo do meu coração. É neste momento que percebo que toda a raiva que sinto não é superficial, que meu peito dói, que talvez o monstro assuma de novo sem que eu possa detê-lo.

Sento na cama e me lembro de como desabafei sobre meus pesadelos e de como não sentia medo na primeira vez que a vi.

Sinto medo agora.

Medo de não ser o reflexo que ela vê ao se olhar no espelho.

Medo de ser a água que escorre entre os dedos de Narciso.

— Quero conversar sobre ontem — digo.

— E eu quero você fora daqui. — Sônia desvia o olhar.

Olho para o copo. Ele está vindo. Sinto que está.

— Esta também é minha casa — argumento.

— Esta casa nunca foi sua. — Ela se irrita. — Agora some. Me dá espaço. Eu não aguento mais.

Atiro o copo na parede e vou ao banheiro.

Sônia tenta sair, mas não a deixo — o monstro não deixa.

— O que pensa que está fazendo? — Ela me empurra. — Tire as mãos de mim, Oscar. Tira esta porra de mão de mim!

Tento.

Não consigo.

Não estou mais no controle — o monstro está.

As pálpebras de Sônia lutam para ficar abertas, e a cabeça pende de um lado para o outro enquanto seu pescoço é apertado. Os olhos arregalam quando a pressão dentro da cabeça aumenta. Com um olhar atordoado de julgamento, ela balbucia, língua para fora, saliva escorrendo, pernas chutando e unhas acertando o que encontram pela frente. O monstro sabe. Sabe que precisa fazê-la parar, que arranhões nos braços são uma péssima ideia para o que virá em seguida. Joga-a para trás com uma fúria de besta. As costas dela acertam a cerâmica da banheira, um barulho de algo se quebrando. Sônia puxa o ar, encolhendo-se, implorando para que o monstro pare.

Ele não vai parar.

Não agora.

Não até que termine.

Amedrontada, Sônia tenta se apoiar para levantar, a barriga não ajuda, mas um chute forte no rosto faz com que o monstro seja agora a única criatura acordada dentro do banheiro.

Por meio minuto, o monstro fica imóvel, reparando no que fez.

Sônia não é a primeira.

Dois minutos.

Ela não desperta.

Três minutos.

É hora de buscar a faca. A faca para salvar o bebê.

50
Riacho do Alce, Alasca
4 de novembro de 2004

Era tarde da noite e chuviscava gelo quando Gustavo parou a viatura em frente à mansão dos Willians.

— Foi o Oscar — disse ele ao telefone, olhando para o admirável portão da mansão. — Ele e Sônia planejavam recriar os crimes do Homem de Palha. As coisas devem ter saído do controle, e acho que ele a matou. As coisas que te falei estavam numa sala oculta dentro do porão, escondida atrás de uma bancada de ferramentas. Eu deixei dois policiais no local e emiti um alerta, mas o Oscar não está na fazenda da família. A sogra disse que ele saiu de manhã para preparar o funeral e não voltou. Mandei uma viatura, mas preciso de mais unidades.

— Vou pedir ao Tony que desloque agentes de Palmer — consentiu Lena. — Alguma chance de ele não saber que estiveram na casa?

— Poucas. O alarme disparou quando nós entramos. Essas centrais geralmente são conectadas a um celular. E a frente da casa está cheia de policiais e vizinhos. A essa altura é provável que ele saiba que tem algo acontecendo — Gustavo respondeu. — Temos pistas que podem nos levar ao paradeiro da cabana. Um contrato de transferência de posse. Parece que anos atrás o Oscar comprou um pedaço de terra da mineradora que pertence ao Clarence Willians.

— Tem o endereço?

— Não. Só o número do lote. É na montanha.

— Merda. — Lena soltou uma lufada de ar. — Estou indo para aí. Devo chegar em uma hora.

Uma bétula no terreno da mansão balançou.

— Não sei se temos uma hora.

Alguns poucos insetos trombavam no arco de luz do poste que iluminava a calçada quando Gustavo e Poppy desembarcaram. Gustavo tocou a campainha com o polegar e, enquanto uma versão eletrônica de *Noturno* em mi bemol maior tocava na espera do interfone, os dois observaram o impecável jardim do outro lado da cerca, com um laguinho germinando flores de lótus flutuantes ao redor de um chafariz que começava a ficar salpicado de branco. Ficaram esperando por tempo suficiente para que duas estrofes da música fossem tocadas antes de alguém atender.

— Residência dos Willians. Como posso ajudar? — Era uma mulher. Pelo timbre educado, imaginaram ser a governanta.

Gustavo aproximou o rosto do interfone.

— Polícia de Riacho do Alce. Precisamos conversar com Clarence Willians. Ele está?

Um instante silencioso.

— Está — respondeu a mulher —, mas já se recolheu ao quarto. Posso pedir que voltem amanhã?

— Não. Não pode, senhora. Tem que ser agora.

— Compreendo. Do que se trata?

— Assunto policial.

— Um momento.

Outro silêncio, mais longo do que o primeiro.

Protegeram-se do chuvisco congelado se encolhendo nos casacos, pensando que tinham sido abandonados ali fora.

O interfone chiou depois de uns minutos.

— Infelizmente o senhor Willians não vai poder atendê-los hoje. — A voz da mulher estava de volta. — Ele pede desculpas e diz que vai recebê-los amanhã de manhã.

Gustavo levantou uma sobrancelha, matutando que somente um assunto poderia tirar Clarence de trás da muralha.

— Diga a ele que precisamos falar sobre a Marjorie. Diga que o assassino dela pode fugir se ele não nos ajudar agora.

A luz do poste na rua deu uma piscada.

— Entendo. Conheço o senhor, mas se importa em mostrar o distintivo para a câmera? — pediu a mulher.

Gustavo olhou ao redor.

— À sua direita. No alto.

Gustavo mostrou o distintivo e, em segundos, o portão automático abriu para que ele e Poppy entrassem antes de voltar a fechar.

O jardim era ainda mais bonito quando visto de perto.

Ao subirem as escadarias de mármore que levavam à entrada da mansão, construída um metro e meio acima do nível do terreno, observaram a maçaneta balançar e um par de olhos surgir por uma fresta antes que a porta fosse aberta. Era a governanta, uma senhora de setenta anos que fora pega desprevenida pela visita, pois tinha apenas jogado um xale por cima do ombro para esconder o pijama.

Levou-os por um corredor de vidro com vista para o mar até um escritório fino e abundoso, onde esperaram Clarence aparecer com cara de quem tinha sido acordado, vestindo um robe azul-escuro e pantufas. Gustavo e ele nunca haviam conversado antes — sabiam da existência um do outro, logicamente —, e jamais haviam trocado palavras. Viviam a um mundo de distância dentro da minúscula Riacho do Alce, enraizados, cada um por suas próprias razões.

— Se usaram o nome dela só para que conseguissem entrar, tudo que vão ouvir de mim será o silêncio. Eu e minha esposa temos pesadelos com a nossa filha sendo assassinada quase todos os dias, senhor Prado. Pode imaginar como é isso? Pode imaginar o tipo de inferno em que estamos? — Clarence se sentou na cadeira atrás da escrivaninha.

Posso. Gustavo havia absorvido o caso tão fortemente, que não era difícil ele mesmo sonhar com as vítimas.

— Por experiência, sei que palavras não ajudam nesta hora — disse ele. — Então tudo que desejo ao senhor e a sua esposa é que essa ferida não demore para sarar.

— É. Obrigado. Descobriram quem a matou?

Enquanto os ponteiros de um relógio na parede se moviam com precisão hipnótica, Gustavo mostrou a folha com o timbre da prefeitura que havia encontrado na gaveta do porão dos Ortega.

— O que é isso? — Clarence perguntou.

— Um contrato de venda — Gustavo respondeu, apontando para uma das assinaturas no rodapé. Procurou qualquer reação em Clarence, mas tudo que encontrou foi uma expressão cansada. — Aí diz que em março de 2002 a mineradora Willians vendeu um lote de terra para Oscar Ortega. O senhor se lembra desse negócio?

Clarence coçou o queixo.

— Vagamente. Não acompanho tudo que é feito pelas empresas. É bastante coisa. — Esmiuçou o documento. — Mas se é o que está escrito, então foi o que aconteceu. Algum problema?

Gustavo fez um vagaroso sim com a cabeça.

— Sabe onde fica essa terra? — perguntou.

— Não faço ideia. A maioria das áreas que pertencem à mineradora fica na montanha. E os limites lá são uma confusão. Ninguém se entende. Sugiro que procurem a prefeitura amanhã. Eles têm o mapa com a divisão correta dos lotes.

Poppy se curvou sobre a escrivaninha.

— Nós não temos até amanhã, senhor — disse ela.

Clarence ergueu o olhar do documento para os investigadores, a respiração trêmula.

— Foi o Oscar? — A indagação soou como um eco.

— Não sabemos — Poppy despistou. — Mas talvez a localização do lote nos dê essa resposta. Precisamos muito de sua ajuda.

Clarence respirou fundo uma... duas vezes. Não era um homem fácil de assustar, mas a cadeira de couro em que estava sentado rangeu quando ele se levantou de repente. Nas prateleiras de madeira do escritório, troféus de conquistas empresariais contavam histórias de sucesso. Gustavo e Poppy sabiam que ele não suportava holofotes rondando o nome da família, mas também sabiam que era esperto para entender a urgência do pedido. Sem hesitar, Clarence tirou o telefone do gancho e discou um número, explicando a situação para alguém do outro lado da linha — que Gustavo imaginou ser o advogado. Em certo momento, soou mais severo, largou o telefone e foi para um armário, de onde pegou um tubo postal numerado de uma pilha deles. Usou a mesinha no centro da sala para abrir um mapa.

— Qual o número do lote? — perguntou Clarence.

Gustavo checou o contrato.

— Trinta e oito.

— Trinta e oito — Clarence repetiu, deslizando o dedo no papel e marcando o local com uma caneta. Guardou o mapa no tubo e entregou para Gustavo. — Espero que encontrem o que estão procurando. Aqui em casa ninguém aguenta mais. Já passou da hora deste inferno acabar. Ajudo em algo mais?

Gustavo ficou em pé, agradecendo com um gesto.

— Ajuda — assoalhou. Sabia que não teria outra chance. — Por que antes de ontem seu advogado disse para a polícia que Joziah James era amante de Sônia Ortega? — blefou.

— Isso importa?

— Talvez.

Clarence olhou para o corredor, fazendo Gustavo perceber que a senhora Willians estivera ali o tempo todo, parada na porta.

— Porque eles eram, senhor Prado.

51

Gabriela não queria ver, mas era acertada no rosto toda vez que fechava os olhos. Estava amarrada em uma cadeira fixada ao piso, com gotas de suor frio escorrendo pela testa e causando ardência quando desciam salgadas até os olhos. Piscava, mas não adiantava. E havia sangue, um líquido espesso que brotava do corte aberto em sua sobrancelha quando ela levou o terceiro soco.

— Olhe! Eu quero que olhe! — repreendeu o homem.

Gabriela olhou. Não conteve as lágrimas, mas olhou.

Na sua frente, deitada sobre uma mesa cirúrgica improvisada com madeira, iluminada por uma lanterna e por três velas que tremeluziam nas paredes, Abigail repousava presa por cintas de couro que a mantinham imóvel. Exausta, parecendo ter aceitado a crueldade que o destino lhe reservara, Abigail não gritava nem tentava se libertar como fizera com todas as forças até minutos antes. Estava entregue, olhando agora para Gabriela com os olhos encharcados, balbuciando um desamparado e silencioso "me ajuda" com os lábios.

Gabriela não queria ver, mas mesmo assim a encarou. Daquele momento em diante, não desviaria o olhar nem fecharia os olhos. Veria tudo. Não por medo de ser acertada outra vez — cortes saravam —, mas para que Abigail soubesse que ela estaria ali, até o fim. Uma calma que nunca antes tinha experimentado a invadiu, clareando sua mente numa descarga de propósito.

Pelos últimos três dias, desde que ousara descer ao porão, Gabriela fora mantida trancada no quarto como punição por ter quebrado uma das regras — a mais importante delas —, recebendo água e comida e podendo ir ao banheiro apenas quando seu carrasco aparecia em horários aleatórios. Foram três dias encolhida, sentindo os resquícios de abstinência que insistiam em não ir embora, lutando contra as barras de ferro da janela, rezando e pensando na mãe... E nos filhos... E em como faria para fugir da cabana... E em como tiraria Abigail daquela caixa escura que ela mesma conhecia tão bem. Três dias. Tempo suficiente para que achasse que conseguiria e depois percebesse que nada do que fizesse as tiraria daquele inferno. Estavam no meio da floresta, onde ninguém veria seu drama nem ouviria seus gritos.

Um cheiro de madeira queimada encheu o ar.

As janelas tremiam.

Uma hora antes naquela noite, Gabriela tinha sido despertada de um sono leve pelos gritos de Abigail vindos do porão. Nos minutos seguintes, com a orelha grudada na porta do quarto, tinha ouvido o barulho aumentar, com móveis sendo arrastados, pancadas indecifráveis e novas ondas de gritos e choro. Quando fora levada à força para a sala, viu na cozinha uma grande panela de água fervendo com panos; percebera então o que aconteceria, uma percepção que se reforçava agora enquanto aquela figura intangível acariciava a barriga grande de Abigail com uma expressão desvairada.

O silêncio se tornou palpável, interrompido pelo rangido dos galhos na vastidão branca da floresta e pelo crepitar do fogo na lareira. A dança das labaredas lambendo os tijolos era bonita, mas Gabriela nem a percebeu, concentrada demais em seus pensamentos ansiosos.

Em um impulso de coragem, tentou se livrar dos cordames que a prendiam na cadeira, mas precisou interromper a tentativa ante o olhar atento do carrasco.

Não era tarde. Precisava tentar.

— Você não quer fazer isso — disse ela.

A expressão do homem não mudou.

Enquanto examinava aquele rosto impassível em busca de uma sugestão do demônio, Gabriela entendeu que a chantagem emocional tinha acabado com suas chances.

— Quero. E vou — respondeu ele com uma simplicidade arrepiante. — Há uma década você foi uma das escolhidas para se tornar algo além da compreensão humana, a importante peça de um jogo que transcenderia o tempo, e preferiu recusar. Não espero que entenda o que estou prestes a fazer, mas hoje começa a correção.

Gabriela tremeu.

— Correção? Do que você está falando?

Sabia do que ele estava falando...

No peitoril da janela, a neve se acumulava e criava padrões quando o homem usou uma faca para abrir um corte horizontal embaixo do umbigo de Abigail, que triscou os músculos e endireitou a cabeça antes de soltar um agonizante grito de dor. Debatendo-se como um animal ferido enquanto a lâmina rasgava a carne, ela bem que tentou se libertar, mas as cintas de couro não cederam. Encharcou-se de sangue e horror. Gemeu... Esperneou... Até que por fim voltou à posição inicial de desamparo, fitando o teto com o olhar vazio, como se sua mente tivesse sido levada para outro lugar — um lugar menos sombrio.

— Por favor, pare. Farei tudo que você mandar — Gabriela emitiu uma última súplica entre soluços, mas era tarde demais. Não esperava uma transição tão rápida da vida para a morte.

Batendo os dentes de maneira involuntária quando o homem enfiou a mão dentro do corte, Abigail entrou em estado de transe, desmaiando com os olhos abertos. Sangue escorreu pela barriga dela junto do líquido amniótico quando a criança foi tirada, alcançando as tábuas da mesa e pingando por entre as frestas na madeira, colorindo o chão com uma gosma vermelho-púrpura.

O choro do recém-nascido ecoava a promessa de um destino cruel.

Com a criança nos braços, o homem se virou para Gabriela.

— Quer ver nossa bebê? — perguntou ele.

Gabriela não queria, mas não fecharia os olhos.

52

Galhos despidos se esticavam tão próximos da viatura que faziam Gustavo e Poppy se sentirem dentro de um túnel na floresta. Na vastidão da montanha, o vento assobiava uma sinfonia de rangidos enquanto flocos de neve caíam, formando um manto branco no chão. Acima da cabeça deles, o céu estava escuro quando o caminho que seguiam se abriu de repente, revelando uma cabana escondida entre as árvores.

Pela força do vento, estavam perto do cume.

— É aqui? — indagou Poppy.

Gustavo assentiu e desligou os faróis.

Por um instante, ficaram em silêncio, observando. A semelhança daquela cabana com a construção original era impressionante. Havia um canteiro inacabado perto dos degraus que levavam à varanda, as telhas tinham um aspecto envelhecido, adornadas por musgo, e o telhado estava um pouco inclinado. Ao redor de tudo, grandes árvores se fechavam como em um abraço na clareira.

Quando desembarcou, depois de passar a localização exata para a polícia pelo rádio, Gustavo vislumbrou a paisagem sombria, lembrando-se das histórias que o pai contava para ele quando tinha sete ou oito anos — histórias sobre trilhas fantasmas e cabanas abandonadas, construídas por homens bons que se tornaram maus, tão nítidas como qualquer outra passagem em sua vida. Ergueu o zíper do casaco, fechou a porta da viatura sem fazer barulho e esperou Poppy antes de andar em direção à construção, que vazava claridade através das janelas foscas, fazendo-os imaginar que eram lamparinas, pois ali não havia energia e não se ouvia o gerador.

— Poppy — alertou Gustavo —, desligue a lanterna.

Poppy obedeceu, mergulhando-os na escuridão.

Inalando o cheiro úmido da neve, tão alerta quanto as criaturas noturnas que os observavam, Gustavo usava o tronco das árvores como esconderijo para o avanço, esperando que surgisse de algum lugar uma inspiração para como deveriam agir. Nada lhe veio. Pensou em esperar pelo reforço — que não devia demorar mais do que vinte minutos —, mas foi surpreendido pelo brilho vermelho que emanou de um dispositivo preso no rodapé de um tronco.

Esperou pelo pior.

Haviam acionado algo, embora não soubessem o quê.

Ficaram imóveis.

Segundos depois de nada acontecer, Gustavo se abaixou e passou os dedos na terra, vendo que haviam rompido um fio muito fino preso entre duas árvores e conectado ao dispositivo. Ergueu depressa os olhos para a cabana, vendo um vulto surgir e desaparecer na janela momentos antes de a claridade diminuir.

O fator surpresa tinha ido pelos ares.

* * *

Gabriela sabia que só havia uma solução e não podia perder mais tempo. Com o choro da recém-nascida inundando a sala, ela voltou a mexer os braços para tentar se libertar quando o homem se virou e foi para a janela no mesmo instante em que algo eletrônico apitou em seu bolso. Com os pulsos ardendo pela fricção, como se estivessem tocando em brasas, Gabriela não desistiria — não antes que o nó soltasse ou as fibras arrebentassem. Raspou, raspou e raspou mais um pouco, parando ao notar que algo no meio das árvores tinha deixado o homem agitado. Animou-se.

— Socorro! — quis gritar alto, mas a voz mal saiu.

Levou um soco na têmpora que a fez ficar tonta.

Com o mundo girando, viu de relance o homem colocar a bebê lambuzada de sangue e gosma no chão e tentar acordar Abigail. Quando Gabriela abriu os olhos de novo, piscando longamente, a lanterna e as velas tinham sido apagadas, e a sala só não estava no mais puro breu por causa do fogo na lareira.

Tremeu quando o homem se aproximou.

— Vou te soltar agora — disse ele. — Se gritar ou fazer qualquer gracinha, seu pescoço vai ficar tão retalhado que desta vez ninguém vai conseguir consertar. — Ele mostrou a faca e cortou os cordames, apontando para a cozinha com a lâmina. — Pegue a criança e vamos ao porão.

Abrindo e fechando a boca para espantar a tontura, meio cambaleante, Gabriela pegou a bebê. Era tão pequena que quase cabia na palma da mão, e não parava de choramingar. Balançou-a fazendo "xiu", acompanhando o homem aos tropeços até a cozinha e depois direto ao porão. No final da escada, a criança abriu um berreiro.

O peito do homem inflou num suspiro.

— Faça ela parar — ameaçou ele. — Preciso de silêncio agora. Faça ela parar ou vou ter que matar vocês duas.

Não captando blefe na voz, Gabriela começou a balançar os braços com mais vigor, pensando nos próprios filhos e em como era difícil fazer com que ficassem quietos.

O choro não parava. Nada parecia funcionar.

Ao se espremerem para dentro de uma portinhola, que dava em uma salinha de ferramentas no corredor que antecedia o porão, o homem iluminou o rosto dela com a lanterna e a prensou contra a parede, encostando a lâmina no pescoço da bebê.

— Eu não estou brincando, Gabriela.

Dava para sentir o hálito quente dele no rosto.

* * *

Gustavo pediu para que Poppy vigiasse a porta da frente, dando a volta e colando as costas na parede gelada da cabana antes de espiar por uma janela. Chapinhando no lodo de terra e neve, enxergou um brilho de labaredas e o que pareciam ser barras de ferro através do vidro fosco e sujo de gelo. Todo o resto era apenas um borrão.

O reforço chegaria em breve.

Com a lanterna, fez sinal para que Poppy se aproximasse.

— Poppy, procure abrigo atrás de um tronco e fique de olho na porta da frente. Use a arma se precisar — ordenou ele. — Eu vou para os fundos. Ninguém entra ou sai antes das viaturas chegarem. O Oscar está aí dentro e nós não vamos deixar ele escapar.

Poppy assentiu, pegando o revólver com a mão tremelicando.

Para que o plano funcionasse, precisava encorajá-la.

— Ei! Vai ficar tudo bem. — Gustavo apertou o ombro dela.

— Eu sei, chefe. Vamos pegar o desgraçado.

Depois de garantir que Poppy havia encontrado um abrigo com boa visibilidade, Gustavo voltou à janela lateral, limpou o gelo do vidro com o punho e ficou na ponta dos pés para espiar o interior da cabana outra vez. Queria ter um melhor vislumbre lá de dentro, tirar uma vantagem, mas a nova investida o fez ficar espantado.

Aquilo era...? Uma mulher?

Na distância, o uivo solitário de um lobo ecoou.

Precisava agir. E depressa.

Obrigado a abandonar o plano de esperar pelo reforço, ele assinalou para que Poppy se aproximasse, e os dois foram para os fundos, abrindo a porta com um chute certeiro que fez a fechadura ceder. Posicionaram-se dos lados, não ouvindo qualquer barulho além do rangido das árvores e do grasnar das aves noturnas empoleiradas nos galhos. Deslizaram para dentro, um sopro de calor aquecendo o rosto gelado deles e o brilho das lanternas cortando o lusco-fusco da cozinha. Vazia. Um leve odor metálico anunciava a presença de sangue fresco por perto. Avançaram mais, armas em punho, chegando a uma sala na qual brasas estalavam na lareira de pedras que clareava a mesa onde estava a mulher. Não foi difícil para Gustavo identificá-la depois de ter visto a foto que o marido dela havia deixado na delegacia para denunciar o desaparecimento. Era Abigail Chamberlain, presa por cintos de couro, com hematomas de defesa nos braços que demonstravam que havia lutado com seu carrasco, deitada em estado moribundo numa poça de sangue que abrolhava de um corte na barriga. Estava viva — o peito erguia e abaixava num movimento fraco —, mas a julgar pela palidez não lhe restava muito tempo. Gustavo tirou a jaqueta e escorregou no sangue do chão quando chegou perto para pressionar o corte, grande demais para ser estancado por completo.

— Poppy, solte as cintas, depressa — ele ordenou, voltando-se para a mulher. — Abigail! — chamou, tentando acordá-la.

Olhou para o vão que separava a sala da cozinha, para os cristais que esvoaçavam porta adentro; a nevasca tinha piorado. Precisava ficar atento. Sabia que havia mais alguém na cabana. Enquanto Gustavo calculava se os cordames deixados no chão ao lado da cadeira eram compridos o bastante para que improvisasse um garrote, Abigail acordou em um tranco, histérica, gritando de medo e desespero. A brancura no rosto dela ficou mais aparente, contrastando com a cor dos olhos e os lábios azulados. Percebendo que por impulso ela tentaria se levantar, Gustavo apoiou o corpo contra o peito dela, impedindo o movimento. Com o corte aberto, não seria difícil que os intestinos caíssem se ficasse em pé.

— A bebê?! — Abigail esperneou. — Cadê minha bebê?!

Poppy se curvou perto do rosto dela, mas Abigail só se acalmou quando entendeu que eles eram policiais.

— Você está segura agora. Nós não vamos sair daqui. — Poppy abriu um sorriso nervoso. — Sabe se tem mais alguém na cabana?

Abigail assentiu com a cabeça.

— Uma garota. Gabriela. Ela falou comigo quando eu estava na caixa — respondeu, soluçando. — E um homem.

Gustavo e Poppy se entreolharam.

— Sabe para onde foram?

— Eu... Não sei. Não vi. Por favor, encontrem minha bebê.

Um choro de criança veio de algum lugar embaixo deles.

Gustavo engatilhou o revólver.

— Poppy, mantenha a pressão — disse ele, indo para a cozinha, em direção ao alçapão.

* * *

Gabriela sentiu o frio da lâmina quando o homem desencostou a faca do pescoço da bebê e encostou no dela. Não importava o que fizesse, não conseguia fazê-la parar de choramingar. Tinha balançado a bebê, cantarolado "Brilha, brilha, estrelinha" e até tapado a boca dela com a mão — o que piorou as coisas.

Quando o rangido do alçapão no andar de cima ecoou no cubículo onde eles estavam, em um ato de desespero ela passou o dedo indicador no suor que porejava na testa e deu para a bebê chupar, ficando aliviada ao ver que funcionou. Ao seu lado, com a respiração ofegante, o homem afrouxou o aperto da lâmina e desligou a lanterna, mergulhando-os em uma abafada e silenciosa escuridão.

* * *

Gustavo desceu a escada com cuidado, sentindo um ligeiro odor de serragem assim que abriu a porta com o cano do revólver e esquadrinhou os cantos do porão com a lanterna. Estava escuro e vazio. Ou quase, não fosse a caixa de madeira perto da parede mais adiante, com um cadeado caído na frente e algo esbranquiçado aparecendo atrás.

— Polícia! — ele gritou. — Saia com as mãos para o alto!

Ninguém apareceu.

Com o círculo de luz diminuindo de tamanho e ficando mais nítido enquanto avançava naquela direção, Gustavo interrompeu o passo e andou para o lado em busca de uma melhor visão do que havia atrás da caixa, suspirando aliviado ao identificar um saco de ráfia vazio.

O cérebro humano é um computador imbatível.

Mudou o foco para a caixa, segurando a lanterna e o revólver na mesma mão para que pudesse abri-la. Sentiu a textura da madeira na ponta dos dedos e fez força. Era pesada, mais do que havia imaginado. Ao perceber que precisaria usar as duas mãos, ouviu um estalo de tábua atrás de si e se virou, vendo um vermelho no lado de dentro das pálpebras quando um brilho forte iluminou seu rosto. Aquele era...? Tentou levantar o revólver, mas algo duro atingiu a lateral de sua cabeça, sólido o bastante para que um jato de sangue lhe salpicasse a bochecha e o deixasse atordoado, mas não violento o bastante para o derrubar. O osso maxilar latejava de dor. O ouvido zumbia. Ajoelhou-se com a mão na têmpora, as pernas tremendo, os braços tão pesados quanto barras de ferro. Tentou manter o equilíbrio, mas caiu de costas, vendo a silhueta borrada de Oscar Ortega crescer ao seu lado, chutando o revólver para o canto mais escuro do porão.

Gustavo sempre tivera a impressão de que viveria uma vida longa. Ao entender que morreria ali, tentou colocar o braço na frente do rosto para não ser acertado outra vez quando Oscar ergueu um martelo acima da cabeça. Não desistiria. Jamais desistiria de viver. Tinha desistido vezes demais, por causa da dor, do medo. E por isso estava ali, com o braço levantado. O gesto seguinte foi automático. Virou o rosto e retesou os músculos da face, sabendo qual seria o resultado. Seu cérebro havia feito os cálculos.

Era tarde demais.

O martelo desceu, raspando a cabeça de Gustavo e acertando o piso com um barulho seco, fazendo-o abrir os olhos ao sentir as pernas de Oscar tropeçarem em seu corpo depois de ele ter sido empurrado por uma sombra que brotou do escuro. Ergueu a cabeça, banhada por um líquido pegajoso.

— Levanta. — Ouviu uma voz. — Uma vez você prometeu que mais nada de ruim ia me acontecer, lembra? Então levanta, por favor.

Sentindo a adrenalina inundar suas artérias, injetada pela voz de Gabriela Castillo, Gustavo enxergou Oscar retornando por entre os borrões de luz das lanternas caídas. Estendeu os braços em busca do revólver, encontrando apenas o martelo. Pegou-o e apoiou os cotovelos para levantar, mas antes que pudesse ficar de pé um coice o atingiu nas costelas, enxotando para fora todo o ar de seus pulmões. Gemeu de dor. Respirar era uma tortura. Atirou o martelo para longe ao perceber que não seria difícil para Oscar desarmá-lo e retomar a posse da ferramenta. O martelo quicou nas tábuas e deslizou para o canto.

Aquilo enfureceu Oscar, que pegou uma faca ensanguentada de algum lugar e partiu para cima de Gustavo, se ajoelhando atrás dele e o agarrando pelo pescoço com um mata-leão. Gustavo tentou golpeá-lo com o cotovelo. A lâmina da faca quase roçava seu rosto enquanto Oscar usava o braço esquerdo para forçar o direito em torno de seu pescoço. Ao tentar se livrar da faca, abriu um talho no punho. No mesmo instante, mais por sorte do que por qualquer outra coisa, Oscar afrouxou o aperto e uma onda de oxigênio entrou como um sopro nos pulmões de Gustavo.

Respirou.

Não por muito tempo.

O segundo aperto veio com mais força, fazendo sua língua ser espremida para fora da boca. Sentiu a consciência fraquejar. Debateu-se, mas não adiantou. Tentou se inclinar para trás — tudo que precisava era de outra lufada —, mas Oscar era forte como uma parede. Puxou ar, mas os músculos não obedeceram. Todo o oxigênio do porão parecia insuficiente. Querendo gritar para que Poppy descesse, aceitou a morte pela segunda vez naquele dia, com os pulmões prestes a explodir no peito.

— Gabriela — ele grunhiu com a voz engasgada, mal conseguindo manter a faca longe do rosto. — Revólver. Pegue... o revólver.

Eufórica, Gabriela recolheu uma das lanternas, iluminou os cantos e sumiu de seu campo de visão.

Sabendo que também estava sem tempo, Oscar girou o corpo e deixou Gustavo na linha de tiro quando um barulho de revólver sendo engatilhado foi ouvido. Ambos ergueram os olhos, banhados pelo feixe de luz. Na frente deles, Gabriela tremia, o dedo dobrado no gatilho.

— Atira — Gustavo pediu.

— Solta ele! — Gabriela gritou.

Oscar empregou mais força.

— Ele não vai soltar. — O pescoço de Gustavo estalou.

Não aguentava mais.

— Eu mandei soltar! Agora!

A visão de Gustavo enturveceu; uma gota de sangue escorreu da têmpora e entrou em seu ouvido, fazendo cócegas. De repente, sentiu uma adocicada onda de bem-estar, uma calma que nunca antes havia experimentado. Flutuou acima da falta de ar, saindo do corpo com as emoções dormentes. Ouviu Claire chamando seu nome, com aqueles olhos escuros que pareciam janelas por onde ele conseguia ver o mar e as asas de um albatroz. Abaixou as pálpebras, os pulmões em chamas, sentindo o cheiro do próprio sangue misturado ao aroma de madeira nova que fustigava o porão.

Um estrondo ecoou.

E outro.

E um choro de criança despertou seus sentidos.

Tombou o corpo para trás, caindo em cima das pernas de Oscar. Tossiu e respirou com dificuldade, o ar pesado enchendo seus pulmões. Quando recobrou a consciência, virou-se para o pé da escada e viu Poppy, parada na soleira e apontando-lhe a arma, que fumaceava pelo cano.

— Tá tudo bem, chefe. Vai ficar tudo bem.

53
Anchorage, Alasca
12 de novembro de 2004

Uma semana tinha se passado. Era de manhã e nevava desde a madrugada, mas Gabriela sabia que em breve o sol derreteria aquele cobertor branco que revestia o jardim. No reflexo da janela, seu rosto corado ainda carregava marcas do horror vivido na cabana — marcas que demorariam a desaparecer. Virou-se para o interior do quarto, segurando uma xícara de café, quando um jardineiro apareceu para limpar a neve que se acumulava no portão.

Sentada na poltrona perto da cama, Poppy sorriu.

Cartões com desejos de melhoras dividiam espaço com dois buquês e um balão sorridente em cima do colchão.

— Como está a sua mãe? — Gabriela perguntou.

— Melhor. Os dias bons são a maioria agora. E você, como está?

Gabriela abriu a gaveta da cômoda sem derrubar o copo plástico que estava em cima. Aparentemente sua dose de medicação fora ajustada para que o simples ato de se mover não fosse doloroso.

— Está difícil. Me sinto presa e todos me tratam como se eu fosse criança. Ao menos ganhei a ficha branca na reunião de ontem. Limpa há quinze dias. É um começo. — Inclinou-se para mostrar a ficha com o número quinze. — A Holly está sendo uma ótima madrinha. Não acho que isso funcionaria sem a ajuda dela.

— Ela é a melhor.

— É. Tem me ajudado muito a manter a cabeça no lugar — Gabriela concordou, dando um gole no café. — Teve mais notícias da Abigail? — Soprou a xícara.

— Saem do hospital amanhã. Ela e a bebê estão bem. O marido está organizando uma festa de boas-vindas. Ouvi dizer que estamos todos convidados — Poppy revelou. — Também soube que ela te convidou para ser madrinha. É verdade?

Gabriela assentiu.

— Verdade. Não entro numa igreja há anos e vou ser madrinha de batismo. Minha mãe deve estar dando pulos. Passou a vida tentando me levar para a igreja. Finalmente vai realizar o sonho.

— Sua mãe te ama.

— Eu sei.

— E a Abigail te considera muito.

— Não deveria. Acho que ela perdeu a cabeça. Gabriela Castillo batizando uma criança? Nem dos meus filhos eu cuidei direito.

— Um passo de cada vez, lembra? Você não precisa aceitar.

Gabriela emitiu um grunhido pensativo.

— Quando fecho os olhos, ainda vejo a bebê sendo arrancada da barriga dela, o sangue e o líquido escorrendo. — Respirou fundo. — Não acho que ela e o marido conseguirão viver em paz, ter uma noite tranquila de sono. Não depois de terem passado por isso. Eu não consegui. Arruinei minha vida de um jeito que pensei nunca conseguir consertar. — Olhou para a mão tremendo de leve. Fechou o punho com força. — Merda, como isso é difícil.

— Você está indo bem.

Gabriela andou pelo quarto, pensando em como as coisas haviam mudado, parando em frente a uma estante com dezenas de livros, fitas de vídeo e DVDs. Sabia que ainda estava em choque, sem conseguir vislumbrar inteiramente a realidade. Embora não conseguisse tirar os eventos da cabana da cabeça, havia criado um certo distanciamento entre ela e a lembrança, como se estivesse observando a cena de longe — mas ainda assim observando. No chão, um tapete com estampa de hexágonos a fazia ter saudades de casa. Era assim que estava se sentindo nos últimos tempos — nos últimos dias, para ser mais exata. Era como se, depois dos acontecimentos, tivesse começado a pensar em tudo que importava de verdade: os filhos, a mãe, a família.

— Já te contei que uma emissora me convidou para dar entrevista em Atlanta na semana que vem?

Poppy fez que não com a cabeça.

— Uma jornalista me ligou, falou sobre a possibilidade de escreverem um livro. Talvez um documentário para a TV. Me ofereceram um bom dinheiro. O mais engraçado é que por muito tempo tudo que eu queria era que isso acontecesse, sabe? As câmeras, a mesa enorme de café da manhã e os lençóis branquinhos dos hotéis — relembrou. — E agora que tenho a chance, só consigo pensar em que desculpa vou inventar para recusar. Não estou pronta. Não sei se consigo me manter sóbria sabendo que vocês não vão estar por perto.

Levantando da poltrona, Poppy a abraçou.

— Faça o que achar melhor. Se não está pronta, diga para eles que não está. Como disse, um passo de cada vez. — Afagou-a. — A Holly e eu sempre vamos estar aqui por você. Sabe disso.

Gabriela sabia.

Do fundo do coração ela sabia que, dali em diante, teria sempre com quem contar. Alguém que não olharia para o lado quando ela passasse e não ofereceria cocaína em troca de sexo toda vez que ela implorasse. Ainda no abraço, olhou para o jardim e depois para os lençóis de sua cama na clínica de reabilitação — não os lençóis brancos que queria, mas os lençóis brancos de que precisava. Não estava mais à deriva, sem porto. Apertou Poppy com força, empurrando a escuridão do passado para as profundezas, prometendo a si mesma que se apegaria àquela onda de felicidade.

54
Riacho do Alce, Alasca
13 de novembro de 2004

Gustavo observou, pela janela, um carro parado na frente da casa. Não sentia mais tonturas nem a sonolência pesada que permaneceu em seu corpo por quase uma semana depois de ter sido afastado do departamento para tratar a concussão. Mais cicatrizes.
— Vai sair? — perguntou ele.
— Vou. — Corinne calçou os *All Star.* — Tenho ensaio na casa da Oli. Te falei ontem. Você não escuta?
Às vezes não.
— Precisa de carona?
— O Josh vai me levar.
— Como ele e a Oli estão?
Corinne pegou a mochila.
— Sei lá. Não estão. Eles são muito estranhos. Parei de dar opinião. Acho que o que eles tinham acabou — respondeu ela. — Não vou voltar para o almoço, ok? Não. Vou. Voltar. Para. O. Almoço.
— Não ouvi. Pode repetir?
Corinne riu.
Escorado no batente, Gustavo acompanhou com os olhos a filha atravessar o jardim nevado e entrar no carro de Josh. A neve tinha começado a cair para valer na segunda semana de novembro, aniquilando as chances de um Natal ensolarado. Voltou para a sala e ligou o aparelho de som, deixando tocar o CD que estava dentro. "*I tried so hard and got so far. But in the end, it doesn't even matter...*" De novo? Aquilo devia significar algo.

Às onze da manhã, Lena telefonou para seu celular perguntando se ele estava em casa e, quinze minutos depois, bateu na porta da frente.

— Porcaria de frio. — Ela entrou batendo os salpicos de gelo do casaco. — Será que chega uma hora que a gente acostuma?

Gustavo olhou para ela, para aquela pele pálida que, apesar do frio, tinha uma estranha luminosidade.

— Acho que não — disse. — O que faz aqui?

Lena pendurou o casaco.

— Eu estava na casa dos Willians. O Edgar queria que fôssemos pessoalmente dar a notícia de que o caso foi encerrado.

— E como reagiram?

— Agradeceram o serviço prestado — respondeu ela. — Colocaram-se à disposição para futuras necessidades. Quem mais falou foi o advogado. O casal quase não abriu a boca.

— E as gravações das câmeras da mansão?

— Não liberaram. Quando o mandado foi expedido, já não havia mais nada para ser visto. Eles não gostam mesmo de holofotes.

Gustavo coçou a cabeça.

— Marjorie tinha ciúmes do Josh com a Sônia, então a ameaçou de alguma forma para que ela parasse de atendê-lo. — Ele sentou na poltrona. — Quando o Oscar descobriu... Deu no que deu. Matou a Sônia e depois a Marjorie. Esse é o meu melhor palpite.

Lena piscou rápido duas vezes.

— É meu palpite também — concordou ela. — Gabriela nos contou em depoimento que o Oscar falou algumas coisas sobre estar recriando o caso antigo, que ela seria a mãe das crianças.

Com os braços no encosto, de repente Gustavo foi inundado por um pensamento estranho, que nunca tinha tido antes, sobre como era tênue e frágil a linha que separava o nascimento da morte, como uma dança das cadeiras infinita em que alguém precisa morrer para que outro alguém possa nascer.

— A nova Claire — ponderou ele.

— Gabriela é mexicana. Claire também era. Na verdade, as duas até que são parecidas. Talvez isso tenha influenciado.

Foi a vez de Gustavo concordar. Nunca tinha projetado o cenário por esse plano.

— E a história do Oscar ser o irmão perdido do Dimitri?

— Não procede. A família dele vive no México. Disseram que era obcecado pelo Homem de Palha, que se mudou para cá ainda durante os crimes. É possível que tenha conhecido ou se encontrado com Dimitri algumas vezes. A hipótese do irmão não se sustenta. Provavelmente é só história. — Lena espiou o corredor, calada por um instante. — Recebeu o envelope que enviei na segunda? — cochichou.

Gustavo pensou se queria falar sobre aquele assunto, um tempo de resposta aceitável.

— Recebi — respondeu ele por fim, sabendo que cedo ou tarde aquilo viria à tona. — Não precisa falar baixo. A Corinne não está.

Lena cruzou os braços.

— Decidiu se vai abrir?

— Não vou. Não importa o que está escrito no papel. Corinne é minha filha e sempre vai ser, entende?

Lena fez que sim.

Uma ventania açoitou a janela da sala.

— Sabe o que eu lembrei agora? — acrescentou ela. — Lembrei que você me deve um encontro decente.

Gustavo franziu o cenho.

— Vai fazer o que hoje à noite? — indagou ele.

— Hoje? Deixa ver. — Lena fingiu consultar sua agenda invisível, folheando o ar com as mãos. — Nada. E... Nada.

— Te busco às seis? — Gustavo perguntou.

— Que tal *eu* te buscar às seis?

Gustavo sorriu. Porque viver é extraordinário, e morrer, apenas trivial.

To: tupilak@forum.net

IRMAO_DE_PALHA: Olá?

IRMAO_DE_PALHA: Tem alguém aí?

Agradecimentos

Aos leitores que dedicaram seu tempo a explorar as páginas deste livro. Sem vocês, estas palavras seriam apenas letras solitárias no papel. Clarissa, Márcia, Mário e Tati, minha gratidão por terem aceitado participar antecipadamente desta aventura. A toda equipe da Astral Cultural, por uma porção de coisas. À minha agente "Albaaa" Milena — escrever seria menos divertido sem você. A toda minha família e amigos, vocês são os pilares invisíveis, os motivadores silenciosos por trás deste livro. Obrigado.

Primeira edição (março/2025)
Papel de miolo Ivory 65g
Tipografias Lucida Bright e Miso
Gráfica LIS